文春文庫

空の声

堂場瞬一

文藝春秋

空の声　目次

空の声

第一部

日本の皆さん、丁度もう夕御飯もお済みになって、銀しゃりで大変においしい御飯をお食べになったことと存じます。うらやましくて仕方がございません。一時間ばかり前に牛の肝臓と卵の目玉焼きを食べまして、あまりうまくはないのです。

1

タラップを昇る――足が震える。NHKでは二期後輩のアナウンサー、志村正順《しむらせいじゅん》が盛んにこの飛行機を褒めていたが、最新鋭のダグラスDC－6といえども、所詮は飛行機である。そして飛行機は墜落するものだ――和田信賢《わだのぶかた》は、空を飛ぶ巨大な鉄の塊《かたまり》をまったく信用していない。

座り心地のいい広いシートに腰を下ろしても、圧迫感は消えない。もしかしたら自分は、閉所恐怖症なのかもしれない。飛ぶ前からこんなことで、本当にフィンランドまで行けるのだろうか。いつ動き出すかと待ち構えているうちに、気分が悪くなるほど鼓動が速くなってくる。そう、やはりこんな大きな鉄の塊が空を飛ぶわけがない――和田は大きく深呼吸した。いかん、いかん……緊張したら、また血圧が上がってしまう。この血圧のせいで体調が優れないことは自分でも分かっているし、医者にも厳しく注意されていた。

と、突然スピーカーから英語でアナウンスが流れる。最初は聞き取れなかったが、二回目で何とか理解できた。

「第三エンジンの故障により、当機の出発は一時間ほど遅れます」

何だ——和田はほっと息を吐いたが、死刑執行が先送りになっただけだと気づき、また鬱々たる気分になった。しかし、飛行機を降りれば元気になれるだろう。空港では、見送りに来た妻の実枝子《みえこ》も待ってくれているはずだから、もう一度別れの挨拶を交わそう。妻の顔を思い出すと急に気が楽になって、立ち上がった。前席に座る志村をからおうという気にもなってくる。

「志村君、君はDC-6を褒めちぎっていたじゃないか。『エンジンの調子まで違う』とか言っていたよな」

「ええ」

「確かにエンジンの調子は違っていたみたいだね。故障していたとは気づかなかったよ」

「いやあ、面目ないです」志村が苦笑いしながら頭を下げた。「でも、大丈夫ですよ。単なる故障ですから、すぐに出発できます」

その「単なる故障」が心配だ。どうせなら出発できない方がいいのだが——と和田は内心思った。行きたいが行きたくない——オリンピックに対する複雑な思いが胸中で渦巻く。

飛行機が動き出したので、和田はぎょっとして座席に腰を下ろした。しかし、飛び立とうとしているわけではなく、ターミナルの方へゆっくりと戻っていくのだった。

タラップを降りる時、和田はまた足が震えるのを意識した。まったく、だらしない……しかし恐怖は、気合いで抑えられるものではない。

何事かと心配になったのだろうか、見送りの人たちが一ヶ所に集まっている——その中に実枝子の姿を見つけ、和田は自然に表情が緩むのを感じた。今朝目覚めた時、これが今生《こんじょう》の別れになるかもしれないと不安になったのだが……取り敢えず、また会えた。それだけで、大変得をした気分になってしまう。

和田の顔を見ると、実枝子が驚いたように目を見開いた。

「どうしたの？　いきなりこっちへ戻ってくるから、びっくりしたわ」

「エンジンの故障だってさ。一時間ぐらい遅れるそうだから、スナックへでも行こうよ」

「ええ」

他の乗客も、手持ち無沙汰にスナックバーへ向かう。和田は、足元がふわふわするような感覚を味わっていた。死刑執行、先送り……いや、馬鹿なことを考えてはいけない。

スナックバーに入っても、周りはＮＨＫの知り合いばかりなので、気は楽だ。とはいえ、今は妻との貴重な時間……和田は敢えて実枝子と二人、少し離れた席に座った。

「顔色がよくないわよ」実枝子が心配そうに言った。

「飛行機は好きになれない。信用できないよ」和田は両手で顔を擦《こす》った。「四月に、もく星号が落ちたばかりじゃないか」

「あれは、もっと小さい飛行機でしょう」

「大きい小さいの問題じゃないと思うんだけどなあ」

羽田発大阪経由福岡行きの「もく星号」が墜落したのは、四月九日だった。羽田空港を離陸後間もなく、伊豆大島上空で消息を絶ったもく星号には、漫談家の大辻《おおつじ》司郎《しろう》や八幡製鉄の社長ら著名人が乗っていたこともあって、大騒ぎになった。情報は錯綜し、「全員無事」などの誤報も流れて、これを真に受けた大辻の秘書が、気を利かせて大辻の談話を勝手に発表するという笑えない話もあった。結果的にもく星号は翌朝、伊豆大島の山腹に墜落しているのが発見され、日本国中に衝撃が広がった……その記憶がまだ生々しい中、フィンランドまで飛ぶのは、なかなか辛いものがある。

「大丈夫よ」実枝子が微笑む。「皆さん一緒だし、怖いことなんかないから」

「そういう問題じゃないんだよ」微笑み返そうとして、和田は顔が引き攣《つ》るのを感じた。自分でもこんなに弱気になるとは思ってもいなかった。せめて体調さえ万全なら……。

「親父たちのこと、よろしく頼むな」

「お義父さんたちの引っ越しの準備、進めておくわね」

「頼むよ。だけど、大変だなあ」

「私たちがタンスを運ぶわけじゃないのよ」

「そうだけど、引っ越しは面倒じゃないか」

そもそも大岡山に家を買ったのは、両親のためでもあった。千葉に住む両親を引き取って一緒に暮らす……自分たちの引っ越しは終えたのだが、ヘルシンキ・オリンピック取材という人生最大の出来事の前では、両親の分は延期せざるを得なかった。

「もっと楽しんで行ってきたら？」実枝子が心配そうに言った。「ヘルシンキに着きさえすれば、何とかなるでしょう。いつも通りに放送すればいいんだから」

「言うのは簡単だけど、外国からだからねえ。ヘルシンキがどんな街かも分からないし、今のところ、不安しかないよ」

「あなたは仕事が大好きでしょう。その大好きな仕事でヘルシンキにまで行かせてもらえるんだから、もっと張り切らないと」

「まあ、そうだね」うなずいたものの、表情が硬いことは自分でも意識していた。エンジンが直ればすぐに呼ばれるだろう。その先には、長い長い空の旅が待っている。

数日前、和田はかかりつけの医者に真顔で相談してみた。一万メートルもの高度を飛ぶ飛行機に長時間乗って、血圧は本当に大丈夫なのだろうか——医師は、「キャビンは与圧されているから地上と同じだ」と笑って取り合わなかったが、和田の心にはまだ不安が燻《くすぶ》っている。そもそも、こんな高血圧の人間が飛行機に乗っていいのだろうか。和田の血圧は、時に上が二百を超えることがある。ほとんど病人ではないか……。

「和田君」

声をかけられ、和田はゆっくりと立ち上がった。隣に座る実枝子が素早く席を立ち、深々とお辞儀する。日本オリンピック委員会の委員長、東龍太郎《あずまりようたろう》が立っていた。

「東さん」和田も一礼した。ヘルシンキ行きの便には、NHKの中継スタッフ以外に、オリンピック委員会の要人たちも同乗している。普段は「取材する方とされる方」という一線を引いた立場なのだが、今回は「一緒にオリンピックに赴く仲間」という意識が強い。

「顔色がよくないが、調子でも悪いのかね？」

「いやあ、飛行機に乗るせいで緊張しているんでしょう」和田は笑みを浮かべた。

「フィンランドからの名調子を期待していますよ。もっとも、我々はそれを聴けないわけだが」

「日本向けの放送ですからね。でも、向こうでの取材ではお世話になりますから、よろしくお願いします」

「どんどんやってくれたまえ」東が真顔でうなずく。「このオリンピックがどれだけ大事なものかは、君たちも重々承知しているだろう。日本が戦後初めて参加する夏季オリンピックだ。主権回復、そしてヘルシンキ・オリンピックへの参加……昭和二十七年は、日本の『戦後』が終わる年になる」

東の説明はいつも通りに演説口調だった。日本オリンピック委員会の委員長というだけでなく、大学教授でもあるから、基本的に理屈っぽい——硬いのだが、和田も真剣な口調でうなずき、同意の意を示した。

「仰《おっしゃ》る通りです。こちらも責任重大ですよ」

「放送の力は、私にもよく分かっているよ。海外で日本選手が活躍する様を、日本国民に伝える——それでこそ、日本人としての誇りを取り戻せるんだ。それがいずれは、東京でのオリンピック開催につながる」

夢のような話だ。しかし、東たちオリンピック委員会メンバーの重大な目標——野望は、和田もよく知っている。いつか東京でアジア初のオリンピックを開催したいというのが、彼らの積年の、それこそ戦前からの悲願なのだ。

そのために、このヘルシンキ・オリンピックが重大な意味を持つことは和田も承知している。戦後最初のオリンピックは、昭和二十三年にロンドンで開催された。しかしまだGHQの統治下にあった日本は参加を許されず、戦争が終わって世界のスポーツが復興する様を、関係者は指をくわえて見ているしかなかった。それが今年、ようやく国際舞台への復帰が叶ったのだ。二月のオスロ冬季オリンピックに続いて、ようやく夏のオリンピックにも出場できる。委員会のメンバーが張り切るのも当然だろう。メダルをたくさん獲得して国威発揚《こくいはつよう》——いや、今は国威発揚などと言うべきではないかもしれないが、悲願の東京オリンピック開催へ向けて、日本の底力を見せつけたいはずだ。

そのために、彼らがNHKの放送にも期待を寄せていることは痛いほど分かっている。試合の結果は新聞にも詳しく書かれるが、いち早く生で現地の様子を伝えるのは、自分たち放送局の人間なのだ。

「私が一番残念なのはね」東が急に表情を緩めた。「オリンピックに行っている間は、『話の泉』を聴けないことなんだ」

「お聴きいただいていたんですか」和田の緊張は少しだけ解《ほぐ》れた。自分が司会を務めるクイズ番組「話の泉」は、既に三百回近い放送を重ねる人気番組だから、東のような人が聴いていていてもおかしくない。

「毎回必ずね」

「私がいない間は、夢声《むせい》さんが代わりに司会をやってくれるそうです」

「そうか。しかし私は、和田信賢の司会に慣れてしまっているものでねえ」

「残念ながら、ヘルシンキからは『話の泉』は放送できませんよ」

「それは帰ってからの楽しみにしておこう。では、長旅だが、お互いに気をつけましょう。まずは、元気にヘルシンキに降り立ちたいね」

和田は、東が差し出した手をしっかり握った。かつてボートの選手として活躍した東の手は年齢を重ねても大きく、ごつごつしている。力強い握手が、和田の体に力を送りこんでくれるようだった。

「和田さん、和田さん」

「ああ、宮田《みやた》君」

愛嬌のある笑顔が特徴のNHKアナウンサー、宮田輝《てる》だった。「のど自慢」の司会で人気のこの若手は、普段から和田を兄貴分と慕っている。和田の感覚では、年下のライバルなのだが――ニュースやスポーツ中継のアナウンサーではなく、娯楽番組の司会者として。

「話の泉」は、弁士から始まって映画、小説など様々な分野で戦前から活躍している徳《とく》川《がわ》夢声、詩人のサトウハチロー、「音楽の泉」の司会者でもある作曲家の堀内敬三《ほりうちけいぞう》ら、有名な人気者と司会の和田とのかけ合いが人気の源だったが、宮田が相手にするのは素人である。そのあしらいの上手さは、とてもまだ三十歳の人間のそれとは思えなかった。

「写真、一緒に撮ってくれませんか？」手には小型のカメラを持っている。

「さっき、皆で一緒に写したじゃないか」

「いやあ、二人で写りましょうよ。こんな機会、滅多にないですから」

「……いいよ。実枝子、ちょっと写してくれないか？」

「私ですか？」実枝子がびっくりしたような表情を浮かべる。「カメラなんて、使えませんよ」

「大丈夫ですよ」人懐っこい笑みを浮かべて、宮田が実枝子にカメラの使い方を説明する。宮田がダイヤルを細かく調節し、実枝子はシャッターを押すだけ、ということにしたようだ。

「じゃあ、いきましょう」宮田が和田の横に並び、ぴたりとくっついてきた。あろうことか、腕まで組む。

「おいおい、宮田君」

「いいじゃないですか。先輩との貴重な写真なんですから」

「実枝子、早くしてくれよ」和田は苦笑した。「宮田君とくっついて写真に写るなんて、気持ちいいものじゃないぞ」

「はい、写しますよ」実枝子がおっかなびっくりカメラを構え、シャッターを切った。

「ああ、奥さん、ありがとうございます」

宮田が嬉しそうに言って、カメラを受け取った。彼の存在が引き金になったように、アナウンサー仲間やＮＨＫの職員たちが次々に寄って来て、和田に話しかける。ようやく人の波が引いたのは、エンジンの修理が終わったというアナウンスがきっかけだった。

「あなた、本当に人気者なのね」実枝子が呆れたように言った。

「人気者かもしれないけど、女性の見送りは少なかったなあ」

「もう」

実枝子に軽く腕を叩かれ、和田は小さな喜びを味わった。女性問題では……まあ、実枝子を泣かせたこともあったが、それも卒業だ。自分も、もう四十歳。無事にヘルシンキでの仕事を終えたら、すぐに「話の泉」の司会に復帰しなければならないし、両親を引き取って新しい生活も始まる。ヘルシンキ・オリンピックが転換点になり、自分の人生が新しい局面を迎える予感がしていた。

2

フィンランドに向かうSAS（スカンジナビア航空）便は、結局定刻から二時間二十分遅れで羽田を出発した。いよいよ長い旅の始まりか……ぐんぐん高度を上げるDC－6の機内で、和田は憂鬱《ゆううつ》しきりだった。何度も耳が痛くなる。機内は与圧されているはずだが、本当に大丈夫なのだろうか。水泳の時の耳抜きの要領で、何とか耳は普通に聞こえるようになったが、今度は吐き気がしてきた。

最初の寄港地、那覇に到着する前に、夕食が出た。この機内食にも悩まされそうだな……目の前のテーブル一面に置かれた食事は、トマトスープに果物、パン、マッシュポテトとほうれん草を添えた魚のフライ。それにチーズもついている。酒はワインだった。ワインねえ……酒好きな和田も、ワインにはほとんど馴染みがない。それを言えば多くの日本人にとって、ワインは未だに珍しい酒である。悪酔いするとどんな目に遭うか分からない――飛行機の中だから逃げ場がない――ので、和田は少しだけ口にすることにした。白いワインは酸味が強く、爽やかな味わいだったが、一気に呑まないように自重する。

食欲が湧かないな……しかし、隣に座る同僚の大原保《おおはらたもつ》は、旺盛な食欲を発揮して勢いよく食べている。それも当然か。NHKの取材団の中で最年少の技術職員、同時に派遣団の「雑用係」でもある大原は、まだ二十五歳になったばかりなのだ。体力も必要な仕事をしているせいか、何より食べることが好きなようである。

「君はよく食べるねえ」和田は呆れて言った。大原は早々と魚のフライを片づけてしまい、お代わりを欲しそうにしている。「体が小さい割に……食べたものはどこへ消えるのかね」

「自分でも分かりません」パンをちぎりながら大原が答える。「あと十センチぐらい、身長が欲しかったですね。そうしたら、巨人軍の選手になっていたかもしれません」

「君は野球少年だったのか」

「はい。でも、終戦の年に十八歳でしたから、野球どころじゃなかったんですけどね」

「君らの世代は可哀想だよなあ」心底同情して和田は言った。「育ち盛りの頃にはもう戦争で、食べるものがろくになかっただろう」

「開戦の年に十四歳でしたからね」大原がうなずく。

「一番食べたい年頃だよな……その反動で、たくさん食べるようになったのかね」

「そうかもしれません」大原がパンを口に詰めこむ。

「今はいいけど、ずっとその調子で食べ続けたら、中年になって一気に太るぞ」

忠告しても、大原は嬉しそうな表情を浮かべてうなずくだけだった。ボソボソして味気ないパンなのに、いかにも美味《うま》そうに食べている。こういう人間なら、海外でも上手くやれるんだろうな、と和田は感心した。腹一杯食べられれば元気が出る。逆に、食べなければ仕事もできない。

そもそも和田は、洋食が好きではなかった。普段の食事も基本的には和食。今回も、味噌や醬油を持ってこようかと思ったぐらいだった。「料理なんかできないんだから無駄になりますよ」と実枝子に止められたので諦めたのだが……フィンランドで食事に醬油をかけたら、不思議がられるかもしれないし。

魚のフライをナイフで小さく切って、口に運ぶ。衣は固く、魚には味気がない。半分ほどでやめにしたが、後で胸焼けするかもしれないと心配になる。その後でチーズとパンを食べ、何とか腹の隙間を埋めた。もともとそれほど大食漢ではないから、食事はこれで十分だ。

食べ終えてホッと一息つく。この後も食事には悩まされそうだが、何とか慣れていくしかないだろう。しかし、かすかな吐き気が消えないのは困る。飛行機に乗っているせいなのか、高血圧のせいなのか。

「那覇の次はバンコックですよね」大原が嬉しそうに言った。

「ああ」

「ラングーン、ボンベイ、バスラ、カイロ、それからようやくヨーロッパ……長旅ですねえ」

「まったくだ」

大原は依然として、興奮冷めやらぬ様子だった。愛すべき若者ではあるものの、隣でずっとお喋りされていると、流石《さすが》に少し鬱陶《うっとう》しい。和田は「少し寝てみるよ」と告げて、静かに目を閉じた。

しかし、ずっと耳鳴りのような音が鳴り響き、一時たりともやまないので、どうしても眠れない。エンジンの音だからどうしようもないのだが、これから先の長旅で、ずっとこの音に耐えていかねばならないと考えると、げんなりした。

気流の具合がいいのか、揺れはほとんどない。機中の人たちは、互いの席を行き来して談笑している。既に時刻は日付が変わる頃……しかしはるか遠いフィンランド行きの興奮が、乗客から眠気を遠ざけているようだ。

午前一時、那覇着。この後はずっと南へ飛び、午前九時過ぎにはバンコックに到着予定だ。はるか遠くのバンコック……しかしまだ旅は始まったばかりだと考えると、溜息が出てしまう。

一度機を降りて戻って来ると、ベッドが設《しつら》えられていた。こいつはありがたい……DC‐6の機内は、かなり豪華な造りである。二席並びのシートが左右に二列。このシートを倒すと、完全なベッドになる。さらにシートの上の荷物入れを下ろすと、そこにもベッドが出現――国鉄の寝台車のような二段ベッドになるが、アメリカの飛行機のせいか、サイズはずっと大きい。和田の体格なら、楽に寝返りが打てるほどだった。下のベッドを大原が譲ってくれたので、遠慮せずにそちらを使う。国鉄の寝台車でも上が苦手で、いつも何とか下の段で眠れるよう、あれこれ手を尽くしているので、これはありがたかった。

横になって目を瞑《つむ》ると、どっと疲れを感じる。しかし、疲れているものの眠れないという、非常に悪い状態だった。気が高ぶり、間違いなく血圧が上がっている——気疲れして、逆に目が冴えてしまう。

仕方なく、頭の後ろに両手を組んであてがい、上のベッドの底部を凝視した。真っ暗な中、ベージュ色の「天井」がぼうっと浮かび上がるように見えるだけだったが、それでも妙に明るい感じがした。

ふいに過去に引き戻される。初めてオリンピックを意識した時だ。

十六年前——ベルリン・オリンピックの二百メートル平泳ぎで、前畑秀子《まえはたひでこ》が優勝を飾ったレースを実況したのは、大先輩の河西三省《かさいさんせい》。アナウンサーになりたての和田は、あの放送に大きな衝撃を受けた。

河西はもともと時事新報の運動部記者で、後にＮＨＫに入局してスポーツアナウンサーに転身した。そのアナウンスは詳細かつ語彙《ごい》が豊富、野球中継では「河西の中継を聞いているだけで完璧なスコアブックをつけられる」と称されたほどだった。本人は極めて真面目、かつ紳士的な人で、入局したての和田にとっては、まず目指すべき先輩でもあった。スポーツ中継の魅力に目覚め始めていた和田にすれば、一番近くにいる大きな目標——和田は密かに、若手としてベルリン・オリンピックへ派遣されるのではと期待していたのだが、世界の檜舞台で中継を任されたのは、やはりベテランの河西だった。

その河西は、ベルリン・オリンピックで冷静さを欠いた中継をして、大きな話題になった——批判を浴びた。ラジオの前で固唾を呑んで耳を傾けていた和田も、いつもの河西とはまったく違う語り口に仰天してしまった。

前畑は、ベルリン・オリンピックの前——ロサンゼルス・オリンピックの女子二百メートル平泳ぎで銀メダルを獲得し、翌年には世界新記録を樹立した。迎えたベルリン・オリンピックでは、地元ドイツのゲネンゲルとの一騎打ちになり、河西の中継には次第に熱が入って、途中から「前畑頑張れ！」を連呼するだけになってしまった。わずか〇秒六差でゴールした後は、「勝った、勝った」と叫ぶのみ。和田が数えた限り、河西は二十回近く「勝った」を繰り返した。

あの冷静沈着な河西さんが……この放送に対しては「実況ではなく応援ではないか」との批判が集まった。実際河西は、「勝った」を連呼するあまり、三位以下の結果をまったく紹介せず、「スポーツの実況中継としては失敗」と腐された。

「和田君」常々河西に言われていた言葉を思い出したものだ。「描写するんだ。説明しなくていい。アナウンサーはカメラであるべきなんだ」——しかしあの時の河西は、カメラではなかった。興奮が言葉になって溢れ出し……いや、河西の目は、そもそも前畑しか見ていなかったのかもしれない。

帰国した河西に、和田は思わず訊ねた。

「前畑選手の中継は、いつもの河西さんらしくなかったけど、どうしたんですか？」

「そりゃあ、君」河西が苦笑しながら答える。「目の前で、金メダルを取るかどうかという戦いだよ？　前畑君とゲネンゲルの一騎打ちは、まさに手に汗握る展開だった。前畑君のリードがどれぐらいかとか、ゲネンゲルがどんな風に迫っているとか、冷静に実況してもしょうがない。会場もものすごい熱狂ぶりだった。私もあれに完全に呑まれたね……スポーツ中継の教科書があったら『絶対にやってはいけない中継』の例に挙げられるかもしれないが」

「私は感動しました」和田は素直に認めた。

「そうかい？」河西の目がキラリと光った。「どちらかと言うと、悪評の方が高かったようだけどね」

「私もいつか、あんな放送をしたいと思います」

「よしなさい」河西が苦笑する。「あれはやはり、失敗だ」

「アナウンサーが興奮して、まともに喋れなくなってしまうようなこともあっていいと思うんです。聴いている方は、それで大変な試合だと察してくれるんじゃないでしょうか」

「何だ、君もやはり、私がろくに喋れなかったと考えているんじゃないか」

「いや、そういうわけでは……」

河西が破顔一笑《はがんいっしょう》し、和田の肩を叩いた。

「まあまあ……確かに君の言うことにも一理ある。中継のやり方に、正解はないんだろうな。ラジオのスポーツ中継は、まだ歴史が浅い。だから、いろいろな方法を試行錯誤しているわけだ。知ってるかね？　アメリカでは、野球中継のアナウンサーが、想像だけで放送をつないだことがあるそうだぞ」

「想像で？」

「アメリカでは、球場から試合経過が逐一電信で入ってきて、スタジオにいるアナウンサーが場面を適当に補いながら放送することもあるらしい。広い国だからね……ある日、機械の故障で球場から情報が入ってこなくなって、故障が直るまで、即興で適当に放送を続けたそうだ。バッターが延々とファウルを打ち続けて十分間とか」

「ひどいですね」和田は思わず顔をしかめた。それは中継ではなく「芝居」ではないか。

「まあ、ラジオもまだまだ黎明期《れいめいき》ということだよ。してみるべきなんだ。失敗したら素直に頭を下げておけばいい。特に君は若いんだから、時間をかけて自分の話術を築き上げるといいよ」

「はい……オリンピックはどうなんですか？　どんな雰囲気ですか？」

「それは君――」河西の顔が輝いた。「あれこそ、世界で最も優れた選手が集まるスポーツの祭典だ。そこで最高の試合を観て、ラジオの前で座って待っている人に届ける――スポーツ中継で、こんなに素晴らしいことはない。まさにアナウンサーの醍醐味だ」

「次のオリンピックでは、私も中継させてもらえるように頑張ります」

「何言ってる、次は君が主役だよ。そもそも東京で開かれるオリンピックなんだから、

ＮＨＫのアナウンサーは総動員になるだろう。今まで観たこともない競技の中継もするんだから、今からきちんと勉強しておくんだよ」

悲願の東京オリンピックは、四年後の開催が決まったばかりだった。アジア初、まさに日本にとっては国威発揚の最高の機会でもある。ＮＨＫの上司にも、「これは日露戦争以来の好機だ」と興奮する人がいるぐらいだった。日露戦争での勝利は、日本が世界の強国入りしたことを実力で示した。東京オリンピックという平和の祭典では、日露戦争とはまた別の形で日本の国力を世界に見せつけることになるだろう——和田も、そんな舞台で中継することを想像すると、今から胸が高鳴るのだった。

——しかし、東京オリンピックは実現しなかったわけだ、と寂しく考える。

日中戦争の激化により、日本は国際オリンピック委員会《IOC》加盟の各国から、「開催返上」を迫られた。日本人最初のＩＯＣ委員である嘉《か》納《のう》治《じ》五郎《ごろう》は必死の抵抗を見せ、何とか開催を維持したものの、総会から帰る船上で病没してしまった。その影響もあったのだろうか、日本は昭和十五年のオリンピック開催を返上している。その後の第二次世界大戦の戦況激化で、代替地のヘルシンキ・オリンピック、昭和十九年のロンドン・オリンピックも中止に追いこまれた。結局、戦前はベルリン・オリンピックが最後の開催になり、戦後に復活するまで十二年もスポーツと平和の祭典は開かれなかった……。

その間、和田自身にも様々なことがあった。終戦直後に、一時的にＮＨＫを離れたものの、すぐに嘱託として「話の泉」の司会者になり、大相撲では「中継」ではなく「解説者」として放送席に座ることもある。自由な立場で、ようやく自分の居場所を見つけつつあった。

戦前とは立場も変わり、アナウンサーになる前から憧れだったオリンピック中継を担当することはないだろうと諦めていたが、今回、思わぬところから好機が回ってきた——それでも素直に喜べない。

和田は寝返りを打ち、窓の方を向いた。低周波の騒音が体を包みこむ感じは消えなかった。

トイレに立った。狭い個室で用を足している間に吐き気がひどくなり、床にしゃがみこんでしまうほどだったが、吐くに吐けない。最悪の状態だった。便器に腰かけ、めまいが去るのをじっと待つ。しばらく頭を下げていると、やっと頭の中に血液が回り始めた感覚があり、めまいは去っていった。和田は慎重に首《こうべ》を上げ、何とか体調が戻ったことを確信してトイレから出た。

座席に戻ってまた横になったが、とても眠れそうにない。諦め、取り敢えず目を瞑って、少しでも体を休めようとした。いや、まったく疲れてはいないのだが……酒の力を借りて無理にも眠ろうかと思ったが、酔うとどうなるかが心配だった。

オリンピック取材、そして中継はアナウンサーとして最高の目標、夢であり、十年前の自分だったら何を犠牲にしても飛びついていただろう。しかし今は、状況が違う。ずっと和田を悩ませているこの体調不良……主に高血圧のせいだが、それだけではない何か、病魔に体を冒されている感じがする。医者も見逃しているのではないか？　それを思うと不安が高まり、鼓動も速くなってくるのだった。

機内アナウンスが流れる——はっとして腕時計を見ると、午前七時になっていた。いつの間にか寝ていた？　いや、そうとは思えない。ずっしりとした疲れが全身に巣くい、まぶたが重い。着陸に備えてベッドから通常の座席への変更が行われている間、和田はまたトイレに入って顔を洗った。生ぬるい水を顔に叩きつけてもまったく目は覚めないが、それでも間もなく着陸だ、地面に立てるのだと考え、気持ちを奮い立たせようとした。

窓際の席に陣取り、地上を見下ろす。非現実的な高さにいるのに、不思議と恐怖は感じなかった。対地速度五百キロというとんでもないスピードで飛んでいるにもかかわらず、地上の景色はゆっくりとしか変わらない。

地上の風景は、意外によく見えた。悠々たるメコンの流れ、広がる水田、そして所々に姿を現すパゴダ。独特の仏塔であるパゴダを上空から見ると、東南アジアに来たのだ、と実感する。

「眠れましたか？」大原が溌剌《はつらつ》とした表情で訊ねる。膝の上で小さなノートを広げている。そう言えば、羽田から那覇に向かう途中も、何か書き物をしていた。

「いやあ、どうかな」和田は顔を擦った。昔からからかわれてきた癖っ毛の先が、少し濡れている。「寝たような気もするし、まったく寝られなかったのかもしれない。君はよく寝ていたねえ。いびきがすごかったよ」

「本当ですか？」大原が顔を赤く染める。

「冗談だよ」和田はニヤッと笑った。「仮にいびきをかいていても、こんなにずっとエンジン音が響いていたら、聞こえないだろう」

「すぐ寝たと思うんですけどね。もったいなかったなあ。せっかく初めての飛行機だったのに……外の景色を見ておくべきでした」

「どうせ夜の飛行だから、あまり見えないよ。ところで、何を書いてるんだ？」

「日記というか、メモです」大原が鉛筆を指先でくるくる回した。「せっかくだから、見たもの、聞いたものをちゃんと記録しておこうと思って」

「それは大事だよ。後で思い出す縁《よすが》になる。それより、窓際の席に座るかい？」東南アジアらしい景色にも早々と飽きてきた。

「いえ、大丈夫です……もうすぐバンコックですね」

「ああ」和田は腕時計を見た。予定では、あと一時間ほどで着陸だ。羽田、そして那覇からずいぶん長く飛んできた——しかしこの旅はまだ始まったばかりなのだ。

那覇に次いで、二度目の着陸。タイヤが滑走路に接地する瞬間の大きなショックに備えて、和田は身を固くして身構えた。しかしショックは予想していたほどではなく、ほっとして、それまで止めていた息を吐く。

飛行機から降りられると思うと、少しだけ気が楽になった。しかし、タラップを降りて一瞬外の空気に触れただけで、その暑さに参ってしまう。日本ではまだ梅雨の最中で、時々寒さを感じる時もあるのだが、バンコックはまったく違う。気温が高い上に湿気も強く、息をするだけで肺の中が熱くなるようだった。ターミナルに入ると、弱くだが冷房が入っていたので、それだけでほっとする。

しかし空港の設備は貧弱で汚く、すぐにここにいるのが嫌になってきた。とはいえ、整備と給油のために、離陸は一時間半後である。それまでに、朝食を摂ってエネルギーを補給しなければならない。

食べられるかどうか、自信はなかったが。

食堂では、NHKの派遣団と一緒に席についた。メニューはハム、卵、鶏料理。少し甘いものを胃に入れて疲れを取ろうと、コーヒーに砂糖を入れようとしたら、ザラメだった。

他の職員たちは旺盛な食欲を発揮して朝食を平らげていくが、和田は料理を持て余していた。まずくはないのだが、とにかく食欲がない。何とかゆで卵を食べ、パンを齧《かじ》り、コーヒーを二杯飲んで胃を満たす。

志村が「食欲、ないですか？」と心配そうに訊ねてきた。野球中継で人気のこの後輩は、心配性な上に世話焼きだ。

「これだけ長く空を飛んでいると、体調もおかしくなるよ。それにしても、志村君は元気だねえ」

「和田さんもそのうち慣れますよ」

「慣れるほど長く、飛行機に乗っていないといけないわけか……大原君、僕の分も食べないか?」

和田は、ハムと鶏料理がほぼそのまま残った皿を、傍に座る大原の方に押しやった。

「いいんですか?」大原が嬉しそうに訊ねる。

「もちろん」

「じゃあ、いただきます」

大原は、料理を次々に平らげていく。見ている和田は、思わず苦笑してしまった。

「君は若いねえ。実によく食べるな」

料理を頬張ったまま大原が何か言ったが、はっきりと聞こえない。

「和田さんは、若い時もそんなに食べなかったじゃないですか。もっぱらこっち専門で」志村が、盃を口元に持っていく真似をした。

「考えてみれば、酒で栄養を補給していたんだよなあ」

「そんなの、和田さんだけです。つき合わされるこっちは大変だったんですよ」

「いやあ、君には実に迷惑をかけた」

和田は笑いながら謝った。今は冗談めかして話せるが、戦前には洒落にもならない話がいくらでもあった。当時、アナウンサーたちの溜まり場になっている店が銀座に何軒かあり、和田たちは毎晩のように入り浸っていた。時には夜のとばりが降りる前に入りこんで、しこたま呑んで酔うこともあった。和田は自分で「まずい」と判断すると、あまり呑まない志村を「代打」として局へ送り出していたのだ。

「おい、志村君、僕の代打を頼む」

「分かりました」

志村も素直なもので、愛宕山《あたごやま》の放送局までタクシーを飛ばし、夕方のニュースを無事に読み終えると、また酒場に戻って来るのだった。酒場で志村の読み上げるニュースを生で聴いていた和田は、酔ったまま「代打」の出来栄えをあれこれ批評する——そんなことが何度あっただろう。

「でも、あれで鍛えられましたね。スポーツ中継の現場では、臨機応変さが求められますし。和田さん、それが分かっていて、私を鍛えていたんじゃないですか？」

「馬鹿言うなよ」和田は笑い飛ばした。「僕は、酒を呑むのを中断したくなかっただけだ。だいたい、酔っ払ってマイクの前に座ったら、上司に何を言われるか、分かったもんじゃない」

「それはそうですね……和田さん、飛行機の中では呑んでなかったんですか？」

「遠慮した。空の上で呑むとどうなるか、分からないからね」

「今は地上にいるからいいんじゃないですか？　ちょっともらってきましょうか」

志村が立ち上がりかけたので、和田は「いや、酒はいいよ」と言って押し止めた。志村が心配そうな表情で、ゆっくり椅子を引いて座り直す。自分の体調が思わしくないことを、志村は知っている。人一倍心配性なだけに、気を揉んでもいるだろう。

「せっかくの空の旅だから、酔っ払っていたらもったいない。素面《しらふ》で、景色を楽しみながら飛んで行くよ」

「和田さんも大人になったんですねえ」妙に感心した表情で志村が言った。

「僕ももう、四十だぞ。不惑だ。この歳で大人になっていなかったら、人間としてどうかと思うよ」

テーブルに笑いが弾ける。仲間同士の気楽な会話……普段なら、どんなことより気持ちが楽になる。

しかし和田は、依然としてかすかな吐き気と重い気持ちを抱えたままだった。


【大原メモ】

和田さんの体調がよくない。よく話し、笑うが、ほとんど食事は食べないし、飛行機の中ではぐったりしている。

飛行機の旅は思ったより辛い、とこぼしていたが、どうもそれだけではない気がする。大事なオリンピックを前に、こんなに調子が悪い感じで大丈夫なのだろうか。本気で心配になる。

3

三月六日……春の雨が淡雪に変わった日、和田は家路を急いでいた。まさかの指示――アナウンサーになって以来ずっと抱いていた夢が、こんな形で叶うとは想像もしていなかった。とにかく早く実枝子に報告したい。長年の自分の夢を知っている妻は、どれだけ喜んでくれるだろう。

その数時間前、和田は春日由三《かすがよしかず》編成局長と総務部長に呼び出されていた。志村、それに志村と同期でアナウンサー兼スポーツ課長の飯田次男《いいだつぎお》らが一緒だった。いったい何事か……。

「ヘルシンキ・オリンピックへ派遣する職員の選考が終わったので、お伝えする」

編成局長が話し始めて、和田は一瞬混乱した。ヘルシンキ・オリンピック？　もちろん、七月にフィンランドでオリンピックが開かれることは知っている。日本が戦後初めて、参加が許される夏季オリンピックだ。

飯田、志村らの名前が読み上げられたが、和田は自分が呼ばれたのを一瞬聞き逃した。

「和田君？」編成局長が怪訝《けげん》そうな表情で訊ねる。

「あ、はい」和田は慌てて編成局長に向き直った。

「ヘルシンキ・オリンピック。行ってくれますね？」

「私が、ですか？」続いて思わず「私でいいんですか？」と聞き直してしまった。

「もちろん」

「私は嘱託の身ですが」

「しかし、『話の泉』の司会者だよ。今、日本で一番人気のアナウンサーだ。その君が、ヘルシンキから日本選手の活躍を伝える——聴取者も喜ぶだろう。聴取者の期待に応えるのも、ＮＨＫの役目だからな。何か、都合の悪いことがありますか？」

和田は終戦後、山形放送局に異動になった直後にＮＨＫを退職していた。しばらくは講演などをこなしていたのだが、やがて戦前の大相撲中継の名アナウンサーとはまったく別の顔で、放送界に戻ってくることになる。それがクイズ番組「話の泉」の司会だった。アメリカの番組を参考にして作られたこのラジオ番組は、終戦翌年の昭和二十一年から始まり、和田は三回目の放送から司会を務めている。魅力的な出演者の力もあって、六年も続いている人気番組だ。和田の名を世間一般に知らしめたのも、この番組と言っていいだろう。和田にとっての今の生きがい——一癖も二癖もある出演者との丁々発止のやり取りは、自分にしかできないという自負もあった。

「いえ——もちろん、お受けします」

反射的に答えてしまった。様々な思いが渦巻いたが、この好機を逃してはいけない、という気持ちがまず先に立つ。

「これから四ヶ月ほど準備期間があるので、それぞれしっかり準備を整えて下さい。普段の仕事に加えていろいろ大変だと思うが、これは諸君らにとっても一世一代のチャンスだ。NHKアナウンサーとしての誇りを持って、しっかり取り組んで欲しい」

解放されると、志村がニコニコ笑いながら話しかけてきた。

「これでまた、和田さんと一緒に仕事ができますね」

「そうだね」和田はまだ、能天気には喜べなかった。今ひとつ実感も湧かない。

「私にとっては光栄の至りです」

「君は、一々大袈裟なんだよ……だいたい同じアナウンサーといっても、今は仕事で一緒になることはほとんどないからな」

志村は、大相撲や野球の中継で人気を博している。今や局内で、スポーツアナウンサーの第一人者と言ってよかった。一方和田の仕事の軸足は、完全に「話の泉」に移っている。時々相撲中継で解説をすることもあるが、今回は久しぶりにスポーツ中継にどっぷりのめりこむことになるのかと思うと、興奮するとともに不安でもあった。

「とにかく、ご一緒できて光栄です」

「そうだな、よろしく頼むよ。もしかしたら、僕の代打で中継に入ってもらうかもしれない」

「懐かしいですねえ」志村がニヤリと笑う。「いつでもご用命下さい」

志村が話しかけてくれたので、少しは気が楽になった。フィンランドがどういう国なのかまったく想像もつかない——ほぼ地球の裏側という認識しかなかった——が、志村のように気の合う後輩が一緒なら、楽しい旅になるだろう。

急いで自宅へ戻ると、和田はすぐに実枝子に事情を打ち明けた。

「オリンピック？」

「ああ」

二人は茶の間に座りこみ、正面から向き合った。実枝子は明らかに心配そうな表情を浮かべている。

「とうとう、長年の夢だったオリンピック取材に行けるんだ」

「いつからですか？」

「七月二日」

「七月二日？　じゃあ、そんなに時間はないわね」

「まさか。まだ四ヶ月もあるよ」心配性の実枝子が不安になるのも分かるが、四ヶ月もあれば何でもできる。「心配するな。一人で行くわけじゃない。志村君たちも一緒だから、助け合って上手くやれるよ」

「体の方は大丈夫なの？」

それを指摘され、和田は黙りこんでしまった。確かに体調は不安だ……長年の深酒の影響か、血圧はずっと高いままだし、黄疸《おうだん》が出たこともある。飛行機での長時間の移動に耐えられるだろうか。

「お断りするわけにはいかないの？」

「もう受けちゃったよ」

「でも、まだ時間もあるし……」

「僕に行かせたくないのか？」

「心配なだけよ」

そう言われると、長年の夢が実現したという明るい気持ちがすっと萎《しぼ》んでいく。実枝子を心配させてまで、自分の夢を叶えるべきなのだろうか。

「ごめんなさい」実枝子がさっと頭を下げた。「あなたの夢だというのはよく分かっています。東京オリンピックを取り上げられてしまったんですものね」

「僕が中継をやると決まっていたわけじゃないけど、そうだな……あの時は、子どもが目の前にあるおもちゃを取り上げられたような気分だった。泣きたかったよ」

「その夢がようやく実現するのよね……だったら私としては、ちゃんと準備して応援するしかないでしょう」

「君はやっぱり、反対なんじゃないか？」和田は溜息をついた。

「反対じゃなくて、心配なだけ」

「その違いが分からないな」和田はもじゃもじゃの髪に手を突っこんで頭を掻いた。

「まず、体調を整えるのが先決ね。今日から禁酒したら？」

「いやいや、それは……」和田は顔を歪《ゆが》めた。正直、これから知り合いを呼んで、オリンピック派遣を報告して祝杯をあげようとしていたのだ。

「本当に、今日から禁酒を始めてみたら？　最初が肝心よ」

「君は厳しいねえ」

「いい機会じゃない」実枝子がにっこりと笑った。「酒は百薬の長とも言いますけど、過ぎたら毒ですからね。お酒をやめたら、本当に体調がよくなるかもしれないわよ」

参ったな……これもオリンピック中継に行くための代償かもしれない。しかし、本当に酒を抜けるのだろうか。

こういう時、相談できる相手が一人いると気づいた。


徳川夢声は、生きた日本芸能史のような人である。大正時代に映画の弁士として芸能活動を始め、トーキーの時代が来て弁士の仕事がなくなると、様々な分野に活動の輪を広げる。漫談、俳優としての映画出演、小説も書き、直木賞の候補に選ばれたこともある。既に五十八歳、老境に入りつつあるが、話芸は未だに健在だ。

夢声は、二十代でアルコールに溺れてから、酒の失敗を繰り返した。自著ではそれをユーモラスに描いているが、実際はかなり際どい——命にかかわることも少なくなかったようだ。今は落ち着いて、何とか上手く酒とつき合っている。禁酒の相談をするのに、これほど相応《ふさわ》しい相手はいない。

「話の泉」の放送が終わった後、和田は夢声を銀座のバーに誘った。ここは和田が自分だけの「隠れ家」にしている店で、友人や後輩と一緒に来ることはない。実際、誰かを連れてくるのは初めてだった。

「なかなかいい店を知ってますな」カウンターについた夢声が、嬉しそうに言った。

「僕の隠れ家なんです」

「なるほど。そんな大事な店に私を誘ったからには、重要な相談があるんでしょうね」

「まさに酒の話なんです」

ウィスキーのグラスを手にした夢声が、まじまじと和田の顔を見た。

「酒の話とは？」

「禁酒すべきかと思いまして」

「和田君が禁酒？　どういう風の吹き回しですか」

「実は、この夏に大事な仕事があるんです」

和田は、ヘルシンキ行きを打ち明けた。夢声は無言で聞いていたが、話し終えると、和田のグラスに自分のグラスを合わせ、ウィスキーを一気に呑み干した。

「おめでとうございます。日本の代表として行くようなものだね」

「ありがとうございます」

自分のグラスを取り上げたものの、口をつけるべきかどうか悩む。禁酒の相談をする場所として酒場を選んでしまった自分は、とんでもない愚か者ではないか？　結局グラスをカウンターに置き、酒を呑む代わりに煙草に火を点《つ》けた。

「和田君、体調がよくないですね」夢声がいきなり指摘した。

「分かりますか？」和田は声を潜めて訊ねた。

「『話の泉』が始まって何年ですか？　五年？　六年？」

「去年の暮れで丸五年が過ぎました」

「君の顔はずいぶん変わりましたね」

「そうですか？」和田は掌で頰を擦った。

「放送が始まった時、何歳でしたか？」

「三十四です」

「あの頃はまだ、青年の面影が残っていたねえ。それがだんだん若さが抜けて、渋みが出てきた。男としていい歳の取り方だったと思う。でも、ここ一年ぐらいの君の顔は、どこか緩んでますよ」

「顔が緩む？」

「元気がない、ということです。もしかしたら病気ではないかと心配していましたよ」

「確かに、あまりよくないんです」認めて、和田は血圧が異常に高いこと、一時は黄疸症状が出ていたことなどを説明した。

「それはよろしくないな」夢声が厳しい表情で首を振る。「オリンピックとは関係なく、酒なんか吞んでいる場合じゃないですね」

「ええ。正直、この体調でフィンランドまで行くのは不安でもあります。いっそ、思い切って酒をやめてしまった方がいいんじゃないかと思うんです」

「それで私に相談してきたわけですね」納得したように夢声がうなずき、すぐに声を上げて笑った。「私は禁酒の大家だ。何度も禁酒に成功しています——つまり、何度も酒に戻っている。最初の女房が死んだ時も酔っ払っていて、何が起きているのか分からなかった男ですよ？　そんな人間の言うことが信用できますか？」

「私の周りには、相談できる人が夢声さんぐらいしかいないんですよ」

「禁酒するのに一番いい方法は、入院することですね」

「そこまで悪くないですよ」

「治療のためじゃなくてもいいんです。入院していたら、酒は呑めないでしょう。断酒入院ですよ」

「ああ……でも、密かに酒を持ちこんで呑んでいる人もいると聞いたことがあります」

「私の悪行が、どこかでバレたかな」夢声が真顔で言った。

「そうなんですか？」

「そういうこともありました。病院より確実な場所というと、警察の留置場か刑務所しかないね」

「夢声さん……」和田は「夢声翁《おう》」とも呼ばれるこの男の渋いユーモアを愛していたが、今回の相談に冗談は合わない。「逮捕されたら、フィンランド行きなんて無理ですよ」

「これは失礼——だったら一つだけ、すぐにでも実現できそうな方法を授けましょう」

「はい」和田は夢声の方に向き直った。

「人と会わないことです」

「それは……」

「和田君は、寂しがり屋だね」夢声が指摘した。「いつも誰かと一緒にいる。友人も多い。そういう人たちと呑み歩くのが、何よりの楽しみでしょう」

「そう……ですね」

「それが危ないんです。皆と呑むと楽しい。つい度を過ぎてしまう」

「否定できません」

「だったらまず、友だちとのつき合いを控えなさい。会いたい時は昼間——昼間なら、酒抜きでも大丈夫でしょう」

「昼酒も悪くないですけどね」

「健康のために、真面目に禁酒したいなら、昼酒も駄目です」夢声が手を伸ばし、和田のグラスをさっと摑んだ。中身を一気に呑み干し——さすが、年季が入った呑み方だった——軽く音を立ててグラスをカウンターに置く。「さ、君の分は私が代わりに呑んでおきましたよ。これを機に、酒をやめて下さい。あなたは日本人を代表してヘルシンキに行くのだから、体調を整えておくのも義務ですよ」

オリンピックへの派遣——こういう大きな話は、黙っていてもいつの間にか広がってしまう。「話の泉」の放送前、和田はスタジオの外で、映画監督の山本嘉次郎《やまもとかじろう》から「へルシンキに行くんだって？」と声をかけられた。

「夢声さんから聞いたんですね？」

「まあまあ、いいじゃない。とにかくおめでとう」

嬉しそうな表情を浮かべる山本が差し出した手を、和田は仕方なく握った。無声映画時代からの映画監督、脚本家として知られ、特にエノケン——榎本健一《えのもとけんいち》を起用した映画では、日本人離れしたスピード感とユーモア溢れる演出で知られた名監督である。戦後も監督として引っ張りだこで、夢声と組んで撮った作品もあったはずだ。

「日本人代表というのも変だが、頑張って下さいよ。試合の様子を知るには、君たちの中継が頼りだからね。古橋《ふるはし》君がメダルを取る場面を、和田君の実況で聴きたいものだ」

敗戦後の日本で、「フジヤマのトビウオ」の異名をとった古橋廣之進《ひろのしん》は、ヘルシンキ・オリンピック出場も確実視されている。しかし全盛期は既に過ぎていると言われており、実際にメダルが取れるかどうかは疑問だ。

「山本さん、この件はまだ内密にお願いしますよ」和田は唇の前で人差し指を立てた。

「君ぃ」山本が嬉しそうに笑う。「めでたい話なんだから隠すことはないじゃないか。だいたい、映画関係者に内密の話をしたら、翌日には噂は業界全体に広がっているものだよ」

参ったな……和田は頭を掻いた。山本の言う通りで、芸能関係者は噂話が大好きだ。

「内緒で」と念押しされても、次の瞬間には「まず誰に話そうか」と考えている。山本は映画界の大立者で顔も広いから、話が広がるのは時間の問題だろう。それにしてもこれは、夢声さんの責任だな——ちょうどスタジオ入りした夢声の姿が目に入る。ちょっと一言、文句ぐらい言っておこうか……しかし夢声はニヤリと笑うと、胸の前に両手を上げて拳を固めるのだった。頑張れ、お前も日本代表なんだから、とでも言いたげに。

日が経つに連れ、和田は少しずつ憂鬱になってきた。オリンピック中継は長年の夢。その夢が四十歳になる年にようやく叶うというのに、どうしても気が重い。

最大の不安要因は体調だった。血圧は依然として高く、めまいや吐き気が襲ってくることも珍しくない。「話の泉」や大相撲中継の放送中は、何とか気合いで抑えつけていたものの、それで具合がよくなるわけもなく、放送が終わるとぐったりしてしまう。酒は控えていた——夢声の忠告通り、できるだけ友人たちとは呑み歩かないようにした——ものの、それで急に体調が回復するわけでもなかった。かかりつけの医者に相談すると、「本当は仕事をしばらく休み、入院して体力の回復に努めた方がいい」とまで言われてしまった。ヘルシンキに行けないことはないと自分に言い聞かせたが、それまでに体調を整えておくためには、いろいろ準備も大変だ。

さらに憂鬱なのが、食事の問題だった。和田はヨーロッパになど行ったこともなかったし、そもそも洋食が好きではなかった。何がなくても刺身に冷奴《ひややっこ》——そんなものは、フィンランドでは食べられまい。「話の泉」の出演者で、戦中に朝日新聞のストックホルム支局長をしていた渡辺紳一郎《わたなべしんいちろう》に話を聞いてみると、ますます憂鬱になるのだった。スウェーデンとフィンランドの食生活は似たり寄ったりだという。国民食のような肉団子に鮭の温燻《おんくん》、それに小魚が中心で、寒い国らしく野菜はあまりない——聞いただけで体調が悪くなりそうだった。実枝子と一緒に、フォーク、ナイフで食事をする本格的なフランス料理の店に行って試してみたものの、どうにもぎこちなく、料理を味わって食べる余裕はまったくなかった。

「実枝子、俺、どうしよう」フランス料理の店からの帰り道、和田は思わず妻に不安を漏らした。「三食あんな飯だったら、絶対に死んじまうよ。日本から何か持っていけないかな」

「それはちょっとねえ……おせんべいでもどう？　あれなら軽いし、日持ちもいいから」

「せんべいじゃ、腹の足しにならないじゃないか。ああ、腹が減った……実枝子、家で茶漬けでも食わせてくれないか？　何だか今日は、食べた気がしない」

「私もですよ」

夫婦で笑い合ったが、それでも和田の不安は消えなかった。

しかし周囲は、和田のヘルシンキ行きを喜び、祝福の声を投げかけてきた。局内はもちろん、「話の泉」の公開録音に行けば、会場に来てくれた人からも応援される。かつての同級生たちにもいつの間にか話が知れ渡り、「壮行会をやろう」と誘いを受けていた。

しかし、それに乗る気になれない。最初にヘルシンキ行きを言い渡された時には、心の底から喜べた。しかし次第に不安が大きくなり、六月に入ると、行きたい気持ちと行きたくない気持ちが半々になった。今ならまだ断れるのではないだろうか……酒の力を借りないで眠る夜、ついそんな風に考えることもあった。

しかし、断れる雰囲気ではない。断ったら、他のアナウンサーに申し訳ないという気持ちもあった。スポーツ中継をするアナウンサーにとって、オリンピックは最高の舞台の一つ——まさに、昔から和田が中継を夢見ていたように。

体調は万全ではない。しかしこの好機を逃したら、二度とオリンピック中継にかかわれないのでは、という不安もあった。

どうしたらいい？　羽田を発つ日は確実に迫っている。

4

バンコックからラングーンを経てボンベイに至るまでに、和田の体調は急速に悪化した。特にボンベイへの飛行中には熱が上がり、ほとんど人事不省の状態に陥った。ラングーンからボンベイまで二千五百キロ、ベンガル湾とインド亜大陸を横断して飛んでいく——頭の中で、地球儀がくるくる回る様が浮かんでは消えた。機内では、医学博士でもある東が何くれとなく世話を焼いてくれたが、いかんせんろくに薬もないので、きちんとした治療もできない。

ようやく着陸して、一度飛行機を降り、待合室のベンチでぐったりと横になった。志村たちがどこからか氷を調達して頭を冷やしてくれたので、少しだけ楽になった。

「志村君、申し訳ない」和田はかすれる声で謝った。

「いえいえ、体調の悪い時にはお互い様ですよ。今、医者を探していますから」

「医者なんかいるのかい？」

「空港ですから、医者は常駐しているはずですよ」

「インドの医者ねえ……」

言葉も通じないのに、大丈夫だろうか。そのうち、白衣を着た大柄な男がやってきた。やれやれ、世話になるか……和田は起き上がろうとしたが、医者はジェスチャーで「寝たままで」と指示した。そういうことなら、このままでいこう。

医者はまず、和田の左手首に指先を当て、腕時計を確かめながら脈を取った。さらに体温を測り、一つうなずくと、「ノー・ヒーバー」とつぶやく。

「え？」志村が慌てて医者に詰め寄る。「ノー・フィーリング？」

「ノー。ノー・フィーバー」

「フィリング？」

「フィーバー」医者がうんざりした表情で繰り返す。

「ノー・フィーバー……黄熱病か？　つまり、黄熱病じゃないんだ。医者に向かって「ノー・フィーバー？」と確認した。

「志村君、黄熱病じゃないということだ」和田は告げて、医者に向かって「ノー・フィーバー？」と確認した。

「イエス」医者はうなずき、訛《なま》りの強い早口の英語でまくしたてた。近くにいた東が駆けつけ、医者と一言二言言葉を交わし、ほっとした表情を浮かべる。最後は医者と握手して見送った。

「東さん、何と……」黄熱病でなくても、何か重篤な病気かもしれない。不安になって、和田は訊ねた。

「よく分からないが、飛行機酔いではないかということだ」

「飛行機酔いなんかあるんですか？」

「船酔いと同じようなものだよ。常に細かく揺れているから、地上にいる時とは体調も違ってくる。実は私も、那覇までは吐き気とめまいがしていた」

「何だ」ほっとして、和田は体を起こした。「だったら心配いらないですね」

「和田君は、見た目と違って繊細なんだろう」東が声を上げて笑い、去って行った。

「しかし志村君、君の英語も怪しいものだね」和田は思わずからかった。

「いやあ、面目ないです」志村が頭を掻く。

「これじゃあ、フィンランドでも心配だね」

「まったくです。でも、ただの飛行機酔いでよかったじゃないですか」

「でも、飛行機酔いの治し方なんて分からないからな……この先もまだ長い。心配だよ」

「寝ていれば、すぐに着きますよ。現地に着けば元気になります」

「そうであって欲しいね」

南回りのヨーロッパ行きは、とにかく時間がかかる。SASのDC－6はボンベイを発って、次の経由地、イラクのバスラへ向かった。バスラでは、空港のロビーに出る気にさえならなかった。和田は一人機内に居残ることを決め、座席を倒して横になった。静かになった機内には清掃人がやって来て、乗務員と何事か話し始めたが、英語の部分はともかく、現地の言葉――アラビア語だろうか？――はまったく分からない。いや、もしかしたら半分意識不明、夢うつつの状態だったので、そういう会話すらなかったのかもしれないが。

もうだめかと思ったが、バスラからカイロ――エジプトの古都に到着したところで、和田はようやく、多少元気を取り戻した。久しぶりに――五千キロぶりに機外に出て、エジプトの空気を味わう。朝なので、砂漠の国とは思えないほど風はひんやりしている。湿気がほとんど感じられなかったのもありがたい。日本の夏だと、暑さに加えてべたべたした空気が鬱陶しいのに、エジプトではそんなことはないのだろう。

元気になったのは、朝の冷涼な空気に触れたせいかもしれない。レストランは広く清潔で、ようやく食事を摂る気になった。とはいえ、苦手な洋食を腹一杯詰めこむこともできない。サンドウィッチにレモンジュース、紅茶だけ。おやつのようなものだが、腹は膨れてしまった。ずっとつき添ってくれている大原は、またも旺盛な食欲を発揮して、サンドウィッチを二人前平らげても、まだ足りなそうにしている。

「どこで食べても同じですね。日本のサンドウィッチとあまり変わりません」

「そりゃあ、材料が同じようなものだからな。外へ出て食べれば、今まで見たこともない料理に出会えるだろうけど」

「残念です。せっかくエジプトまで来たんだから――エジプトに来ることなんて、この先二度とないでしょうね。ピラミッドは見たかったなあ」

「そいつは無理だろう……ちょっと顔を洗おうかな。洗面所に行ってくるよ」

「和田さん、そろそろ髭《ひげ》も剃ったほうがいいですよ」大原が自分の顎を撫《な》でた。

「そうだな。いくら移動中とはいえ、身だしなみには気を使わないと」顎に触れると、ざらりとした無精髭の感触が鬱陶しい。和田はカミソリを持って洗面所に入った。髭を剃り始めてみたものの、困ったことに鏡の位置が高い。顎の方は鏡に映らず、剃り残してしまった。せっかくだから、フィンランドにいるうちに顎鬚《ひげ》でも伸ばしてみようか、と考えた。日本に帰って皆が見たら、びっくりするだろう。

飛行機に戻る途中、売店を見つけてふらりと立ち寄った。少しは旅情を感じようという余裕も出てきて、絵葉書が何枚かあったので買いこむ。

カイロ発は、午前五時二十五分。機はナイル川を伝うように北上する。カイロを出た時には、眼下は一面に白茶けた砂漠だったのだが、少し経つと、ナイル川の両岸に豊かな緑が広がり始めた。文明はここから生まれた——今もエジプトに水を供給するナイル川の偉大さを改めて感じる。

機は地中海を越え、ローマへ。永遠の都、ローマか。和田は不思議な気分を味わっていた。先ほどはカイロ、そして今はローマ。世界史の授業で習った街を眼下に眺め、空港に降り立っただけとはいえ、一瞬だけ歴史の空気を吸う——今回はあくまでフィンランドへ向かう途上に過ぎないのだが、自分は今まで広い世界を見てこなかったのだと意識させられた。日本の主権回復は叶い、これからは多少、海外へも行きやすくなるだろう。何か仕事を作って……いや、実枝子と二人で旅をするのもいいかもしれない。結婚してからは、戦争もあって苦労をかけ通しだったのだ。

とはいえ、自分がこれだけ飛行機に弱いとは思わなかった。こういう旅はもう無理だろう。船酔いしやすい人は、何をやっても慣れないというし。

機内でも朝食が出た。サンドウィッチにゆで卵二個、バナナに紅茶。ゆで卵二個は食べられないかもしれないと思ったが、意外に簡単に胃に収まってしまった。食後には、ワインと煙草が配られた。

ローマの空港では、また軽い食事をした。何だか食事ばかりしているような気がするが、これが空の旅というものかもしれない。それにしても……実枝子の作る味噌汁の味が、口中に蘇《よみがえ》る。次に日本食を食べられるのは、いつになるだろう。

ここでも絵葉書を買いこみ、飛行中に実枝子宛に書いた。書くべきことが多過ぎるような、あまりないような……考えてみれば、ここまでの道中はほぼ体調が悪く、寝てばかりだったのだ。しかし書き始めると、ペンが止まらない。内容は、他愛ないものになってしまったが。

今は、体調は悪くない。ローマの空港で、ようやく普通の水にありついたおかげだ。水飲み場で、腹が膨れるまで水を飲み、それでようやく体の隅々まで元気が行き渡った感じになった。念のためにと持ってきた水筒に水を詰めこんで、一安心。思えば、機内で出てくる飲み物はワインなどの酒か、紅茶ばかりだった。普段から和田は水をたくさん飲むのだが——アルコールを中和する感覚だった——今回は水分摂取量が足りなかったのかもしれない。いくら海外へ行くとはいえ、普段と同じようにしておくべきだった。

そういう中で、新鮮な果物が出てくるのがありがたい。日本では果物はあまり食べないのだが、水分を補給できるので体にもいいだろう。バナナ、プラム、オレンジ……フィンランドでもなるべく果物をたくさん食べて、水分を積極的に摂るようにしよう。そうすれば、体調をいい感じに保てる気がした。

それにしても、今回のオリンピックに参加する人たちには、強い絆がある。選手や役員だけでなく、自分たちＮＨＫの職員や新聞記者もそうだ。戦争終結から間もなく七年……独立を取り戻した日本が国際社会で認められるかどうか、オリンピックはその正念場でもある。

本来オリンピックは、平和の祭典である。古代ギリシャで行われていたオリンピックでは、その期間中は戦争も中止された、と和田は聞かされていた。ところが、古代オリンピックの理想を蘇らせようとした現代のオリンピックは、その理想とは正反対に、戦争の影響を頻繁に受けている。第一次世界大戦ではベルリン・オリンピックが中止になり、第二次世界大戦では東京が返上——その代替地であるヘルシンキと、その次のロンドン・オリンピックが開催できなかった。何か筋が違うというか……しかし現代においては、オリンピックは戦争の抑止力になり得ない。いや、オリンピックは簡単に戦争に蹂躙《じゅうりん》されてしまう。

第二次大戦の敗戦国ということで、日本は四年前のロンドン・オリンピックからは排除されていたのだが、これもおかしな話ではないだろうか。政治とオリンピックが関係ないとすれば、戦争は戦争、オリンピックはオリンピックと分けて考え、日本も参加できるようにすべきだったのだ。四年前の和田ならもっと体調もよく、楽に渡欧できただろう。

隣に座る大原はうつらうつらしていたが、急にびくりと身を震わせて、目を覚ました。

「ああ」と短く声を上げ、両手で顔を擦る。

「そろそろ疲れがきたんじゃないか」和田は言った。

「何もしてないんですけど、不思議です。確かに疲れますね」

「水はどうだい」

和田は水筒の蓋に水を入れて、渡してやった。軽く頭を下げて受け取ると、大原が一気に飲み干し、「ああ」と嬉しそうな声を上げた。

「これ、ローマの水ですよね」

「ああ」

「そうかあ。ローマの水だと思うと、感慨深いですね」

「ただの水道水じゃないか」和田は思わず苦笑してしまった。大原という青年は、何にでも感動し過ぎる。海外が初めてなのは自分も同じだが、こちらはずっと苦しんできたせいもあって、とても感慨に浸る余裕はない。

「でも、美味かったです。ありがとうございます」

大原が返した蓋を閉める。和田自身も少し喉が渇いていたが、水がもったいないという感覚もあった。この先、体調が悪くなった時のために残しておくべきではないか？今はまだ我慢できる。

「この先の予定、どうなってたかな」

「まだまだ先は長いですよ」大原が手帳を広げた。「ジュネーブ、フランクフルト、コペンハーゲン、それからようやくストックホルムです。ストックホルムで一週間過ごしてから、いよいよヘルシンキ入りですね」

「ストックホルムで、少しは北欧の雰囲気に慣れるといいね」

「やっぱり寒いんでしょうか」

「さすがにそれはないだろう。今は七月だよ」

「北欧と言えば白夜、ですよね。どんな感じなんでしょう」

「想像もできないな」緯度の高い地域の「白夜」のことは、知識としては知っていた。しかし、夜遅くになっても明るいままというのは、実際にはどんな感じだろう。カーテンを閉めて寝られればいいが、そこで睡眠不足になったら、また体調を崩してしまうかもしれない。異国の地で病気になったら、と考えるだけでも怖い。

元来、和田は臆病で用心深い人間だ。周囲からは遊び好きで調子のいい人間と思われているだろうが、その中心には心配性な本当の姿が隠れている。

「北欧は、日本人には馴染みがないからなあ」和田は顎を撫でた。剃り残した顎鬚の感触が煩《わずら》わしい。このまま鬚を伸ばそうかとも考えたが、やはりストックホルムに着いたら綺麗に剃ってしまおう。ホテルの鏡が高い位置にあったら、先ほどと同じように剃りにくいかもしれないが。

「楽しみ半分、怖いの半分ですね」

「まあ、本番はまだまだ先だから。とにかく、昔よりはよくなったと考えるべきなんだろうな。初めて日本が参加したストックホルム・オリンピックでは、船とシベリア鉄道を乗り継いで、新橋を出てから二十日近くかかったそうだぞ」

「二十日ですか……」大原が呆れたように言った。「信じられないですね」

「船旅だって同じだよ。飛行機が飛ぶようになって、世界は狭くなったと考えるべきだろうな」

まさに、世界を股にかけて仕事することも自然になるわけだ。とはいえ、羽田からストックホルムまで約六十時間――丸二日半もかかるようでは、どんなに屈強な人間でもへばってしまうだろう。選手たちの体調は大丈夫なのだろうかと、和田は心配になった。

「そうか」ふと思いついて和田は口にした。

「どうかしましたか？」

「考えてみれば、日本人が最初に参加したオリンピックはストックホルム……あれは明治四十五年だった。僕が生まれたのも同じ年なんだよ」

「じゃあ、和田さんはオリンピックの申し子みたいなものじゃないですか」

「そういう人は日本中に――世界中にたくさんいるよ」和田は苦笑したものの、やはり自分とオリンピックのかすかな縁《えにし》を感じざるを得なかった。

ヘルシンキには、行くべくして行くことになったのではないだろうか。

5

気鬱《きうつ》――出発の日が近づいても、和田の気持ちは晴れなかった。むしろ次第に「行きたくない」という気持ちが大きくなり、断る理由はないかと真剣に考え始めたぐらいだった。一番いいのは、体調悪化を言い訳にすることだろう。しかしそれは、いかにも「逃げ」にしか感じられない。元来慎重な性格なのに意地を張って強気に見せる……自分でも厄介な人間だと意識していたが、どうしようもない。

とにかく、追い詰められている感じがしてならなかった。とても断れる雰囲気ではないのだ。せめて体調だけは整えるようにしようと、和田は本当にほとんど酒を口にしなくなった。ひたすら「話の泉」の司会に打ちこみ、あとはヘルシンキ行きの準備を整える日々。

番組は七年目に入り、出演者はすっかり顔馴染み――友人のような、家族のような存在になっていた。特に人生経験豊富な徳川夢声は、頼りになるおじのようだった。夢声は折に触れて声をかけ、和田が本当に酒を呑んでいないかどうか、探りを入れてきた。

ある日――六月に入った放送本番の日、本番前に夢声がすっと寄ってきた。

「すっかり酒の匂いがしなくなりましたね」

「本当ですか？」和田は左腕を持ち上げて、背広の袖の匂いを嗅いだ。

「いやいや、そんなところを嗅いでも分からないけど、とにかく雰囲気で……いいことです。呑んでないのかな？」

「呑んでません」

「結構、結構」夢声が満足した表情でうなずいた。「体調は？」

「まあまあですね」

実際には、よくない。依然として、上の血圧が二百を超えることもあるのだ。医者も「ヘルシンキ行きは再考した方がいい」とずっと反対し続けている。酒をやめれば血圧も下がると思っていたのだが、あまり関係ないわけか……とにかく、何の病気か分からないのが不安である。実枝子にも相談できなかった。実際の体調を打ち明けたら、心配性の実枝子は狼狽《ろうばい》するだろう。

元々つき合いがいい——というより、自分から率先して遊び回っていた和田には、仲間が多かった。特に早稲田の同期とは、今でも仲がいい。『からたちの花』などで知られる作家の宮内寒弥《みやうちかんや》、ビクターでレコードディレクターを務める上山敬三《かみやまけいぞう》らが、同窓会代わりに和田の壮行会を計画してくれたが、和田は結局この会を欠席してしまった。夢声の教えが頭から消えなかったのだ。「人と会わないことです」。そう、誰かと会えば、つい愛想よく語り合い、酒も進み、結局はぐだぐだになるまで呑んでしまう。長年繰り返したそういう生活が、自分の体を痛めつけていたことを、和田は今では自覚していた。

「だいぶお疲れのようですが」

「気疲れですね」和田はうなずいた。

「君は、豪放磊落《ごうほうらいらく》に見えて、実は神経の細やかな人だからねえ」

「そんなことは……」和田は言葉を濁した。

「つき合いの長い私には分かりますよ。とにかく出発までは、これまでと同じように、できるだけ人と会わないようにして、酒を断つことです。帰国したら、私が浴びるほど呑ませてあげますから」

「楽しみにしています」和田はうなずき、スタジオに入った。

夢声の気遣いは嬉しかったが、体調への不安が解消するわけではなかった。歩いているだけでもフラフラすることがあったし、突然動悸に苦しむこともあった。自分の体はどうなってしまったのかと、夜中に目覚めて、まんじりともせず過ごすことも多くなっていた。

出発前日、NHKの内輪の壮行会が開かれた。さすがにこれには出席しないわけにはいかなかったが、和田は乾杯のビールに軽く口をつけただけで、後は呑まないようにひたすら耐えていた。

ところが、どこかでタガが外れてしまったようで、気づくと、銀座の馴染みのバーで、志村たちと気炎を上げていた。志村は心底嬉しそうで、オリンピックが終わった後のアメリカ視察を楽しみにしていた。

「私はアメリカの野球を観てみたいですね。本場の大リーグの試合を、生でね……それを自分の中継にも生かします」

「君は真面目だねえ」和田は思わずからかった。「視察といっても、物見遊山《ものみゆさん》みたいなものだろう」

「いやいや、観るものは何でも参考にしますよ」

「ブロードウェーで芝居でも楽しんできたらどうだ。アメリカは野球も本場だけど、芝居や映画も最高のものがあるぞ」

「芝居もいいですけど、やっぱり野球ですかねえ。野球なら、英語が分からなくても楽しめますし」

「だったら僕も、向こうでテレビ局の見学でもしてくるかな。『話の泉』も、アメリカの番組を参考に作ったんだからね。本場のクイズ番組はどんな風に作られているのか、学んでこようかな」

「そうですよ、和田さんも一緒にアメリカへ行きましょう。日本でもテレビ放送が始まるんだし、そのための勉強もしましょう」

「このまずい顔を世間に晒《さら》したくはないなあ。ラジオでは顔が見えないから、のびのびやれるんだよ」

「いやあ、和田さんのように男の色気のある人なら、テレビでも人気者になるでしょう」

「よせやい。志村君に色気があるなんて言われても、ちっとも嬉しくないぞ」

笑いが弾け、和田は久々に気持ちが解《ほど》けているのを感じた。それからは盃を重ねるばかり……久々に泥酔した。

帰宅は深夜――明日は午後三時過ぎに空港へ着けばいいから、気楽なものだ。風呂に入って酒を抜き、少し実枝子と話もしたい。そう思って服を脱ぎかけた時、電話が鳴った。実枝子がそちらへ駆け寄ろうとするのを制して、自分で受話器を取り上げる。

「はい、和田です」

「その声は、酔ってますね」

「夢声さん……すみません」和田は、その場にいない夢声に向かって、思わず頭を下げてしまった。

「今日は？」

「局の壮行会でした。さすがにこれは、出ないわけにはいきませんので……」

「大丈夫でしょう」夢声が保証した。

「大丈夫？」

「今日はいい酔い方をしたようだ。声が明るい」

「そうですかねえ」

「私は、何十年も酒を呑んできたんです。何千人、何万人と酔っ払いを見てきた。だから、いい酒だったかどうかは、声を聞いただけで分かるんですよ」

「さすが、夢声さんだ……今夜はどうしたんですか？」

「明日は羽田まで見送りに行けないので、ご挨拶ですよ」

「それはわざわざ、ご丁寧に」

実枝子が水を持ってきてくれた。コップを一気に干すと、水が体の隅々にまで染みこむ。ああ、俺は美味い水さえ飲んでいれば大丈夫なんだ、と実感した。

「夢声さん、私がいない間、『話の泉』の司会をよろしくお願いしますね」

「それは、少し気が重いね」夢声が本当に嫌そうに言った。「私もいろいろな仕事をしてきましたが、司会というのはどうも苦手ですな。どちらかというと、司会者を相手に丁々発止やっている方が合いますね。私の——私たちの面白さを引き出してくれたのは、あなたですよ。和田君、君はアナウンサーの枠を超えて、司会者という職業を確立したんじゃないかな」

「大袈裟ですよ」夢声の話術には定評があるが、こんな風に露骨に褒められるとくすぐったい。「まあ、とにかく向こうでは、『話の泉』のネタになりそうな話をたくさん拾ってきますよ」

「結構、結構。外国の話になると、渡辺さんの独壇場ですからね。彼ばかりに美味《おい》しい思いをさせておくわけにはいかない」

国際派の記者として知られている渡辺紳一郎は、「話の泉」でも日本人には馴染みのない外国の話を持ち出して、和田たち、そして聴取者を煙に巻くのだった。それがまた人気になっている。

「和田君、私は何だろうね」

「何だろう、と仰られても」質問の意味が分からず、和田は首を捻《ひね》った。

「弁士から始めて、漫談をやって、『笑《わらい》の王国』で芝居を始め、映画にも出た。小説も書いた。ラジオはずっと続けています。でも、私という人間の本質は何だろう。私には、代表作がないんじゃないでしょうか」

「夢声さんは、夢声さんという一つの作品じゃないんですか？」

「というより、実体のない大きな空洞みたいなものでしょうかね。でもね、和田君、君は四十歳にして、大きなチャンスを摑んだんです。このヘルシンキ・オリンピックの中継は、あなたにとっても一世一代のものになるでしょう。いい放送をして下さい。私たちに、あなたの声で――天から降ってくる声で、日本選手たちの活躍を伝えて下さい。正直、私は君が羨ましい。これから自分の代表作を作りに行くんですからね。私はそれをちゃんと見届ける――聞き届けましょう」

胸の中に暖かいものが流れ出す。丁寧に礼を言って電話を切った後も、和田はしばらく受話器に手を置いたままだった。自分はいい友人を――師を得たな、と思う。

とにかく、行くしかない。行って、自分の声でオリンピックの様子を伝える。体調など、気合いで回復できるだろう。

「実枝子、一緒にヘルシンキに行かないか？」

「ええ？」実枝子が驚いたように目を見開いた。

「僕だけが外国を見るのはずるいと思うんだ。君も一緒に……いや、すまない。ちょっと調子に乗り過ぎた」

困惑した表情で、実枝子が和田の顔を凝視する。笑おうとしたが、その笑顔はなかなか安定しないのだった。

ほうほうの体《てい》とはこういうことか、と和田は思った。あるいは命からがら。

6

羽田からストックホルムまで、ほぼ六十時間。丸二日半の空の旅から解放されて空港に降り立った時、和田は一気に体調も気持ちも持ち直すだろうと期待していた。しかし実際には、ブロンマ空港に着いたのは深夜——いくら白夜の国とはいえ、この時間になると真っ暗である。どうせなら、朝の到着がよかったな、と思う。一日が終わる時間帯に、初めての土地を訪れても感慨がない。

ホテルに入った時には、既に日付が変わっていた。何もできずにベッドに横になったものの、すぐに目が覚めてしまう。カーテンを閉めずに寝てしまったので、弱い朝の光が射しこんできたのだった。疲労のあまり、まったく目覚めぬまま朝が来てしまったのかと思ったが、どうも様子がおかしい。ふらふらと立ち上がり、窓から外を眺める。朝ならもう人の動きがあるはずだが、人っ子一人いない——そうか、白夜ということは、日が昇るのも早いのかもしれない。はめたまま寝てしまった腕時計を見ても、今の時刻が分からない。時差があるのは分かっているが、途中でこちらの時刻に合わせてこなかったので、未だに日本時間のままだった。

たぶん、まだ夜だろう。そう判断してカーテンを閉め、もう一度ベッドに潜りこむ。

すぐに意識が消えた——次は、外を走る車や市電の騒音などで目が覚める。いよいよ本格的に朝になったのだ。ストックホルムで——ヨーロッパで最初の朝。

ベッドから抜け出し、床に足をつけてみたものの、まだふらふらする。バスルームに入り、洗面台の水を流して手を濡らす。生温《ぬる》い。こんな水で顔を洗っても、目は覚めないだろう。しばらく流し続けていたが、水は一向に冷たくならなかった。北欧なのに気温は相当高いのだろうか？　日本でも、真夏の水道水は生温いまま流れる。仕方なく、温い水で洗顔を済ませる。

改めてバスルームの中を見回すと、湯船がない。狭い囲いの中にシャワーがあるだけで、これにはがっかりだった。熱い湯を張った湯船に体を沈めれば、疲れも取れるだろうに……他の連中の部屋はどうなのだろう。シャワーで汗を洗い流すだけの毎日が続いたら、たまったものではない。

何とか目が覚めた。しかしまだ時刻は分からない。カーテンを開け放ち、外の光景を眺めた。ストックホルムは大都市だから、どこかに時計台ぐらいはありそうだ……目の前は市電が走る広い道路で、その向こうは鬱蒼《うっそう》と木が生い茂る公園。なかなかいい環境だ、と心が和んだが、この街にはわずか一週間しか滞在しない。ヘルシンキに直行しなかったのは、より大きな街であるストックホルムで、北欧の気候や生活様式に慣れるのが目的だった。本番前にこの地で合宿を張っている水泳の選手団にも、取材することになっている。

気になるのは古橋廣之進のことだった。

世界記録を何度も塗り替えた「フジヤマのトビウオ」は、このところずっと苦しんでいる。敗戦後の日本人を励ました力強い泳ぎは影を潜め、今年の日本選手権でも苦戦した。二年前、南米遠征した時にアメーバ赤痢《せきり》に罹患し、今でもその後遺症に悩まされている、と言われている。

しかし多くの日本国民は、古橋の本当の状態など知らない。日本人の記憶に鮮やかに残っているのは、四年前に古橋が出した「世界記録」だった。当時、日本はロンドン・オリンピックへの参加を許されなかったが、日本水泳連盟は日本選手権をオリンピックの水泳競技決勝と同じ日に開催し、古橋は四百メートルと千五百メートルの自由形で、世界記録を上回るタイムで泳ぎ切った。当時「オリンピックに勝った日本選手権」「意地の金メダル」などと言われたものである。

国際水泳連盟から除名されていたがために、この記録は公式には認められなかったが、昭和二十四年に復帰が認められるやいなや、古橋はロサンゼルスで行われた全米選手権に招待参加し、ここで四百メートル、八百メートル、千五百メートルの自由形で、今度は本当に世界記録を樹立した。「フジヤマのトビウオ」の呼称を最初に使ったのはアメリカの新聞で、日本はこれを「輸入」した形になる。いや、逆輸入とでも言うべきか。

古橋君も、日本国中の期待を背負って大変だ……では、僕も一つ頑張ろうじゃないか。まずは、今何時か確かめることからだな。

受話器を取り上げると、フロントに直通で電話がかかる。相手が出ると、和田は一つ咳払いし、「グッドモーニング」と告げた。相手が返す「グッドモーニング」もはっきりと聞こえる。「今何時ですか」と確認し、相手が「八時十分前です」と答えるのもしっかり分かった。

「ありがとう」と告げて電話を切り、腕時計の針を直しながら、和田は少しだけほっとしていた。「スウェーデンでは普通に英語が通じる」と言われていたのだが、こっちはその英語が怪しい。ところが今、和田の言葉は確実に通じたし、向こうの言葉もきちんと聞き取れた。スウェーデン人の英語は聞き取りやすい——日本でアメリカ人と話す機会もよくあったのだが、彼らの米語は早口で乱暴、スラング混じりでまくしたてられると、まず聞き取れない。英語が母国語でない人が話す英語の方が、基本に忠実で分かりやすいのだろうか。

さて、いよいよ一日の活動開始だ。

和田はきちんと背広に着替えて部屋を出た。普段はネクタイをしめるとシャキッとするのだが、今日は何だかまだ体が重く、不快だ。寝ている間に汗をかいたので、それが鬱陶しい。しかしシャワーだけで済ませるのも嫌だった。自分が入ったのは狭い一人部屋だから、風呂がないのかもしれない。二人部屋なら広いから風呂があるのではないか……。そう考え、飯田と技術の新谷《あらや》武四郎《たけしろう》が泊まる部屋へ向かってドアをノックした。

「どうぞ」の声の後に、ドアが開く。ドアを開けてくれたのは飯田だが、ひどい顔だった。徹夜した後のように目は真っ赤で、髪はぼさぼさ、髭も二日分、しっかり伸びている。しかし口調は、いつものように快活だった。

「やあ、和田さん。おはようございます。どうぞ、どうぞ」

「あまり眠れなかったようだね」部屋に入りながら和田は訊ねた。

「カーテンを閉め忘れました。朝日が入ってきて目が覚めて、それからもう眠れなかったんですよ」

「僕も同じだ」実際には疲れのあまり、一度目覚めた後に死んだように寝てしまったのだが……それでも疲れは取れていない。その時初めて、どうやら風邪を引いたようだと気づいた。飛行機の中は乾燥していたし、ずっと空調が効いていて寒いぐらいだった。あれにやられたのだろうか。

「この部屋には風呂はあるかい？」

「ありますよ。狭苦しいですけどね」

「よかった。すまんが、風呂を貸してもらえないだろうか。僕の部屋にはシャワーしかないんだ。あれじゃ、体を濡らすだけで終わってしまう」

「あ、それは申し訳ないです。一人部屋で狭いせいですかね」

「そうかもしれない」

「部屋は後で替えてもらうようにしますけど、風呂はどうぞ使って下さい。実は、我々も朝風呂に入ろうと思って、今湯を張ったところなんですよ」

「いや、一番風呂に入れてもらう必要はないよ」

「とんでもない。先輩優先ですよ」

飯田は妙に機嫌が良かった。彼は海外への出張経験がある——去年、インドのニューデリーに行っていた——から、外国に慣れているのかもしれない。結構な余裕が感じられる。自分など、まだ緊張しきっているのに。

「じゃあ、申し訳ないが」

遠慮するのはやめて、和田は先に風呂をもらった。日本の風呂のように、熱い湯にどっぷりというわけにはいかない。風呂桶は広いもののひどく浅く、体を思い切り伸ばさないと湯に浸れないのだ。ゆったり座って肩までつかる感覚に慣れていた和田は、どうにも落ち着かなかった。それでも湯は十分熱く、体の凝りが解れていく。やっぱり、六十時間も飛行機の中で過ごしたから疲れていたんだ、と実感した。

風呂から上がり、ワイシャツ一枚とズボンという格好でベッドに腰かける。

「どうもこの……落ち着かないね」和田は思わず不平を零《こぼ》した。「ホテルというやつは、部屋の外に出る度に、いちいちちゃんと服を着ないといけないのが面倒だな。旅館なら、浴衣《ゆかた》のまま外へ出られるのに」

「かといって、部屋の中でネクタイを締めて背広を着ているのも馬鹿らしい、でしょう？」飯田が言った。

「そういうことだ。まあ、外国に来ると、こういう堅苦しいのが普通なんだろうけどね。

「慣れないといけないな」

風呂に入って気が緩んだせいか、風邪の症状を強く意識するようになった。ぞくぞくして、頭が少し痛い。後で、持参の風邪薬を呑んでおかないと。そのために、まずしっかり朝飯を食べないといけないな——そう考えていたものの、和田はいつの間にか眠りに落ちていた。

はっと目を覚ますと、飯田と新谷は身支度を整えているところだった。二人とも風呂を使ったらしく、顔は元気そうに上気している。

「いや、すまない」和田は慌てて起き上がった。

「先輩はお疲れのようですね。お歳ですか？」飯田が皮肉っぽく言った。

「何言ってる」和田は笑い飛ばした。「君より二期上なだけじゃないか……ちょっと風邪気味なんだよ」

「どうします？　我々はこれから朝食に行きますが、このまま休んでいますか？」飯田が訊ねる。

「いや、何か食べておこう」最後に食べ物を口にしてから、ずいぶん時間が経っている。さすがに腹は減っていた。

三人は、一階にあるレストランに入った。他の派遣メンバー、志村や大原は既に席について食事をしていた。何とも堂々としたレストランだった。天井は高く、いかにもヨーロッパらしい荘厳な雰囲気……日本にも西洋風の建物はいくらでもあるが、そういう建物はいかにも「真似」にしか思えなくなってくる。

料理は卵とベーコンにパン、飲み物はミルクとトマトジュースだった。飛行機の中でも散々食べたような料理だが、機内食と違って美味い。特にミルクとトマトジュースの爽やかさには救われた。弱っていた体が少し回復してきたような気さえする。

「我々はこれから、帰りの飛行機の便を予約しに空港へ行きます」団長の飯田が言った。「和田さんはどうされますか?」

「僕は少し休ませてもらうよ。最初が肝心だからね。無理しないようにしたい」

「飛行機っていうのは、どうもよくないですよね」大原が言った。「あんな狭いところに押しこめられて、時間が来ると無理やり飯を食わされて、体にいいわけがないです」

「何言ってるんだ」和田は思わず笑ってしまった。「君は、機内食をあんなに美味そうに食べていたじゃないか」

「さすがに、あれだけ続くと飽きますよ」大原が肩をすくめた。「でも、ここの朝飯は美味いですね。これなら何とかやっていけそうだな」

「君みたいな若い者に、北欧の食事の美味さが分かるかね」飯田がからかった。

「美味いものは美味いですよ」大原が抗議し、一行の間に笑いが弾けた。

食事を終え、飯田たち四人は空港へ向かった。和田も、そのまま部屋へ引っこむ気にはならず、ホテルの周りを少し散歩してみることにした。

七月とはいえ、空気は少しひんやりしている。ちょうど適温——澄んだ空気を思い切り吸いこみながら、和田は少しずつ元気が戻ってくるのを感じた。

一階のレストランは、そのまま歩道にまで広がっている——広い歩道の半分ほどがテーブルで埋まり、朝から人々がお茶や食事を楽しんでいた。北欧の人は優雅なものだな、と思いながら、今日は土曜日なのだと気づく。こちらでも半ドンなのだろうか……あるいはスウェーデンでは土曜も休みで、休日の遅い朝飯を外でゆっくり楽しんでいるのかもしれない。

ホテルの前は、ちょうど路面電車の分岐点だった。ストックホルム市内は、東京と同じように路面電車が縦横に走り回っているようで、移動するには便利だろう。車も多い。右へ出て少し歩くと、小さな広場に出る。人出は多いが、忙《せわ》しなく歩いている人はほとんど見当たらない。それにしても外人ばかり——当たり前か。むしろこの国では、自分が外人なのだ。

男性も女性も背が高く、和田は急に自分が子どもになってしまったように感じた。日照時間が短いせいか、誰もが透き通るように白い肌をしている。

広場の隅の方に飲み物などを売っている店があったので、顔を出してみた。掲げられたメニューはスウェーデン語でほとんど分からないが、「Ｋａｆｆｅ」だけは「コーヒー」だろうと想像がつく。しかし発音は？　恐る恐る「カフェ」と言ったらあっさり通じた。ところが、金を払う段になって一苦労……スウェーデンの通貨はオーレとクローナ。それは分かっていたが、どれがいくらなのかよく分からない。仕方なく適当に金を出して、店員に取ってもらった。お釣りを貰っても、それが合っているかどうかも分からない。まあ、いいだろう。何となくだが、スウェーデンの人は、こういうことでズルはしないような気がする。

広場の片隅にあるベンチに腰かけ、紙コップに入ったコーヒーをじっくり味わう。日本で飲むコーヒーよりも濃く、苦味が強いようだが、それでも美味かった。砂糖もミルクも抜きのブラックで、この方がコーヒーの旨味をはっきり感じられる。スウェーデンで味わうコーヒーもなかなかいいものだな……。

周りは大きなビルばかりで、和田は日比谷か銀座辺りにいるような感覚に陥った。戦争の影は微塵《みじん》も感じられない——当たり前か。スウェーデンは今世紀の二度の世界大戦で武装中立を貫き、戦闘に参加しなかった。

建物はほとんどが石造りで、歴史の重みを感じさせる。落ち着いた雰囲気だな、と感心した。東京の方が街としてはよほど大きく、騒がしいのではないか？　一週間後に訪れるヘルシンキはどんな街なのだろう。ストックホルムよりもこぢんまりとしているのは間違いないが、ここよりさらに落ち着いて静かなのだろうか。そんな街で行われるオリンピックがどんな風になるのか、まだまったく想像がつかない。

コーヒーを飲み干して立ち上がる。やはりまだ、風邪は抜けきっていない——いや、ひどくなるのはこれからだろう。アナウンサーにとって風邪は大敵で、和田は喉にだけは気を遣ってきたから、これは心配だ。中継本番になって声が出なくなったら、丸二日半もかけて北欧まで来た意味がない。

まずは体調を回復させることが先決だな。和田は紙コップを握り潰して立ち上がった。本番まで、自分に許された猶予は一週間しかない。


自室で浅い眠りを貪《むさぼ》っていた和田は、電話の音で起こされた。一瞬、自分の家にいるのではないかと勘違いする。寝ぼけ眼のまま受話器を取り上げると、志村だった。

「寝ていましたか？」

「ああ」

「お休みのところ、申し訳ありません。四時過ぎにそちらへ戻りますから」

「飛行機の予約はできたかい？」

「無事に済みました。何か土産を買って帰りますよ」

「ありがとう」

電話を切り、和田はベッドから抜け出した。体調はいいような悪いような……風邪薬は呑んだものの、効いている様子はない。もしかしたら風邪ではなく、これがまさに時差ボケなのかもしれない。時差ボケだったら病気ではないのだから、いつまでも愚図愚図寝ているわけにはいかないと、和田は自分を叱咤《しった》した。日本から運びこんだ荷物も、まだそのまま開けていない。ストックホルム滞在は一週間だけとはいえ、少しは荷物を整理しておかないと。

ストックホルムのホテルにはタンスがない。そもそも外国にはタンスがないのかもしれないが……両開きのドアを開けると、そこにハンガーがいくつかかっていた。小さなタンスというべきか、引き出しのついた箱もある。服はここへ入れろ、ということか。背広をハンガーにかけ、ワイシャツを引き出しにしまう。普段、こんなことはまったくしないので、それだけでうんざりして疲れてしまったが、これからしばらくは、何でも自分でやらなければならない。実枝子がここにいれば、と真剣に思う。出発前夜、「一緒にヘルシンキに行かないか」と言ってしまったのは、酔いのせいもあるが、本音だった。まったく俺という男は、生活能力がゼロに等しい。実枝子がいないと、何もできないではないか。

四人が帰って来たのは、四時半頃だった。志村が部屋に入ると、途端に爽やかな香りが溢れかえる。

「土産に、オレンジと桜桃がありますよ」志村が嬉しそうに言った。

「やあ、そいつはありがたい。スウェーデンにも桜桃があるんだね」

新谷が桜桃を洗ってくれた。日本の桜桃より少し粒が大きい。輝くように鮮やかな赤を愛《め》でながら口に入れると、瑞々《みずみず》しい甘さが口の中一杯に広がった。調子に乗ってオレンジも二つ。オレンジもみかんも好きではないのだが、ストックホルムのオレンジは美味かった。果物で水分補給をすること、と和田は改めて自分に言い聞かせた。

四人は昼食も済ませてきたという。桜桃とオレンジで食欲を刺激された和田は、フロントに電話をかけて、サンドウィッチとビールを届けてもらった。サンドウィッチは卵とハム。これが想像よりもずっと美味かった。日本で食べるサンドウィッチとは、パンの味からして違うようだ。ビールは何となく薄い……アルコール度数が低いのか、炭酸が弱いのか、喉への刺激はあまりなく、ビールを呑んでいる感じは薄かった。久しぶりのアルコール飲料だったが、どうにも物足りない——おっと、用心、用心。夢声の教えを破ってはいけない。オリンピック期間中はなるべく酒を呑まず、体調を整えないと。

その夜、和田にとっては最高のもてなしが待っていた。このホテルには、日本の他の報道機関の連中も泊まっているのだが、その一人、共同通信の記者が「夜は寿司を食べましょう」と誘ってくれたのだ。ストックホルムで寿司？　日本料理店などあるだろうかと不思議に思ったが、食事会は共同通信の記者の部屋でのことで当地在住の画家、瀬《せ》崎晴夫《ざきはるお》がわざわざ寿司を用意してくれたのだという。兵庫出身で、戦前からパリやスウエーデンで活躍し、戦後にスウェーデン国籍を取得した画家がいるという話は聞いていたが……頼る相手がＮＨＫの仲間たちしかいない寂しい状況で、この「援軍」は最高だった。

さすがに、日本の寿司のようなわけにはいかず、団子のように丸めたご飯を、分厚い中トロで包んだだけだった。しかし米は上手く炊けており、醤油の味、わさびの刺激も上々で、和田は日本食を堪能した。

瀬崎画伯の異国での苦労話を聞いているうちに、二時間があっという間に過ぎる。

「スウェーデンで何か困ったことがあったらいつでも言って下さい」という画伯の言葉が頼もしかった。パリやスウェーデンで絵画を学び、ついにスウェーデン国籍まで取得してしまった国際派の画家にしても、久しぶりに会う日本人たちが懐かしいのだろう。和田も一安心して、風邪の症状まで消えてしまったようだった。

しかし、それからが一苦労だった。志村たちは時差ボケの影響もないようで、元気に街へ繰り出して行ったが、和田は念のために自室で休息することにした。寝れば時差ボケが解消されるわけでもあるまいが、夜の街を散策する元気もない。とにかく今は、体が一番……うつらうつらして、十一時ぐらいに目覚めると、ノックの音がした。訪ねて来た東京新聞の記者を部屋に入れ、雑談を交わすこと一時間ほど。外も暗くなっていたので、もう一度ベッドに横になったが、今度は午前三時に目が覚めてしまう。

こういう切れ切れの眠りは一番良くないんだよなと思いながら、和田は持参の便箋《びんせん》を取り出して実枝子に長い手紙を書き始めた。日記代わりのつもりで、機中、それにスウェーデンに到着してからの出来事を細々と記していく。そうしていると、何となく実枝子と会話を交わしている気分になるのだった。

寂しい……基本、和田は寂しがり屋である。いつも周りに人がいないと落ち着かない。特に、実枝子と離れて過ごしている今は、何だか空気が薄くなっているような感じさえした。

7

翌日は日曜日で、ストックホルム市内の多くの店は休みだった。実枝子に土産も買いたいのだが、それは後回し……市内を見て歩いているうちに、和田はこの街が「水の都」だと初めて意識した。そもそもストックホルムは川や湖に囲まれ——市街地が水に浮かんでいるような街で、どこへ行っても水がある。橋は多いが、日本の橋と違って、水面が近い。橋をこんなに低く造っているということは、大雨で川が溢水《いっすい》するようなことはないのだろう。

特に美しいのは、ストックホルム市庁舎付近だ。中央駅から少し離れたクングスホルメン島の東端にある市庁舎は、大きな尖塔を備えた茶色い煉瓦造りの建物で、湖に面した部分が小さな庭園として整備されている。芝生は青々とし、小さな噴水まである。そして庭園の端は、ほとんど水面と同じ高さ——湖の向こうの島は緑豊かで、その中に大きな建物が埋もれるように建っている。

「爽やかだね」和田は声を張り上げて大原に言った。水面を渡る風は結構強く、長い癖っ毛がふわふわと揺れているのを意識する。

「見事な光景ですねえ」大原が感心したように言った。散歩しているだけなのにノートを持って、時々立ち止まってメモしている。「こういうの、日本にはないですよね」

「北のベニスとも言うそうだよ」

「水の都、ベニスですか。行ってみたいなあ……せっかくローマに一時立ち寄りしたのに、残念でした」

「君は若いんだから、これから世界を見て歩く時間はあるさ」

嫌なことを言ってしまった、と悔いた。「若いんだから」「時間はある」。まるで自分には残された時間がない、と諦めているような言い方ではないか。

穏やかに凪《な》いだ水面を、船が頻繁に行き交う。そうか、これだけ川や湖が多いストックホルムでは、船も重要な交通機関なのだろうな、と納得した。まるで、小さな島々が点在する瀬戸内海のようではないか。夏の陽射しと風を浴びながら、和田は何となく気が緩んでくるのを意識した。

午後は、古橋廣之進に会うために、水泳の選手団が宿舎にしているホテルを訪ねる。日本中がメダルを期待する古橋——ヘルシンキ入りする前に、調子を確認しておきたかった。

ホテルのロビーで、志村や飯田と一緒に古橋を囲んだ。精悍《せいかん》な表情の古橋だが、少し疲れて見える。赤痢の影響がまだ残っているのだろうかと、和田は心配になった。

「調子はどうですか」和田が口火を切った。

「そうですね……まだちょっと上がってこない感じです」古橋の言葉は歯切れが悪かった。

「赤痢の影響では？」

「それはないと、医者は言ってくれていますが、僕も歳かもしれませんね」

アナウンサー三人は、思わず声を上げて笑ってしまった。和田は思わず、「何言ってるんだ」と言った。

「君はまだ二十三歳じゃないか。僕なんか、倍近く——四十歳になっちまったよ」

「そう言えば、和田さんの相撲中継を子どもの頃によく聴いていました……あれからずいぶん時間が経ってしまいましたね」

「おいおい、わざわざ僕の年齢を意識させないでくれよ」

和田がおどけると、古橋の厳しい表情がようやく緩んだ。海外遠征の経験も豊富な古橋にして、やはり緊張はあるのだろう。若いし、体力も十分なはずだが、異国への遠征、それに初めてオリンピックに出場する緊張感が、「フジヤマのトビウオ」を萎縮させたのかもしれない。

それからアナウンサー三人は、古橋に次々に質問を浴びせた。取材慣れしているのだろう、古橋の答えは如才なく——逆に言えば面白みには欠ける。まあ、これは中継のための事前取材であって、今聞いた言葉をそのまま伝えることはないのだが。

取材が一段落したところで、和田は本筋から少し外れた話を持ち出した。

「国民の期待を背負って泳ぐのは、大変じゃないか？」

「そうかもしれません」古橋は認めた。「でも、前回——四年前の日本選手権の時や、三年前の全米選手権の時の方が、ずっと緊張しました。特に日本選手権で世界記録を出した時には、どうなることかと思ったんです」

「そんなに？」

「あの頃日本はまだ、GHQの占領下にあったでしょう？　日本という立派な国なのに独立国じゃない……皆、複雑な気持ちを抱いていたじゃないですか。そういう状況の中で勝つことで、日本は国民の誇りを取り戻したって言われましたけど、僕自身にはそんな実感はまったくなかったんです」

「なるほど」

「まるで、日本の代表に祭り上げられたみたいで、怖かったです。全米選手権の時は、『何だ、こいつらは』みたいな目で見られましたしね。アメリカに喧嘩を売った国の若造が何をしてる、みたいな感じだったんです」

「それは、我々には想像もできない大変さだっただろうね」

「でも、アメリカ人というのは基本的に単純なんですよね」古橋が面白そうに笑った。「いい記録を出したら、掌を返したように英雄扱いでした。結局、強い者が好き、ということなんでしょうかねえ」

「そういう単純な国に戦争で負けた我々日本人は、どうなんだろうねえ」

「まあ、大きさが違いますから。とにかくアメリカは広い――あんな大きな国に喧嘩を売って、勝てるわけがないですよ……それはともかく、正直言って、今は国民の期待と自分の力の落差が不安です」

「勝てないと？」和田はずばり切りこんだ。

「泳いでみないと分かりません」古橋が首を横に振った。「分かりませんけど、勝って欲しいという願いはひしひしと感じています。壮行会の様子とか、新聞の記事とか……勝つのが当然のように書きたてられたら、気持ちも萎縮しますよ。正直、負けたらどうしようと不安になることもあります。無事に日本に帰れますかねえ」

「日本は敗者に優しい国だと思うよ」慰めにならないかもしれないと思いながら、和田は口にした。「正々堂々と戦って負けた人の勇気と努力を讃える――それが、侍を生み出した日本の国民性じゃないかな」

「そうだといいんですが」

「いや、これはすまん」和田は破顔一笑した。「そもそも負ける前提で話したらいけないな。それに私たちはあくまで、君たちの活躍を国民に伝える立場だからね。『フジヤマのトビウオ』に説教じみたことを言って申し訳なかった」

「いえ、とんでもないです」古橋は少しだけ表情を緩めた。「話したら少しは気が楽になりました。でも、こんな弱気な話は、放送では使わないで下さいね」

「もちろんだよ」

取材を終え、水連幹部に挨拶を終えてタクシーでホテルに戻る途中、和田は急に自分に嫌気がさしてきた。

「和田さん、どうかしましたか？」和田が沈みこんでいるのにいち早く気づいたのか、志村が声をかけてきた。

「いや……古橋君に余計なことを言ってしまったと思ってね」

「そうですか？」

「アナウンサーはどんな時でも、私情を交えずに話すべきだろう」

「『話の泉』では、いつも丁々発止——私情しかないやり取りじゃないですか」

「あれはアナウンサーではなく、司会の仕事だから」

和田は、先輩アナウンサー、河西三省とのやり取りを思い出していた。ベルリン・オリンピック、前畑秀子に対する「応援実況」。その時のことを話すと、志村も深くうなずいた。

「あの実況は、賛否が分かれましたね」

「ああ。僕は感動したけど、三位以下の選手の着順をきちんと伝えなかったのは、やはり中継としては失敗だったと思う。目の前の出来事を漏らさず伝えるのが、スポーツ実況の基本——僕らはそう教わった」

「そうでした」

「河西さんは、『完全にその場の雰囲気に呑まれた』と言っていたよ。現場はそれだけ大変な熱気だったんだね。僕は、放送でその熱気をしっかり感じ取っていたけど、河西さんは『絶対にやってはいけない中継』と反省しておられた」

「難しいですねえ。スポーツ中継には答えがない」

「志村君は、自分のやり方——志村節を完成させてるじゃないか。君の中継は、本当に分かりやすい。野球の試合だったら、動きが途切れた時に必ず得点を伝えてるね」

「そうですね。ラジオを聴いている人は、どのタイミングでスイッチを入れるか分かりませんから、できるだけ頻繁に得点を読み上げるようにしています。でも、その他は好き勝手にやってますよ。だいたい僕の中継だって、和田さんの影響を受けてるんですよ」

「君に教えたつもりはないけどねえ」

「アナウンサーは、先輩の中継を聴いて、やり方を覚えるものですよ」

「その通りだね」

　二人の間に座っていた飯田が口を挟んだ。

「僕は、古橋君が泳ぐ時には、感情丸出しになってしまうかもしれません」

「それも君の個性だろう」和田はうなずいた。「いずれにせよ、このオリンピックでは、僕たちの技量や気持ちの持ちようまで問われる。褌《ふんどし》を締め直していかないと、とんだ恥をかきかねない。特に君たちと違って、僕は嘱託の身分だからね。失敗したら、たちまち馘《くび》になる」

「人気番組の『話の泉』の司会者を簡単に降ろすわけがないでしょう。あの番組は、和田さんあってのものなんだから」飯田がどこか皮肉っぽく言った。

「そうであって欲しいけどねえ」

和田は頬杖をついて、外の光景を見た。七月のストックホルムは陽光に溢れ、実に美しい。水が陽射しを照り返している分、明るいのかもしれない。緑は多く、人は穏やかで、言葉があまり通じなくても親切……いい国だ。今のところは体調も最悪というわけではなく、何とかやれそうだ。しかし実際には、本番になってみないと何とも言えない。オリンピックまでは、もう間がない。それを考えると、にわかに緊張感が高まってくるのだった。

これが、日本人が初めて参加したオリンピックの会場か……和田は感慨に浸った。ストックホルム・オリンピックスタジアム。煉瓦造りの競技場の外壁にはつたが絡み、高い時計台が設置されているのが、デザイン上の大きな特徴だ。

七月十一日、日本とスウェーデンの対抗で陸上の試合が行われるので、和田と飯田、それに大原は、ストックホルムの北部にある競技場に初めて足を踏み入れた。二万人が入れるという観客席は木製のベンチで、ずいぶん古臭い感じがする。考えてみれば、ここでオリンピックが開かれたのは四十年も前、明治四十五年なのだ。それ以来、特に大きな改修などはされていないように見える。

「神宮辺りに比べると、大したことはないですねえ」

観客席の最上段にある放送席から下を見下ろしながら、大原が言った。

「昔は、これぐらいの大きさの競技場でもオリンピックはできたんだろうね」和田は静かに言った。

「かえって観やすいぐらいですよ」

今回の対抗戦は非公式な大会だ。一応、観客席は開放されているのだが、ほぼガラガラ、関係者しかいない。スウェーデンの人にとっては、日本選手などさほど興味がない存在なのだろうか、と和田は寂しい気分になった。

「これぐらいの高さが一番よく、フィールド全体が見えるんじゃないですかね」飯田が言った。

「そうだね」和田はうなずいた。数えてみると、観客席は二十段ほど。広い敷地に余裕を持って建てられているせいか、傾斜はそれほどきつくない。最上段にある放送席からも、フィールドに手が届きそうだった。

芝はあくまで青く、トラックのアンツーカーは落ち着いた茶色。こういう鮮やかな芝は、日本ではあまり見ないな、と和田は感心した。そう、芝の美しさは、スウェーデンに来て実感したものの一つである。どの公園でも芝の色は濃く、綺麗に整備され、そこに半裸で寝そべっている地元の人たちを見ると羨ましくなる。あんなに綺麗な芝なら、裸で寝転びたくもなるよな……もっとも北欧は夏が短いので、特に若い人たちは積極的に裸になって陽光を浴びるのだという。一年分の陽射しを、短い夏の間に味わっておこうということか。

「下へ行ってみよう」

和田は二人に声をかけ、ゆっくりと階段を降りた。傾斜は急ではないとはいえ、何となく足元がおぼつかない。急に足腰が弱ってしまったのではないかと不安になる。

トラックでは、ちょうど百メートルが始まるところだった。日本からは、代表選手の細田富男《ほそだとみお》と田島政次《たじままさじ》が出場している。他の六人はスウェーデンの選手。体格でははるかに劣るが——スウェーデン人は、ヨーロッパの中でもとりわけ背が高い国民らしい——走りはどうだろう。

四コースに入った細田が、最初から抜け出す。なかなか調子がいいようだ。最初の十メートルでスピードに乗ると、そのままリード……。

細田、細田、五十メートルを過ぎて二位の選手を二メートルリード、二番手のスウェーデンの選手、必死に食い下がります。七十メートル、細田のリードは変わらない。八十メートル、九十メートル、細田まだリード、勝ったか？　勝った！　最後は胸を突き出すようにゴール、追い上げられたものの、何とか逃げ切りました。細田、金メダル！

頭の中でつい実況中継してしまって、和田は苦笑した。これも一種の職業病ではないか……しかし、百メートルのように、十秒ちょっとで勝負がついてしまう競技は、自分には向いていないかもしれない。和田信賢のスポーツ中継と言えば、やはり相撲。特に時間が長引いて大相撲になればなるほど、言葉が冴える。そういう時には、何も考えずとも自然に言葉が迸《ほとばし》るのだ。もちろん和田も、事前の準備は入念に行う。取組前の力士たちに話を聞き、聴取者に紹介したい逸話を用意し、勝った負けた、両方を想定して何を言うかを決めておく。しかし大一番になると、全ての準備が吹っ飛び、頭の中で火花のように散った言葉が出てしまうのだ。

このやり方は、「話の泉」でも生きていると思う。この番組の人気の源泉は、解答者と和田の軽妙なやり取りだ。和田は司会者としてクイズの質問、あるいはお題を出し、解答者がそれに豊富な蘊蓄《うんちく》で答える。さらに和田が切り返し、笑いの渦が広がっていく。

そう言えば、夢声は無事に代役を務めてくれているだろうか。「司会には向いていない」と謙遜していたが、あの夢声のことだから、自分とは違う味わいの番組を作ってくれているだろう。そもそも「話の泉」は、最初の二回は彼が司会を務めていたのだし。

「細田君、好調ですね」大原が興奮した口調で言った。

「ああ」応じながら、和田は過大な期待は禁物だ、と思った。陸上短距離は、日本人選手にとっては鬼門である。今まで、世界で唯一通用したと言っていいのは、戦前に「暁の超特急」の異名をとった吉岡隆徳《よしおかたかよし》ただ一人。昭和七年のロサンゼルス・オリンピックで、東洋人として初の六位入賞、三年後には自己ベストの十秒三を記録——当時の世界タイ記録だった——しているが、次のベルリン・オリンピックでは予選落ちしてしまった。あとは、女子の人見絹枝《ひとみきぬえ》……昭和三年のアムステルダム・オリンピックでの銀メダルは中距離の八百メートルだったが、百メートル、さらに二百メートルの世界記録保持者でもあった。それに加えて走り幅跳びでも世界記録を持っていたのだから、図抜けた万能選手だったと言っていい。

ていた。

「やあ、皆さん」

織田《おだ》幹雄《みきお》が笑みを浮かべて近づいて来た。三段跳びの帝王。日本人初のオリンピック金メダリストにして、今回は陸上代表チームのコーチを務めている。若い頃は鋭い顔つきの美青年だったが、中年の域に入って渋さが滲み出し始め、それが信頼感を生み出していた。

和田は立ち上がり、織田に手を差し伸べた。がっちりと力の籠った握手。

「選手たちの調子はいいようですね」

「まあまあかな」織田は慎重だった。「本番まではまだ間があるし、オリンピックの緊張感はこんなものではないからね」

「選手たちは、外国暮らしには慣れましたか」

「何とか大丈夫なようだ」織田がうなずく。「海外遠征の時には、まず食事が問題になるけど、若い連中はたっぷり食べられるだけでも嬉しいみたいだね」

「食糧難の時代が長かったですからねえ」和田は苦笑した。戦時中から戦後にかけてのひどい食事の時代は、未だ記憶に鮮明である。和田自身は「食べ物よりも酒」だったが、体が資本の運動選手たちが、戦中戦後に苦労したのは間違いない。戦時中は、大学のグラウンドまで芋畑にされ、練習もろくにできなかった、という話もよく聞いた。

「今回、一番期待する選手は誰ですか」

「全員」

和田は思わず、織田の顔をまじまじと見た。本気だろうか？

「いや」織田は声をひそめた。「これは絶対に喋らないで下さいよ。あくまでここだけの話ということで――今回は、メダルは期待できないと思う。予選落ちする選手も少なくないだろうな」

「そうですか……」和田は少しがっかりして、首を横に振った。ヘッドコーチが言うのだから間違いあるまい。

「戦後七年、今ここに来ている選手たちは、戦時中に子ども時代を過ごしてきた。栄養状態もよくなかったし、世界に比べてレベルはだいぶ落ちる――それは仕方がないんだ。戦後初めてのオリンピックということで緊張もしているしな。まあ、今回は腕試しということで、大目に見てくれませんか？　負けた選手を厳しく責めないで欲しい」

「そんなことはしませんよ」和田は笑顔を取り戻して保証した。

「まあ、陸上チームの成績が悪くても、水泳チームが頑張ってくれるでしょう」

古橋を筆頭に、水泳チームの活躍には期待が集まっている。特に、古橋のライバルでもある橋爪四郎《はしづめしろう》は好調で、今年の日本選手権では千五百メートルと四百メートルの自由形で二冠を達成していた。二人の日大の後輩である鈴木弘《すずきひろし》にも、メダルの期待がかかっている。

他にも、体操の小野喬《おのたかし》、竹本正男《たけもとまさお》、レスリングの石井庄八《いしいしょうはち》、北野祐秀《きたのゆうしゅう》らも活躍が予想されている。オリンピックに復帰する最初の大会としては、十分な陣容と言えよう。

「まあ、選手たちはいい意味で緊張していないから、全力を尽くしてくれるでしょう」織田が話を締めくくった。

かつて三段跳びで日本人初のオリンピック金メダルを獲得した織田の逸話は、和田もよく知っていた。誰も予想していなかった金メダルで、掲揚用の日章旗さえなく、織田が持参していたものを掲揚したら、大きさが他の国の国旗の四倍もあったとか……今となっては信じられない話だ。織田から始まり、日本は三段跳びではオリンピックで三大会連続金メダルを獲得し、戦前は「お家芸」と言われていた。

「ここで、日本人初のオリンピック選手が生まれたんですねえ」大原が感慨深げに言った。

「そうだねえ。もう四十年も前だ」

マラソンの金栗四三《かなくりしそう》、短距離の三島弥彦《みしまやひこ》。団長は講道館柔道の創始者でもある嘉納治五郎だった。和田には、自分が生まれた年に行われたこのオリンピックの記憶は当然ないが、後年様々な逸話を知るに連れ、先駆者の苦労がしみじみと身に染みた。シベリア鉄道でストックホルムに向かう旅が、どれほど過酷なものだったか……飛行機で、ここまで到着した自分たちなど、楽なものだろう。とはいえ、飛行機の旅は、自分にはまったく合わなかったのだが。

「帰りは船というわけにはいかないんだろうか」和田は思わず言ってしまった。

「それは無理ですよ」飯田がすかさず言った。「帰りはアメリカ視察ですし、飛行機ももう予約しました。せっかくのチャンスですよ？　和田さんも本場アメリカでいろいろなものを見たいでしょう」

「そうだねえ……」好奇心はある。しかし、あの空の旅を思い出すと、途端にうんざりしてしまうのだった。果たして自分は、アメリカ行きの長い飛行に耐えられるだろうか。

「まあ、とにかく頑張りましょう」和田の機中での苦労を散々見てきた飯田が、慰めてくれた。「飛行機にもいずれは慣れますよ。船もいいですけど、日本まで一ヶ月ぐらいかかるんじゃないですか？　その方が参ってしまうでしょう」

「毎日海風に吹かれながら、酒を呑んでのんびりするのもいいかもしれないけどねえ」

和田は、ＮＨＫ入局以来、ずっと走り続けてきたという意識が強い。戦後、山形放送局に追いやられた後、しばらくは魂が抜けたように何もできなかったのだが、それも長くは続かなかった。ＮＨＫを辞めたものの、すぐに大相撲中継に呼ばれ、「話の泉」が始まり、目の回るような日々を過ごしてきたのだ。この辺で一休みして、健康回復に専念した方がいいのではないか？　そのためには飛行機ではなく船を使う……もっとも、一人きりでの長い船旅には耐えられないだろう。基本的に和田は、いつも周りに誰かにいて欲しいのだ。とはいえ今は、傍にいてもらいたい相手は、実枝子以外に考えられない。

自分はこんなに実枝子に依存していたのか、と今更ながら驚く。ＮＨＫの後輩アナウンサーでもあった実枝子と結婚してから、今年でちょうど十年になる。戦時中の厳しい時代ではあったが結婚式もちゃんと挙げ、伊豆に新婚旅行にも行った。しかしあれから戦局はますます悪化し、敗戦、山形放送局勤務、仕事のない日々……実枝子には苦労をかけっぱなしだった。妻にも、少しぐらいゆっくり過ごす時間が必要だろう。しかし今は、両親の引っ越しの用意で忙しい。アメリカ視察をするとなると、帰国はずっと遅くなってしまう。引っ越しは実枝子に任せるしかないだろう。

「和田さん、体調は大丈夫ですか？」心配そうに大原が訊ねる。

「あ、いや、ちょっと考え事をしていただけだよ。体調は、悪くない。君たちのおかげでずいぶんよくなった。結局、飛行機酔いと風邪だったんだろうな」

「和田さんには、スウェーデンの空気が合ってるんじゃないですか？」

「そうかもしれないなあ」和田は大きく伸びをした。七月の空気に芝の香りが混じり、何とも心地好い。こういう国に住むのはどんな気分なのだろう、とおかしなことを考えてしまった。さっさと日本に帰りたい一念しかないのに。

やはり帰りの飛行機が怖いのだと認めざるを得なかった。実枝子にこちらに来てもらい、当地で——ストックホルムではなく、パリでもロンドンでもどこでもいいが——暮らすのはどんなものだろう。こちらでも、例えば嘱託特派員のような仕事はあるのではないだろうか。

しかしそれでは、「話の泉」を放り出すことになる。気の合う出演者や番組制作者たち、毎週どっさり届く聴取者からの手紙——そういうものから離れた生活は想像もできなかった。

　オリンピックの中継をしたい——その夢は叶いつつある。オリンピックが開かれるヘルシンキまで、あと五百キロというところまで来ているのだ。ここまで来て弱気になるとは……和田は、自分の中にある二面性に困っていた。何にでも興味を持ち、真っ先に手をつけないと満足できない積極性と、つい臆病になって背を向けてしまう消極性。どちらの自分が本当の自分なのだろう。和田信賢の中には、二人の人間が住んでいるのか。

　ストックホルム最後の夕食は、中華料理になった。こんな街にも中華料理を食べさせる店があったかと驚いたが、昔から馴染んだ味にほっとする。洋食にも慣れ、毎朝のパンや卵などは「美味い」と感じられるようにもなってきたのだが、箸を使って食べる料理の味は心身に染みた。

「和田さん、嬉しそうですね」大原がからかうように言った。

「本当はさっぱり、刺身に冷奴といきたいところだけど……箸を使って食事しているだけでほっとするね」和田は思わず本音を漏らした。

「でも、この中華、日本で食べるのとはだいぶ違いますよね」大原はどこか不満げだった。「何か……味がぼやけているようなな」

「そう言うな。中華料理は世界中どこへ行ってもあるから、その国の人の口に合わせているんだろう。日本の中華料理だって、本場の中国で食べるのとはずいぶん味が違うんじゃないかな」

実際、シュウマイの皮は妙に分厚く、チャーハンの味つけは薄っすらと甘い。手先が不器用な人が、本を見ながら何とか作った料理という感じもした。本当に中国人がスウェーデンの人の舌に合わせて作っているのか、それともスウェーデンの人が見よう見まねで作っているのか。どちらにしろ、何だか奇妙な食事であった。

こういう時はやはり、酒が救いだ。こちらへ来てからも極力アルコールを避けていた和田も、ビールだけは呑んでいた。アルコール度数が低く炭酸も弱いので、和田にとっては、少しアルコールが入ったジュース、という感じだったのだ。

まあ、贅沢は言うまい。チャーハンとはいえ、米を食べられたのだからよしとしなければ。仲間たちの前の皿も、綺麗に空になっていた。

「ニューデリーよりはましですね」飯田が苦笑しながら言った。彼は去年、インドのニューデリーで開かれた第一回アジア大会に派遣された。

「ニューデリーはそんなにひどかったかい？」

「とにかく食事が合わなかったんですよ。ホテルの朝飯はイギリス風だったから何とか食べられたんですけど、昼と夜はカレー攻めでね。カレーというか、肉や魚を焼いただけの料理も、全部カレーの味なんですよ。それに、カレーライスがまた何とも言えないんです」

「カレーライスなんか、どこで食べてもカレーライスじゃないのか」和田は不思議に思って訊ねた。

「いや、それがスープみたいなカレーでしてね。日本のカレーは粘り気があるでしょう？　さらさらして辛いカレーを、あちらの人は指先でかき混ぜて食べるんですよ。さすがにあれは、真似できなかったですね。だいたい、熱くないのかなあ」

「確かにそうだね」世界にはまだ知らない習慣がたくさんある。和田はそういうのをまったく見ていない。四十歳、世界を旅して見聞を広める機会はまだあるのではないか？　飛行機は勘弁して欲しいが。

「最後の方は腹を壊して、気息奄々《えんえん》でしたよ。それに比べれば、スウェーデンの飯はまだ美味い方だと思います」

「僕はやっぱり、早く刺身と冷奴が食べたいねえ」

笑って言って、和田は話を締めくくった。

ホテルへ戻る。明日はいよいよ、フィンランドに発つことになるから、今夜は荷造りをしなければならないのだが、それが面倒でならなかった。今日になって、また風邪がぶり返したようなのだ。決して無理していなかったのに、何とも理不尽な感じである。自分はそこまで弱ってしまったのだろうかと不安にもなった。

荷造りに手がつかず――そもそもこういうことは大の苦手なのだ――和田はもう一度ホテルを出た。午後九時を過ぎているのに、まだ空は明るい。この白夜というやつには、とうとう慣れることができなかった。カーテンを閉めて寝ても、早々と明るくなってしまうせいか、常に昼間のような感じなのだ。日本にいる時は酒の助けも借りてさっさと寝てしまうのだが、普段とはまったく違う生活を送っていることを意識させられる。

ホテルの前にある公園の脇を通り、フェリー乗り場に出る。水が近い光景は心を和ませたが、この時間になるとさすがに少し冷える。それにしても、この水の都をもう少し気楽に楽しんでみたかった。もう少し若かったら——いや、体調さえ万全ならば、夜のストックホルムも楽しんでみたかった。酒場にこそ、その国の本当の姿が現れているはずなのに。

和田は久しぶりの煙草に火を点けた。喉のためにと控えていたのだが、煙草はやはりいい精神安定剤になる。歩道の端、水辺に近い方が狭い広場に向かって段差になっており、そこに腰かけている人がたくさんいる。長い昼間に誘われて、家に帰る気にもなれないのだろうか。この街では、堂々と肩を組み合ったり、キスしたりしている若い男女の姿が目につくが、この光景の中では目立たない。和田は自分もその段差をベンチ代わりにして腰かけ、ゆっくりと煙草を吸った。異国にいることを強く意識しつつ、何とか気を奮い立たせようとする。いよいよオリンピック本番……自分がこれまで培ってきたアナウンス技術の全てを見せるのだ。

最高の舞台。何を差し置いても頑張るしかないではないか。体調の悪さなど、気合いで乗り越えてみせる。

第二部

双葉山敗る！　双葉山敗る！
双葉山敗る！　時、昭和十四
年一月十五日！

1

ヘルシンキ・ヴァンター空港は、オリンピック開催を機に開港した新しい空港だが、和田には、その清潔さや機能に感心する余裕すらなかった。ストックホルムからわずか二時間ほどの飛行で、すっかり参ってしまったのだ。どうやら距離には関係なく、空を飛ぶこと自体が体に合わないらしい。風邪の影響もあるだろうが、着陸してからも吐き気と頭痛が消えなかった。今までは、「地面に足がついた」と思った瞬間にほっとして、少しは体調が上向いていたのだが……これでは先が思いやられる。

空港から宿舎のホテルまでは、タクシーで三十分ほど。窓外の景色を見ているうちに、和田は次第に不安になってきた。ストックホルムも、一歩郊外に出ると豊かな緑が広がっていたが、ヘルシンキの場合は一面が「森」である。あるいは畑や牧草地。本当に、こんな田舎でオリンピックが開かれるのだろうか。空襲でほぼ完全に焼かれ、まだ復興の途上にある東京の方が、ずっと大都会だ。

市街地に入るに連れて建物が増えてきて、ところどころに五輪旗、あるいは各国旗が掲揚されているので、ようやくオリンピックらしい雰囲気が感じられるようになる。しかしやはり、街はそれほど大きくないようだ。それに何となく、雰囲気が暗い。雲が垂れこめているわけでもないのに、陽射しが少ない感じなのだ。

ホテルは、ヘルシンキ中央駅のすぐ前にあると聞いていた。東京で言えば、東京駅の真ん前に泊まるようなものだろう。交通の便はいいはずだから、移動には苦労するまい。ところが、タクシーを降りても中央駅がどこにあるか分からない。ヨーロッパにおいては、鉄道の駅は街のシンボル、建築技術の粋を集めたものだとばかり思っていたのだが……事実、ストックホルム中央駅は、東京駅にも似た壮麗な建物だった。駅舎内に入っても、高い天井と豪華な内装のせいで、荘厳な気持ちにさせられたものである。

「ずいぶん小さい駅ですねえ」同行してきた大原が、呆れたように言った。

「そもそもどれが駅なんだい？」和田は周囲を見回した。

「正面に見えてるやつじゃないんですか？」

言われてみると、確かに路面電車が走る道路の向こうに建物がある。三階建てぐらい、全体が明るい茶色で、屋根部分に淡い緑色があしらわれている。あれが駅だとすると……ストックホルム中央駅に比べると、ずいぶんこぢんまりしている。高い時計塔が併設されているのが、建築上の特徴のようだ。その横、屋根がアーチを描いている部分が正面入り口だろう。アーチの両側には巨大な立像が四体。こんなところで芸術性を強調しているのか、と和田は感心した。

オリンピック期間中宿舎になるホテルは、地味な茶色い五階建ての建物だった。ストックホルムで泊まっていたホテルに比べるとかなり小さく、ドアを開けて入ったホールは、洋館の居間のようなものだった。左手に受付、右手にソファなどが置かれた狭いロビーがある。そのさらに右の奥がレストランのようだった。

「和田さん」

ソファに座っていた志村が立ち上がる。一行は順次ヘルシンキ入りしており、志村は先行してやって来ていたのだ。ＮＨＫの派遣団の中では、和田たちが最後にこの地に入ったメンバーである。

「やあ」志村の顔を見てほっとする。同時に、ひどく汗をかいているのを意識した。ヘルシンキはストックホルムとほぼ同じ緯度。やはり七月ともなれば、気温は相当高くなる。事実、街を行く人たちも、ほとんどが半袖姿だった。

「お疲れ様でした」例によって礼儀正しく、志村が一礼する。

「いやあ、参ったよ。僕は本当に、飛行機とは相性が悪い」

ホテルの受付を大原に任せ、和田はソファに腰を下ろした。ようやくめまいが消えて、ほっと一息つく。両手で顔を擦ると、顔に脂汗が滲んでいるのが分かった。さっさと風呂を使い、今日は早寝したいものだ。

「志村君、ストックホルムからヘルシンキまでは飛行機しかないのかね」和田はつい泣き言を言った。「鉄道とか船とか、何か別の交通手段があるんじゃないか？」

「どうなんでしょう」志村が肩をすくめた。「ただ、飛行機が一番早いのは間違いないですよ」

「どうも僕は、やはり地に足がついていないと安心できないみたいだ」

「船だって水の上ですよ。地に足はつかないでしょう」

「ああ、そうか」和田は思わず笑ってしまった。志村の軽いユーモアがありがたい。

「結局僕は、日本から離れてはいけない人間なのかねえ」

「頑張りましょう、和田さん」志村が真剣な表情を浮かべて言った。「いよいよオリンピック本番なんです。土産話をたくさん持って日本に帰れる——帰りの旅程はきっと短いし楽しいですよ」

「帰心矢の如しだな。正直に言えば、もう里心がついてしまったみたいだ」

「意外ですねえ。和田さんは、こういう海外出張を一番喜ぶような人かと思ってました」

「僕もそう思ってたんだけどね」和田は顎を撫でた。「家の方でもいろいろあって、気がかりなことが多いんだ」

「実枝子さん、どうかしたんですか？」志村が顔をしかめる。

「いや、千葉の方から親父たちを引き取ることにしていてね。それが間もなくなんだ。実枝子に全部任せるのが申し訳なくてね」

「和田さんは、奥さん思いですからねえ。でも、色男は力仕事には役に立たないでしょう」

「君に色男と言われても、特に嬉しくはないな」

志村が声を上げて笑い、「とにかく、楽にいきましょう」とつけ加えた。

「ああ。志村君たちが一緒なら、心強い限りだよ」

「普段通りにやることですよ。結局我々の仕事は、日本にいる時と何も変わらないんですから。選手たちを取材して、マイクの前で喋る——つまり、日常です」

それは確かにその通りなのだが……咸臨丸《かんりんまる》でアメリカに渡った勝海舟《かつかいしゅう》たちは、どんな気持ちだったのだろう、とふと考えた。維新の偉人たちと自分を比べるのはおこがましいが、慣れない異国の地で四苦八苦するという意味では同じではないだろうか。

「体調はどうですか？」

「少し落ち着いてきた」

「荷物を置いたら、街を歩いてみましょう。ここはストックホルムに比べれば小さいですから、その気になれば一日で見て回れますよ。取り敢えず、ホテルの周辺だけでも様子が分かっていれば便利でしょう」

「そうだね……じゃあ、一休みしてから出かけようか」

まるで老人だな、と和田は自虐的に思った。一休み、一休み……十分おきに腰を下ろして休憩しないと、何事も続かない。海外故の緊張感もあるのだろうが、それは自分が

「内弁慶」である証拠かもしれない。

大荷物を三階の部屋に下ろして、和田は冷たい水で顔を洗った。それでようやく、気持ちが落ち着く。今回は気の合う志村と二人部屋だし、何とか上手くやっていけそうだった。ここはやはり古いホテル――市内で一二を争う歴史があるらしい――故に、部屋の内装は古びているものの天井は高く、静かな雰囲気に満ちている。気になるのはベッドだ。かなり高く、夜中に転げ落ちたら怪我しかねない。腰かけてみると、足が床に届かないぐらいだった。マットレスはふかふかで、寝心地はよさそうだが……しかもベッドは一台しかなく、一人はソファで寝ることになりそうだ。ソファは大きく、窮屈な思いはしなくて済みそうだが、寝やすいかどうかは分からない。窓から外を見ると、路面電車が走る道路の向こうに、まさに中央駅が見えた。

「行けそうですか?」

「ああ、何とか……」和田は慎重にベッドから降りた。「ずいぶん急いでいるようだが、どうかしたのかい?」

「さすがに腹が減りましてね」志村が胃の辺りをさすった。

「志村君は若いなあ。僕なんか、一食抜いた方が調子がいいぐらいだよ」

「だったら休まれますか?」

「いや、行こう」和田は頬を一つ張った。体調はだいぶ回復している。

エレベーターのドアは手動式で、かなり重い。いや、実際は重くないのかもしれないが、今の和田の力では、閉めるのにも一苦労する感じだった。ロビーに降りると、二人を除く全員が既に集まっていた。

「これでようやく、本番という感じですね」団長の飯田がソファから立ち上がる。「和田さん、お体はどうですか」

「何とか大丈夫だよ」

こんな風に、後輩たちに気を遣わせてしまうのが情けない。確かにNHK入局は自分の方が早いのだが、今はあくまで嘱託の身である。アナウンサーの先輩とはいえ、志村や飯田が気を遣うべき立場の人間ではないのだ。

街へ出る。時刻は既に午後七時を回っているのに、まだ昼間のように明るかった。これにはまた悩まされそうだな……夜は暗いもの——日本人である和田には、その感覚が染みついている。理屈では分かっていても、夜中まで明るく、朝になるはるか前にまた陽が昇ってしまう一日のサイクルが、感覚を狂わせているのは間違いない。おそらく、慣れる前にオリンピックが終わってしまうだろう。

志村たちの案内で歩き始めた瞬間、和田は転びそうになった。隣を歩く大原が、素早く肘を摑んで支えてくれる。

「和田さん、大丈夫ですか？」志村が振り返って訊ねる。

「びっくりした。ここは道路が悪いのかい？」

見ると、下は石畳である。それはいいのだが、造りがかなり雑……石の大きさが揃っていないのででこぼこしていて、気をつけないとすぐに蹴躓《けつまず》きそうになる。また、歩道が波打っていて、かなりの傾斜になっている場所もあった。ひどいなあ、日本人だったら、絶対にこんな道路は作らないな、と和田はついむっつりしてしまった。

「足元には気をつけて下さいよ」志村が忠告した。「僕も、何度も足を挫《くじ》きそうになりました。やっぱり、石畳の道といっても、ローマとは違いますね」

「志村君、ローマへ行ったことがあるのか?」

「いや、聞き齧《かじ》りですよ。でも、すべての道はローマに通ず、っていうでしょう」

その格言の意味は、ローマの道路状況を説明したものではないはずだが……ふざけ合う気にもなれず、ただうなずいただけで、和田は慎重に歩き始めた。足元が心配で、ついうつむき加減になってしまう。

ホテルの角を左に折れると、急に賑やかな市街地が姿を現す。市電が走る通りの両側にはビルが建ち並び、人通りも多く賑やかだ。

「そこにデパートがありますから、買い物には便利ですよ」志村が教えてくれた。左側に、茶色の堂々たるビルがそびえている。角の看板は「ストックマン」と読めた。「北欧で一番大きなデパートだそうですから、奥さんへの土産はそこでどうですか?」

「そうだね。後で見てみるよ」

市電の車両が、道路の真ん中ですれ違う。その両側は片側二車線の道路で、車が忙しく行き来している。しかし、車道も石畳か……車の乗り心地はよくないだろう。それに、マラソンの選手たちのことが心配になった。こんな道路を走ったら、先ほどの自分のように足を取られて転びかねない。そう言えば、戦前にオリンピックに参加した選手たちに話を聞いた時に、日本との一番の違いは道路だと教えられた。石畳の道路は、アスファルトよりもはるかに歴史が古い。しかもアスファルトのように簡単に穴が開くこともないので、基本的には補修されないまま、何百年もそのままだという。日本の、土がむき出しの道路に慣れた身には、妙に新鮮なものだったらしい。

さて、フィンランドの料理はどうだろう。ある程度洋食に慣れて、ナイフとフォークでの食事も苦にならなくなっていた和田だが、国が変わるとまた事情も違うだろう。ただ、フィンランドでは魚をよく食べると聞いていたので、それが心強い。やはり肉よりも魚の方が和田の口には合う。

志村たちが案内してくれたのは、ビルの一階にある穴蔵のように暗いレストランだった。日本ではこういう店はまず見かけない……暗いのは、照明が落とされているからだ。頼りになる灯りは、テーブルの上のろうそくだけ。席に着くなり、和田は苦笑してしまった。

「こういう店は、訳ありのアベックが来るようなところじゃないのかな」事実、店は若い男女で埋まっていた。

「まあ、いいじゃないですか。店はこれからたくさん見つけますから。今日のところは、ここで我慢して下さい」志村が言った。

「だいたい、この文明社会でろうそくというのはどうなのかね」和田はまだ、この店の雰囲気が気に食わなかった。

「昔の雰囲気を出してるんでしょう。十九世紀までは、どこでもこんな風にろうそくだったんじゃないですか？」

「おいおい、二十世紀ももう、半分が過ぎたんだよ」

言いながら、和田はメニューをめくった。ところが目に飛びこんできたものが、まったく読めない——このアルファベットの羅列がフィンランド語だろう。注文もできないと思ったが、英語が併記してあるので、取り敢えず何とかなりそうだった。

「スウェーデンよりも、言葉では苦労しそうですよ」志村が言った。「街中では、英語表記をほとんど見かけません。通りの名前が建物に記されているんですが、それもフィンランド語とスウェーデン語の併記です」

「何でまた？」

「フィンランドは、十九世紀の初頭まではスウェーデン領だったので、その名残のようですね。その後はロシア領になって、独立したのは一九一七年——そんな昔の話じゃないんですよ」

「複雑な歴史があるんだね」

「ヨーロッパはどこもそうですね」

さて、料理は……どうするのかと思っていたら、志村がさっさと赤ワインを頼んでしまった。その際、ウェイターに「お勧めの料理を」と言って任せてしまう。

「それで大丈夫なのかい？」和田は心配になって訊ねた。

「まあ、変なものを食べさせられる心配はないでしょう」

赤ワインを一口。この酸っぱさは、やはりあまり口に合わないな……しかし自分だけビールをもらうのも何だか申し訳なく、何とか赤ワインで我慢することにした。

まず、一見生に見える鮭が出てくる。玉ねぎと一緒に自分の皿に取り分ける。

「燻製《くんせい》だね」これならナイフはいらない。玉ねぎをくるんでフォークで刺し、口に運ぶ。生臭さはまったくなく、柔らかな食感が口の中に広がる。戦前、どこかで食べた記憶があるのだが、それよりもずっと洗練された味わいだった。これはいい。フィンランドで食べ物に困ったら、この鮭の温燻を食べておけば心配ないだろう。もっとも和田は、ふいに米の飯が恋しくなっていた。こいつをご飯に載せて醬油を一垂らしし、熱いお茶をかけたら、鯛茶漬けのようになって美味いのではないだろうか。

続いて、小魚を揚げたものが出てきた。特に何の工夫もない……ワカサギの唐揚げのようなものなので、頭からかぶりついてみる。小骨は少し気になったが、食べられないほどではない。塩気が強く利いていて、いかにも酒の肴という感じだった。分厚く切られたレモンを手に取り、軽く絞って食べると塩気が和らいでずっと美味くなる。

「海の物は美味いようだね」ほっとして和田は言った。

「問題はこの先ですね」志村がニヤニヤしながら言った。

「何か変なものでも出てくるのかい？」不安になって、和田は思わず訊ねた。

「それは、出てきてからのお楽しみにしましょう」

三番目に出てきた皿はステーキのようだった。小さいが、かなり「高さ」がある。ろうそくの光の下ではよく分からなかったが、茶色というか濃いワイン色のようなタレがかかっていた。見た目は特に問題なさそうだが……小さく切り分けて一口食べてみると、まず口の中に広がるのは酸味だった。これはタレの味だろう。肉自体はかなり硬く、なかなか嚙み切れない。ゆっくりと嚙んでいるうちに、あまり経験したことのない味わいが口の中に広がってきた。少し臭みがあるような……。

「これは何だい？」和田は不安になって、志村に確認した。

「トナカイです」

「トナカイ？ フィンランドではトナカイを食べるのか？」和田は、立派な角を生やしたトナカイの姿を思い浮かべながら目を剝《む》いた。

「高級食材みたいですよ。牛肉なんかより、よほど高い」

「少し癖があるな」内臓の肉に近い感じだろうか。戦後、「ホルモン」と呼ばれる内臓肉を焼いて食べさせる店が都内のあちこちにできた。和田も「何事も経験」と試してみたのだが、独特の臭みと食感は好きになれなかった。

「僕は好きですよ」志村は嬉しそうに肉を切り分けている。「何度も食べましたけど、レストランで一番いい料理というと、だいたいトナカイのステーキになるようです」

「まあ、これはなかなか……」和田は言葉を濁した。自分は今後も、鮭の燻製と小魚のフライで済ませよう。慣れないものを食べて胃がびっくりしたら、それだけで体調を崩してしまいそうだ。

いつの間にか、話は大相撲のことになっていた。和田にとっても志村にとっても、相撲は中継の基本と言えるものである。異国にいるせいか、大好きな相撲が懐かしく思い出され、つい話に熱が入ってしまった。

「九月場所の優勝候補は？」和田は志村に話を振った。

「僕は、栃錦《とちにしき》と見ますね」

「栃錦？　まだ時期尚早じゃないか？」

「いや、優勝できる地力は十分ありますよ。五月場所で八回目の技能賞を受けてますからね」

「しかし、体重が増えないで困ってるようじゃないか」

小兵力士の栃錦は、新入幕の時に体重が八十五キロしかなかった。今も百キロあるかどうか……大男たちが土俵で争う大相撲の世界では、何より体重が物を言うのに。

「食糧事情もよくなってきたから、食べて、稽古して、これからはもっと強くなりますよ」

「僕は、羽黒山《はぐろやま》にもう一花咲かせて欲しいな」

戦前、異例のスピード出世を続けた羽黒山は、昭和十四年に大関に、二年後には横綱になっている。しかし双葉山《ふたばやま》の陰に隠れ、ようやく大横綱の風格を見せ始めたのは戦後になってからだった。ところが昭和二十三年の巡業で右アキレス腱を断裂し、一度は治ったものの、その後同じ箇所を再び怪我してしまった。年齢も既に三十歳を超えており、このまま引退してもおかしくない状態だったが、何とか復活し、今年の一月場所では三十七歳にして優勝を果たしている。

「羽黒山はどうですかねえ」志村が首を捻った。「さすがにもう……」

「いやいや、一月場所の千秋楽、千代《ちよ》ノ山《やま》を下手投げでうっちゃった取組はすごかった。まだまだやれるよ」

自分の願望も含めて、だが。最近、三十歳を過ぎた力士の奮闘を見ていると、心が揺さぶられる。自分も歳を取ってきて、年齢を重ねた力士が、力任せではなく、経験で得た技量で若手力士を土俵に転がす「味」に感動するようになっているのだろう。もちろん、単純に自分に年齢が近い力士の活躍に心惹かれるだけかもしれないが。

和田も戦前から何度も、羽黒山の取組を実況した。双葉山の陰に隠れる形になったとはいえ、優勝七回、歴史に残る名横綱の一人であることは間違いない。

しかしその羽黒山にしても、成績ではまったく敵わなかった絶対的な存在、双葉山……自分を本物のアナウンサーにしてくれたのは双葉山だったと、和田は今でも恩を感じている。アナウンサーは、一人でできる仕事ではないのだ。伝える出来事、伝える存在があってこそ、アナウンサーの仕事は成立する。

双葉山は、アナウンサーとしての全てを使って聴取者に活躍を届けたい力士だった。

2

昭和十四年一月。ここまで六十六連勝を続けてきた双葉山の周辺は、急に騒がしくなっていた。

前年、力士会長の玉錦《たまにしき》が虫垂炎を悪化させて死亡。さらに武蔵山《むさしやま》も休場を決め、一月場所の横綱は、双葉山と男女ノ川《みながわ》だけになってしまった。百九十センチを超える長身力士として人気の男女ノ川は、しかし不振続きで前場所は負け越している。となると、もう一人の横綱である双葉山が出場しないと、場所は盛り上がらない。しかしその双葉山自身、前年の満州・大連巡業でアメーバ赤痢に感染して体重が激減し、体調は完全には回復していなかった。実際には相撲が取れる状態ではなかったが、急逝した玉錦の跡を継いで二代目の力士会長に就任していた責任もあり、強行出場を決めていた。

三日目までは、順調に勝ち星を積み重ねた。初日は前頭六枚目の五ツ嶋《いつしま》を寄り倒しで破り、二日目は前頭五枚目の龍王山《りゅうおうざん》を突き出しで、三日目は前頭四枚目の駒ノ里《こまさと》を上手投げで土俵に転がしていた。

和田は初日からずっと実況を担当していたが、この場所の双葉山は、いつもと違ってどうにも危なっかしく見えた。堂々と受けて勝つ——いつもの横綱相撲が影を潜め、格下力士相手に何とか経験と「格」で勝利を収めたようにしか見えなかった。

ひょっとして——和田は嫌な予感を抱いた。嫌なというか、波乱の予感というべきかもしれない。もしかしたら今場所、双葉山はどこかで負けるのではないか？

　双葉山はまだ前頭三枚目だった昭和十一年一月場所、横綱の玉錦に突き落としで負けたのを最後に、昨日まで六十九連勝を続けてきた。足かけ三年、五場所連続の全勝優勝も続いている。その間、大関をわずか二場所務めただけで横綱に昇進し、その強さは「憎たらしいほど」とまで言われるようになった。去年の五月場所では、江戸時代に谷《たに》風《かぜ》が打ち立てた連勝記録を抜いている。もはや世間の関心は、誰が優勝するかではなく、「双葉山がどこまで勝ち続けるか」、逆に言えば「いつ負けるか」に移っていた。この異様な雰囲気は、双葉山も感じ取っているに違いない。普通の相撲ができるかどうか……。

　和田の嫌な予感を裏づけるように、一月場所四日目は荒れた。

　まず、大関前田《まえだ》山《やま》が、磐石《ばんじゃく》と突っ張り合いの末、うっちゃりで敗れた。もう一人の大関・鏡岩《かがみいわ》も、笠置《かさぎ》山《やま》に体を預けられ、寄り倒しで土俵に倒れている。国技館が騒然とするのを、和田は四階にある中継席からひしひしと感じていた。

　双葉山は、和田にとっても非常に印象深い力士だった。横綱としての風格が、普段の物静かな態度から滲み出ているようだった。力水は一回しかつけない、自分からは絶対に待ったをかけない、制限時間内でも、相手がその気なら一回の仕切りでも受けて立つ

た。
な記録を自分の中継で伝えられるであろうことに興奮を覚えながら、国技館入りしてい
差は明らかで、負ける材料は見つからなかった。それ故和田は、七十連勝という驚異的
やはり勝つだろう。体調不良とはいえ、今日の相手は前頭三枚目の安藝《あき》ノ海《うみ》。地力の
――「受け」が本道とされる横綱の相撲を、まさに体現した存在だった。

双葉山の取組が近づくに連れ、大入り満員の国技館の熱気は異様に高まっていく。最近、中継しながら国技館の様子を観察していると、時折「双葉、負けろ！」という野次が飛ぶことに和田は気づいていた。やはり、強すぎる横綱への反発もあるだろう。しかし今日は、そういう声は一切聞こえなかった。七十連勝が達成されるなら、ぜひその瞬間を目撃したい――好角家《こうかくか》たちの心理は、和田には十分理解できた。

取組前、和田は昨日から練ってきた言葉をマイクに向かってぶつけた。

「不世出の名力士・双葉、今日まで六十九連勝。果たして七十連勝なるか？　七十は古《こ》稀《き》、古来稀《まれ》なり！」

相撲とはまったく関係ない「古稀」という言葉を紛れこませるのが和田の狙いだった。実際、七十歳まで生きる人は多くないわけで、それほど珍しい、大変なことが起きようとしている――「講談調」とも言われた和田の中継の真骨頂である。

双葉山と安藝ノ海は、これが初取組だった。仕切り直しは実に十回。安藝ノ海は猛然と突っ張って出たが、双葉山は下から突き返して右を差しに行く。安藝ノ海は素早く右

手でまわしを取り、双葉山の胸に頭をつけた。場内の歓声と悲鳴が最高潮に達し、和田は自分の言葉を自分で聞き取れないほどになった。

双葉山は右の差し手からすくい投げを狙ったが、安藝ノ海は双葉山が一瞬棒立ちとなったのを見逃さず、左足に外がけ、さらに左の上手を引いた。しかし双葉山はこの外がけを外し、右から下手投げに――両者が同時に倒れる。しかし和田の目には、双葉山の体が一瞬早く土俵についたように見えた。

和田は即座にマイクから顔を背け、隣に控えていた先輩アナウンサーの山本照《やまもとてる》に、「双葉山は確かに負けましたよね？」と確認した。元々新聞の相撲記者として活躍し、昭和八年から大相撲実況を担当していたベテランアナウンサーの山本は、唇を嚙み締めるようにして「うむ」と一言発しただけだった。

次の瞬間、和田の口からは、まったく考えてもいなかった言葉が飛び出していた。

「双葉山敗る！　双葉山敗る！　双葉山敗る！　時、昭和十四年一月十五日！　旭日《きょくじつ》昇天《しょうてん》、まさに六十九連勝。七十連勝を目指して躍進する双葉山、出羽一門の新鋭・安藝ノ海に屈す！　双葉七十連勝ならず！」

もはや中継ではない。単なる絶叫だった。しかし和田は、叫ばないと聴取者に声が届かないのではないかと心配になるばかりだった。何しろ、国技館は大騒ぎ……観客は総立ちになり、座布団だけでなく、信じられないことに火鉢まで宙を舞っていた。危ない――しかしそれよりも、和田は目の前で起きた出来事を伝えるのに必死だった。

後に和田は、局で河西三省に呼び止められた。河西は厳しい表情――これは、双葉山の中継について怒られるな、と覚悟した。

「和田君……君は以前、僕のオリンピック中継に感動したと言っていたね」

「はい、『前畑頑張れ！』は、日本放送史に残る名中継だと思います」

「しかしあの中継には批判も多かった。三位は誰だ、他の選手が何位だったのか、さっぱり分からん――双葉と安藝の取組中継は、同じようなものだったじゃないか。決まり手が分からなかった。君は、『双葉山敗る！』を何回叫んだかな」

「覚えていません」三回か、四回か……指摘されると、頰が赤くなるのを感じた。

「実にいい放送だった」河西が急に顔を綻《ほころ》ばせた。

「まさか……」

「いいかい、あの取組で一番大事なのは、双葉山が勝つか――七十連勝がなるかどうかということだった。だから、あの取組で最大のニュースは、双葉山が勝ったか負けたかなんだ。君はそれをちゃんと伝えきった」

「いや、やはり面目ありません」和田は頭を掻いた。「何を喋るかいろいろ考えていたんです。双葉山が負けた時のことも想定していました。しかし実際に負けたと分かった瞬間に、全部吹っ飛んでしまいましたよ」

「それでいいんだよ。中継に正解はない。その時アナウンサーが何を感じたか、それが聴取者に伝わるのもいいことじゃないかと私は思うな。アナウンサーは、冷静沈着、ただ事実を話せばいいという人もいるが、興奮や悲しみ、怒りが聴取者に伝われば、その場の雰囲気を感じとってもらえる。君は、国技館のあの瞬間の空気を、見事に伝えたんだよ。瞬間を切り取ったんだ」

双葉山はその後も大横綱として角界の頂点に君臨し、終戦の年、引退した。通算成績、三百四十八勝百十六敗三十三休一分、勝率七割五分。横綱在位十七場所中の勝率は八割八分二厘に達した。幕内優勝十二回、全勝優勝八回、そして何より六十九連勝が光る。その連勝が止まった後も、昭和十七年五月場所から昭和十九年一月場所にかけて、三十六連勝を記録している。

終戦の年の六月場所を一勝六休で終えた後、十一月場所の番付に名前は残っていたものの、引退。戦時中、その抜群の強さで日本人に勇気を与え続けた双葉山の引退は、和田に「敗戦」を強く意識させた。その一年後、昭和二十一年には、GHQに接収されて「メモリアルホール」となっていた国技館で引退相撲が行われ、双葉山は人々の前に最後の勇姿を見せた。

和田も一時の浪人生活から、相撲中継、さらに「話の泉」の司会者としてアナウンサーに復帰した時期だったが、翌昭和二十二年、今度は別の意味で双葉山に驚かされることになった。世間を騒がせた「璽光尊《じこうそん》事件」。双葉山はこの頃、新興宗教の「璽宇《じう》」に帰依していたのだが、警察が金沢市にあった璽宇の本部に対して食糧管理法違反の容疑で取り締まりを行った時、警察隊の進入を阻止しようと大立ち回りを演じ、教祖の璽光尊とともに逮捕されてしまったのだ。この時は、囲碁棋士の呉清源《ごせいげん》も璽光尊と行動を共にしていたことから大騒ぎになり、和田も心を痛めていた。引退後、相撲という心の拠り所をなくし、さらに敗戦のショックが重なって、騙されていたのではないか？　純粋で真面目な双葉山のことだから、一度何かにのめりこむと、一気に突っ走ってしまう恐れもあった。

もっとも、相撲協会もこの事件を大きくは問題視せず、同じ年の十月には理事就任が決まった。これでまた双葉山は相撲の世界に戻ってくる――この頃から和田は、相撲解説者としての立場から、双葉山と個人的に言葉を交わす機会も増えてきた。

ある日――二年前、双葉山が協会取締役に就任した後、一時間ほど二人で話しこんだことがある。その時双葉山は初めて、七十連勝ならなかった安藝ノ海戦のことを和田に話した。

「あの頃は私も未熟だったね。安藝の勢いに完全に押されてしまった。しかし安藝も立派だったよ。その後精進して、横綱になったんだから」

「とはいえ、安藝ノ海はあの後一度もあなたに勝てませんでした。あれは横綱としての意地ですか？」

「もちろん」双葉山の目に、現役時代さながらの鋭い光が宿った。「同じ相手に二度と負けてはならない――それが横綱というものですよ」

「あの一番、悔しくはなかったんですか？」

「もちろん、悔しかったよ。自分に対して腹が立って仕方がなかった」

「一つ、教えて下さい。あの後、安岡《やすおか》先生に対して『イマダモッケイタリエズ』と打電したのは本当なんですか？」

安岡正篤《まさひろ》は陽明学者で、「金鶏《きんけい》学院」という私塾を開いていた。幕末の松下村塾の再現を目指したものとされ、双葉山も師と仰いでいた。

「あれは、友人に電報を打ったんだ。その友人が、安岡先生に取り次いでくれたんだね」

「金鶏に対する木鶏ですか……」

「相撲道の極みは、泰然自若としていることだと思う。私はその極みに行けたかどうか、分からない」

「それは、さらに後年にならないと分からないでしょう」

「あの時君の実況中継は、大変な評判になったようだね」双葉山が話題を変えた。

「いやあ、お恥ずかしい限りです」和田は頭を掻いた。「私もまだ若造でした」

「それを言えば、私も若造――考えてみれば、あなたとは同い年なんだね」

確かに、和田も双葉山も明治四十五年生まれだった。

「知り合いは皆、大変な迫力の中継だったと褒めていたよ」

「アナウンサー失格だとお叱りも受けましたけどね。結局、相撲で一番大事な決まり手を言い忘れていたんですから……もっとも、それどころではなかったんですけどね。いろいろ考えてはいたんですが、用意していた言葉が一つも出てきませんでした。あの時は、国技館が崩壊するかもしれないと思うぐらいの騒ぎでしたからね」

「確かに凄かったが、私はあまり覚えていないいんだよな……それより、あなたの仕事も、相撲と似たようなところがあるね。しかも、私が目指した横綱の相撲と似ている。横綱は常に、受けて立たねばならない。相手の攻めを全て受けきって、それでも勝つ——自分から仕かけることはない。あなたたちもそうでしょう？　目の前の出来事に対処して、その瞬間、瞬間で話す」

「そうです」和田はうなずいた。「アナウンサーはどうあるべきか——横綱道と違って、明確な理想があるわけじゃありません。私の場合は、大事な瞬間にどれだけ印象に残る言葉を出せるか——そこに全てを懸けています。いわば、『瞬間芸術』ですね」

「瞬間芸術か」双葉山が一瞬相好《そうごう》を崩した。「いい言葉だ」

和田はそれまでも、自分の喋りを「瞬間芸術」と自称することがあった。逆に言えばそれは、一瞬で消えてしまうもの——録音が残ることはあっても、絵画や小説とは違い、後世に伝えられるものではないという、自虐的な思いもあってのことだった。しかし、双葉山の「受けの相撲」と共通点があることが分かって、自分のアナウンスに絶対の自信を得た瞬間であった。

しかし「双葉山敗る！」が後世に残る言葉になるとは……和田は苦笑せざるを得なか

った。あれは芸術でも何でもない。まさにその場の興奮が言葉になって出てしまったものので、何の工夫もなかった。河西は褒めてくれたが、和田としては不満も残っていた。まだ、後世に残る中継をする機会もあるはずだ。力士はいつか必ず――それも世間的にはまだ青年のうちに――力衰えて引退してしまう。しかし自分はまだ不惑を迎える前なのだ。声を失わない限り、いつまでも中継を続けられるだろう。

自分の全盛期はこれからなんだぞ、と和田は想いを強めた。

3

ヘルシンキ到着の翌朝、和田は珍客の来訪で目を覚ました。後輩アナウンサーの河原《かわはら》武雄《たけお》が、間違えて部屋に入って来たのだ。

「あれ」寝ぼけた声で河原が言った。「間違えました……か？」

「どうしたんだい？」

「いや……ああ、そうか。僕は昨日までこっちの部屋に泊まってたんだ」

「頼むよ、河原君。部屋を間違えてもいいけど、選手の名前は間違えないように」

「失礼しました」

一礼して河原は出て行った。和田は本格的に起き出し、カーテンを開けた。外は雨……どんよりと雲が垂れこめ、それを見ているだけで気が滅入ってくる。目の前を市電が行き過ぎる。昨夜は疲れのあまり、すぐに寝入ってしまって一度も目を覚まさなかったのだが、それでもまだ、頭にぼんやりと霧がかかったような感じがする。嫌だな……

同室の志村は既にフィンランドのホテルにも慣れたのか、平然と起き出して顔を洗っている。


食欲はなかったが、一階まで降りてレストランで朝食を摂ることにした。自分でドアを閉める方式のエレベーターが怖く――ひどくガタピシ揺れるのだ――階段を使う。

「何だか、宮殿のようだね」

ゆるく弧を描き、絨毯《じゅうたん》が敷かれた階段を降りていると、不思議な気分になってきた。映画の中でしか見たことのないヨーロッパ、という感じである。このホテルはそれほど豪華ではないのだが、天井が高く、螺旋《らせん》階段を思わせる階段の作りが、優雅さを感じさせた。

「そうですねえ。フィンランドでこれだと、もっと大きいパリやロンドンはどんなものでしょう」志村が応じた。

「せっかくヨーロッパに来たと言っても、その中心部にいるわけじゃないんだね。まだまだ僕も、見聞を広めないといけないな」

レストランには、他のアナウンサーたちも集まっていた。朝食は例によって例のごとし――パンに卵、ミルクだ。米の飯が心底懐かしかったが、こういう食事も耐えられないほどまずいわけではない。ただ、ストックホルムに比べると地味で、味つけもどこか

ているようである。しかしその顔には笑みが浮かんでいて、別にからかっているわけでも悪意を持っているわけでもないらしい——彼らが知っている日本の唯一の地名が、「広島」なのかもしれない。

ヨーロッパの人たちの日本に対する感情がどんなものか、簡単に決めつけるわけにはいかないだろう。

日本選手団も続々到着し、顔見知りの選手たちと挨拶しているうちに、和田は少しずつ落ち着いてきた。同時に自分は、日本人と日本語に頼っているのだと自覚する。海外ではやはり、同朋の存在は何かと心強い。

「やあ、和田さん」声をかけられ、和田は振り返った。

「田畑《たばた》さん」水泳連盟会長で、今回の日本選手団団長の田畑政治《まさじ》だった。元々朝日新聞の記者で、戦後には役員にまで昇進したが、水泳指導者としての顔も合わせ持ち、今はオリンピック一筋——事あるごとに「東京にオリンピックを」と言って招致を進めている人物である。

「フィンランドへようこそ。この国はどうですか？」

「昨日着いたばかりなので、まだ何とも言えませんね。選手たちの調子はどうですか？」

「いいよ。何しろ日本がオリンピックに復帰する大会だからね。皆気合いが入っている。ちょっと選手たちの部屋を見てみるかい？」

「いいんですか？」

「構わないさ。いい中継のためには、何でも見てくれたまえ」

田畑は何かと忙《せわ》しない男で、しかも全て自分でやらないと気が済まない性格のようだ。選手村の部屋の案内など、部下に任せておけばいいのに、自ら案内役を買って出てしまう。

通された部屋は、それほど広くはなかった。ベッドが四つ、横並びに並べられており、「寄宿舎」の雰囲気だった。壁には「ＦＩＮＬＡＮＤ」と書かれたポスター。装飾はそれぐらいで、実用一点張りという感じだった。

「ベッドがずいぶん狭いですね」和田は思わず感想を漏らした。これでは、自分たちが泊まっているホテルのベッドの方がよほど立派である。寝返りを打ったら転げ落ちてしまいそうなほど狭いベッドが四つ——これで選手たちは体を休められるのだろうか、と心配になった。

「なに、日本選手の精神力をなめてはいけないよ。まあ、ベッドでの生活に慣れていない選手もいるから、それだけは心配だがね。とにかく、これだけの宿舎を用意してもらったんだし、飯は美味いし、基本的には問題ない」田畑は満足そうだった。

「女子の宿舎は別のところなんですよね」

「ああ。なんでも、元々看護学校だったのを借り上げたそうだ」

「なるほど。そういう学校なら、女性向けにできているんでしょうしね」

「そういうことだ……さあ、出ましょうか。ここは選手たちの部屋だから、いつまでもうろうろしているわけにはいかない」

　田畑が、せかせかした足取りでドアに向かう。和田はその背中に声をかけた。

「この部屋には、誰が入る予定なんですか」

「水泳の選手だ。古橋もここに入るよ」

「古橋君の調子はどうなんですか？」ストックホルムで取材した時の、微妙に自信がない態度を思い出し、和田は訊ねた。

「うむ……」振り返った田畑が渋い表情を浮かべる。「赤痢の後遺症もあるのでね」

「勝てますかね」

「あまり煽《あお》らないでくれたまえ。日本中が古橋に金メダルを期待しているのは分かるが、私はとにかく、無事に泳ぎ切ってくれればいいと思っている」

　競泳の専門家である田畑が言うのだから、古橋の調子が上がっていないのは間違いないだろう。

「私たちは、事実を伝えるだけですよ」

「ぜひ、そうして下さいよ」田畑が真顔でうなずいた。しかし次の瞬間には、破顔一笑して、「しかし、『話の泉』が聴けないのは残念ですなあ。私、毎回あれを楽しみにしているんだが。ここでやってもらうわけにはいかんかね」とまくしたてる。

「選手たちに出てもらいましょうか。どんな答えが飛び出してくるか、楽しみですよ」

「いやあ、うちの真面目な選手たちには、あんな頓知《とんち》の利いた回答は無理だろうね」

「今回、水泳陣は予算潤沢だそうですね」

「古橋のおかげですよ。それに水泳監督の藤田《ふじた》が奔走してくれた」

藤田明《あきら》も、戦後の日本水泳界を陰から支えた一人である。藤田本人は、競泳では大成せずに、まだ日本で始まったばかりの水球に転向して活躍した選手だったが……それでも、藤田の力なくして、今の日本水泳陣の活躍はなかったと言われている。そして古橋の活躍で、水泳人気は一気に盛り上がり、今回のヘルシンキ・オリンピックに関しては、企業から巨額の寄付が集まった。それ故、ヘルシンキ入りする前に、ストックホルムでじっくり合宿を張る余裕ができたのである。

「他の競技で注目しておく選手はいますか？」

「団長としては、あまり特定の選手を贔屓《ひいき》するような発言はしたくないな」

「そう仰らずに」和田は粘った。

「まあ、それなら……レスリングには期待してもいいんじゃないかな。中大の石井庄八、慶大の北野祐秀、この二人には注目して下さい。レスリング協会の強化策も、ここにきてかなり効果が現れているからね。いずれにせよ、どんどん勝ってもらわないとな。日本の本当の戦後は、ここから始まるんだから」

ホテルへ戻る。結局、選手村では食堂を見学しただけで、食事はしなかった。広い選手村には食堂が六ヶ所もあるそうで、自分たちが紛れこんで食べても文句は言われそうになかったが、何となく気が引けた……それにしても、各国の選手たちの体格の良さには驚いてしまう。長年大相撲とかかわってきた和田は、大男とのつき合いには慣れているのだが、とにかく海外の選手は日本の選手に比べて背が高い。筋肉のつき方もまったく違う。こういう連中を凌駕《りょうが》する泳ぎを見せてきた古橋は、本当に大したものだと思う。

今日は日曜日、ストックホルムと同じように、街中の店はほとんど休みのようだ。ホテルのレストランも、夜には閉店してしまった。もう一度外へ出るのも面倒だったが、仕方なく外出して食事を済ませる——しかし、おかしな具合だった。空腹なのに、どうにも食べられない。結局今夜も鮭の燻製を食べ、こってりしたキノコのスープで空腹を紛らせた。ステーキは半分も食べられなかった。

「和田さん、そんなもので足りるんですか？」旺盛な食欲を発揮する大原が心配そうに言った。

「スープが濃いからね」和田は胃の辺りを摩《さす》った。「こっちの料理は、どれも重たい。胃にもたれるよ」

「お酒も全然呑んでないじゃないですか」

「そもそもこんなのは、酒じゃないだろう」和田は苦笑しながら、半分ほど残ったビールの瓶を取り上げた。「こっちのビールは、どれもこんなにアルコール分が少ないのかね。スウェーデンもそうだったけど、酒を呑んでる感じがしないよ」

「どうなんでしょう？　自分は、酒より飯ですから」大原が首を捻る。

「それでまったく太らないのは、謎としか言いようがないね」

「日本を出てから太ったかもしれませんよ。体重計に乗っていないので分かりませんけど、何だか体が重いんです」

「まあ、ちゃんと食べて頑張ってくれよ。君たち技術屋さんは体力勝負なんだから」中継用の機材を運搬して整備し、放送の準備を整えるのが技術の仕事だ。外からの中継は、スタジオとはまったく環境が違うし、予想もできないことがよく起きるから、臨機応変な判断とスピードが求められる。マイクの前にどっしり座って、ただ喋るだけの自分たちとは違う――逆に言えば、自分たちの仕事は彼ら抜きでは成立しないのだ。

「そこは頑張ります」

「そうだな。僕は少し酒を減らすことにするよ。喉も大事にしないといけないし」

夢声の教訓がまだ頭に残っていた。こういう長期の海外出張では、どうしても常に仲間たちと一緒に行動せざるを得ないのだが、今のところは酒も上手く抑えられている。羽田を発って以来、日本にいる時のように意識がなくなるまで吞んだことは一度もなかった。

和田は昔から、「酒の吞み方が汚い」と友人たちからからかわれていた。酔っ払えば物をなくすし、知らぬ間に怪我をしていることも少なくない。

さて――明日からはいよいよ本格的にオリンピックの仕事が始まる。まず明日は選手村で、選手たちへのインタビュー。この録音は、後で日本向けに放送する予定だ。

さて、本格的に仕事となると、今晩はよく休んでおかねばならない。しかしこういう時に限って、部屋に戻っても訪問者が引きも切らない。どうも白夜のせいで、ヘルシンキにいる日本人は皆、感覚が狂ってしまっているのかもしれない。和田もずっと、昼夜の感覚が逆転してしまったようだった。

ようやく一人になれたのは、午前一時過ぎだった。部屋を訪ねて来てくれた人は皆、ビールなどを土産にくれるのだが、アルコール度数一パーセントのビールは酒とは言えない。酒の助けを借りて眠るのはやめようと決めているのだが、熟睡できないのは辛かった。睡眠薬を持ってくるべきだったと後悔したが、こちらでも薬ぐらいは手に入るだろう。どうしようもなければ、選手団に同行してきている医師に相談してもいい。

まったく、こんな風に弱くなってしまったのは情けない。情けないが、自分でどうしようもないのが自分の体というものだ——もっと早く酒を自重して、体に気を遣っていたら、憧れのオリンピック中継で自分の持てる力全てを発揮できていたのではないだろうか。

上手くいくだろうか。

最近感じたことのない不安が、胸に忍び寄ってくる。アナウンサーとして経験を重ね、敗戦時の混乱からも何とか立ち直り、「話の泉」は全国的な人気番組になった。そんな自分に足りないのは、オリンピックの経験だけ。ここをきちんとこなしてこそ、自分の人生は次の段階に行けると思う。

二十年近くも憧れ続けたオリンピック。しかしここで、全力を出せるかどうか。一度生まれてしまった不安は、大きくなる一方だった。

【大原メモ】

ヘルシンキでも和田さんと一緒になることが多い。依然として体調が思わしくないようだから、一人にしておくのも心配だ。目にするもの全てが珍しく、メモ帳のページは埋まるばかりだが、和田さんはどこかぼうっとして、ヘルシンキの街にも興味がないように見える。食欲もあまりなく、好きな酒もほとんど呑んでいないのも心配だ。

4

七月十四日、月曜日。日曜日の静けさが嘘のように、街は朝から賑わい始めた。ホテルの窓から外を見ると、電車通りは人で一杯——市電を待つ人たちで賑わっている。背広姿の人たちを見て、勤め人の格好は世界中どこへ行っても変わらないのだな、と和田は妙に感心した。

食事を終えて外に出ると、空気はひんやりとしていた。日本はもう梅雨が明けただろうか……今頃は、ハンカチや手拭いが手放せない陽気になっているはずだ。しかしここでは、身をすくめてしまうほど冷たい風が、時折ビルの間を吹き抜ける。それに、街に色がないのが何ともうら寂しい。ストックホルムでは、色合いも鮮やかな建物をよく見かけたが、ヘルシンキでは基本的に茶色か灰色なのだ。復興の進む東京でも、地味な灰色のビルディングがあちこちで完成しつつあるが、もう少し色気があるような気がする。

選手村へは、車で二十分ほど。ホテルから少し離れて分かったのだが、石畳の道路が広がっているのは中央駅の近くだけで、他の道路はほぼアスファルト舗装だった。石畳の道路は、それこそ何世紀も前に整備されたところで、昔は市の中心部以外は、土がむき出しの道路だったのではないだろうか。それを、最近になって急いで舗装したような感じがする。もちろん、アスファルト道路の方が、車で走っていてもずっと快適だ。

昨日に比べて選手は増えていた。体格のいい若者たちが、自信たっぷりに歩き回っている姿を見るのは頼もしいものだ。体格に劣る日本人選手たちも萎縮することなく、堂々と過ごしているように見える。海外遠征を重ねて自信をつけている選手も多いのだろう。

午前中は、選手たちの談話を録音して回った。自信を持って抱負を語る者、初めての海外に戸惑う者、興奮して言葉がまとまらない者——微笑ましく話を聞きながら、和田は合いの手を挟み、聴取者の心を動かしそうな談話を引き出そうと苦心した。こういう仕事は慣れたもので、日本での日常が戻ってきたようだった。談話を録音している間は体調も問題なし——しかし、取り敢えず午前の部を終えると、またも軽いめまいと吐き気に襲われる。

和田は念の為、選手団に随行してきた日本の医師に診察してもらった。やはり血圧が高い。二百に届くほどではないが、それでも正常な状態よりはるかに高い。和田は、飛行機に乗って以来ずっと調子が悪いことを訴えた。

「なるほど……日本では診察を受けていましたか？」

「ええ。高血圧と肝臓ですね。軽い黄疸が出たこともあります」

「黄疸ですか……ちょっと失礼」

医師が、聴診器を取り出した。ワイシャツの胸を開くよう指示し、鼓動を確認する。医師の表情が微妙に曇っていることに、和田は敏感に気づいた。

「心臓は特に問題ないようですね」

そう言われても安心はできない。時折襲ってくる動悸は、やはり心臓に病気があるからではないか？　一番困るのは、この不調のはっきりした原因が分からないことだ。何の病気か分かれば、治療のしようもあるだろう。いや、仮に手の施しようがなくとも、覚悟はできる。

「糖尿とかの恐れは？」

「それはないそうです」

「となると、まあ……飛行機酔いが長く続いているということなんでしょうな」医師がうなずく。

「こんなにずっとですか？　そんなことがあるんですか？」和田は顔をしかめた。

「飛行機酔いに関しては、まだあまり例がないのでよく分からんのですが、船酔いと同じと考えていいでしょう。体質的に、どうしても船酔いに慣れない人もいるものです。海軍の軍人さんなのに、ずっと船酔いに悩まされていた人もいましたよ」

「それじゃ、仕事になりませんねえ」

「結局その人は、船を降りましたけどね……実は私も、ここへ来る時には飛行機酔いで結構辛かったんですよ」

「でも、治ったんですよね？」和田は食い下がった。ちゃんと治る人がいるのに、自分が未だに苦しんでいるのはどういうことなのだろう。体が根本から変化してしまった感じがしてならない。

「船酔いも、回復具合は人それぞれですからね。今まで、耳の病気をしたことはありますか？」

「いや、特には……」

「一度、耳の精密検査を受けられるといい。フィンランドにも立派な病院がありますから、そういうところで精密検査を受けるべきでしょう。船酔いの原因はいろいろありますが、一般に三半規管《さんはんきかん》が弱い人は、船酔いにかかりやすい。飛行機も同じでしょう。三半規管が弱いことが分かれば、事前に薬を呑むなりして、ある程度は抑えることができます。それとあなたの場合、精神的な問題もあるんじゃないですか？」

「どういう意味ですか」和田は少しむっとして訊ねた。

「ホームシックというやつですよ」医師がうなずいた。「日本食が恋しいとか、そういうことはありませんか」

「まさか」和田は笑い飛ばした。選手団の医師に、自分の弱い部分をさらけ出しても何にもならないだろう。「二十年近く待ち望んでいたオリンピックなんですよ。この機会を逃したら、私のアナウンサー人生は中途半端なものになってしまう」

「『話の泉』の司会で、充実した仕事をされているかと思いましたが」

「オリンピックは特別なんです」

結局医師は、ビタミン剤を注射して、船酔いの薬を処方してくれた。ついでにサービスで、緑茶を飲ませてもらう。よもやま話をしながら濃いお茶を飲んでいるうちに気分が落ち着き、体調までよくなってきたようだった。それを告げると、医師が声を上げて笑う。

「やっぱり精神的なものでしょう。日本のお茶で、急に元気になったじゃないですか」

「いや、これはお恥ずかしい」和田としても、苦笑するしかなかった。

ついでに、と医師は「選手村の食堂で昼食を食べていくといい」とアドバイスしてくれた。料理は基本的に洋食だが、ライスがあるから、それを食べれば元気になるだろう。日本人はやはり、米の飯を食べるのが基本だから——。

和田は、診察が終わるのを待っていてくれた大原を誘って食堂に行った。自分で勝手に料理を選んで皿に取り分けるようになっている。若い大原は目を輝かせて皿を料理で大盛りにしたが、和田は遠慮がちに少しずつ……確かに米があった。日本の米とは種類が違う——少し長く、パサついた感じがしたが、米に変わりはない。他に野菜と牛肉の煮込みを取って席に着いた。

食堂の中には、わっと沸き返るような雑音が満ちている。各国の選手たちが、大声で喋り、笑いながら食事を楽しんでいるのだ。横に座る選手たちの赤い運動着の胸には、白く染め抜かれた「CCCP」の文字。ソ連の選手か、と緊張した。別に、とって食われるようなことはないだろうが、共産国の選手が隣にいるだけで何だか落ち着かない。

大原はそんなことに気づきもせず、皿に顔を埋めるようにして料理をかきこんでいる。この若者は、世界中どこでも苦労しないだろうな、と和田は思った。何でも食べられれば、それだけで仕事ができる。若い故か、あるいは元々胃が強いのか……羨ましい限りだった。

「録音は無事に済みそうですね」先に来ていた志村は、食事の最中も仕事のことを忘れない。

「そうだね。しかし、まあ、全体には頼もしい限りだ。外国でも、まったく動じていない」

「そうですね。日本選手だけで固まっていてもいいだろうに、他の国の選手たちとも積極的に交流していますからね。国際交流のいい見本ですよ」

「若い連中は羨ましいね。こっちは、英語で話しかけられると、どぎまぎしてしまうよ」

「それは私も一緒ですよ……でも、ヘルシンキの人は、概《おおむ》ね親切じゃないですか？」

「それに大人しいね……アメリカ人なんか、話しているだけで居丈高《いたけだか》な感じがするじゃないか。早口の英語でまくしたてられると、もう答えようがないからね」

「でも、フィンランドは自殺が多いそうですよ」大原が声を小さくして言った。

「そうなのか？」嫌な話を……和田は眉をひそめた。

「冬が長いからでしょうかねえ。今は白夜だからいいですけど、冬になると、午後の三時、四時にはもう真っ暗だそうです。一年の半分はそういう感じですから、気が塞ぐのも何となく分かりますよ」

「そんな話、どこで聞いたんだ？」

「昨日ホテルの人と話していて、そんな話題になりまして」

「そんな難しい話をしてたのか？」和田は眉を釣り上げた。「君、そんなに英語が堪能だったかね？」

「いえいえ、何となくですよ。身振り手振りも交えて」

「そうか」和田は溜息をついた。「若いというのはいいことだね。恐れ知らずで何でもできる」

「内心、びくびくものですけどね」

「思い切って、隣のソ連の選手たちにも話しかけてみたらどうだ」

「勘弁して下さい」大原の顔から血の気が引いた。「さっきから気になって、飯も喉を通らないんですよ」

「その割に、皿はしっかり空になってるじゃないか」

和田が指摘すると、志村が声を上げて笑った。アナウンサーだからというわけではあるまいが、志村の笑い声はカラッと乾いていて甲高く、よく通る。隣の席に座るソ連の選手たちが、合図に合わせたようにこちらをじろりと見た。和田は咳払いして、「申し訳ない（ソーリー）」とだけ言った。意味は通じたようで、選手たちは何も言わずに食事に戻る。

「こういう国際交流は、心臓によくないね」和田は二人に向かってつぶやきかけた。

「交流してないじゃないですか」大原が小声で答える。「睨《にら》まれただけですよ」

「あれがソ連流の挨拶かもしれん」

「まさか」

志村がまた笑いかけたが、和田は慌てて腕を摑んで黙らせた。自分は志村の快活な笑い声を愛しているが、鬱陶しいと思う人間も少なくないだろう。変なことになったら、日本選手団にも申し訳ない。

自分たちも日本選手団の一員のようなものだ――和田はその意識を強くした。

5

オリンピック本番では、和田はマラソンを担当する予定になっていた。日本選手が活躍してメダルを取ってくれるのが一番だが、今大会で最も期待される選手——チェコスロバキアのエミール・ザトペックの走りを中継できると考えると興奮する。四年前、ロンドン・オリンピックの一万メートルで金メダル、五千メートルで銀メダルを獲得したザトペックには、今大会での一万メートル連覇の期待がかかり、さらにマラソンでも優勝争いに絡んでくると見られている。今、世界で一番強い長距離選手ということで、和田も彼の走りを生で観るのが楽しみだった。

思えば、フィンランドにはかつて偉大な長距離走者、パーヴォ・ヌルミがいた。一九二〇年代から三〇年代にかけて活躍したこの名選手は、一万メートルやクロスカントリーで圧倒的な成績を誇り、三度のオリンピックで金メダル九個、銀メダル三個を獲得している。生涯、各種目で世界記録を打ち立てること二十二回。あまりの強さに、ついた異名が「フライング・フィン（空飛ぶフィンランド人）」。この国では今でも英雄扱いであり、スタジアムの前には彼の銅像が建てられているぐらいだった。もっとも彼は存命である。生きている間に銅像が作られるのはどんな気分だろうと和田は訝《いぶか》っていた。「空飛ぶフィンランド人」——いい二つ名だ。今大会の目玉選手であるザトペックに関しても、和田は何かこういう二つ名をつけようと思案していた。馴染みのないチェコスロバキアという国の選手を、日本人にも親しみのある存在にするためには、分かりやすいニックネームをつけてしまうのが一番いい。しかし今のところ、上手い名前が思いつかない……まあ、本番では何とかなるだろう、と和田は楽観的に考えていた。自分の喋りは「瞬間芸術」だ。その場の空気を敏感に感じ取って、出てくる言葉を信用すればいい。

和田は他に、「遊軍」的に「ヘルシンキ便り」のような放送も担当することになっている。せっかくフィンランドまで来たのだから、競技の結果だけではなく、日本人にはあまり知られていないフィンランドという国を紹介し、オリンピックの裏側やこぼれ話も伝えようという狙いである。

七月十五日夜、和田は部屋で、マラソンのコース図を見直していた。地名はフィンランド語をカタカナに直してある。

「どうもこの、フィンランド語というのは、発音が難しくていけないね。地名もティックリラとか」和田は思わず音を上げた。発音は正確に——アナウンサーの基本なのだが、外国の言葉の場合、正確に発音すべきかどうか、難しいところだ。現地語の発音に合わせると、日本人の耳ではきちんと聞き取れないこともあるから、「日本風」に直してしまうこともある。

「マラソンは、地名を紹介しないといけないから大変ですね」志村が応じた。

彼はずっとソファに座って、資料を読みこんでいる。これが申し訳ない……寝る時は、このソファが志村のベッド代わりなのだ。体調が思わしくない自分のためにベッドを譲り、自分は寝にくいソファで横になっている。これでは疲れが取れないのでは、と和田は心配になって、ベッドを交換しようと申し出たのだが、志村は「大丈夫ですよ」と拒否し続けた。後輩の思いやりが痛いほど分かる。真面目な志村に迷惑をかけてはいけない……日本にいる時は、泥酔して路上で寝てしまうこともあるぐらいだから、和田としてはソファで寝ることに抵抗感はないのだが。

オリンピックのため、市内のホテルはほぼ満室。ベッドが二つある部屋に変えてもらうこともできない。

「和田さん、マラソン中継の経験はあるんですか？」

「いや、初めてだよ」

「どうなるんでしょうね。自分も想像もつきませんが」

「とにかく、選手の名前とゼッケンナンバーをしっかり覚えておくことだろうな」

「明日は、コースの視察ですよね」

「実際、自分で見てみないと何とも言えないからね」

明日はいよいよ放送第一日、スタジアムに設置されたスタジオから喋ることになっている。アナウンサー四人全員が出演する予定で、和田はその後、マラソンコースの視察に出かける予定だった。

翌十六日、和田は久しぶりに朝食で満足した。レストランでの食事に、昨日街で買ってきたカニの缶詰を開けたのだ。なんと、ソ連製……初めて食べるソ連の缶詰だったが、カニの身は太く、味も上等だった。調味料は卓上の塩しかなかったが、それでも十分に満足できた。大原など、「こんなに美味いカニは食べたことがないですよ」と目を白黒させていた。

「ソ連の人も、意外にいいものを食べてるんだな」和田も感心して同意した。

「一昨日、選手村で会った連中も、いい体格でしたよね。ちゃんと食べないと、ああいう体は作れないんだろうなあ」

「貴重な体験だな。このカニ缶、後でまた買っておこうか。こんな美味いものが食べられるなら、元気が出るよ」

放送は午後からなので、街へ買い物に出ることにした。すぐ近くに大きなデパート・ストックマンがあるので、買い物には困らない。この辺りの賑わいぶりは、日本で言えば日本橋か銀座というところだろうか。東京生まれ、都会っ子の和田には、居心地のいい賑やかさだった。ビルとビルの間にロープが張り渡され、各国の旗が翻《ひるがえ》っている。地味な街に唐突につけ加えられた華やかさ——否でもオリンピック気分が盛り上がってくる。

ストックマンで、チューブ入りの歯磨きとヘルシンキ製の石鹸を買った。何だかんだで金が飛ぶように出ていく。今朝は背広をプレスに、汚れものを洗濯に出したのだが、プレス代として、日本円で三百円も取られたのには驚いた。先行き、懐具合が心配になる。

デパートにも、外国人選手が一杯だった。彼らは運動着を着ているので、すぐにそれと分かる。向こうからすればこちらが何者か分からないだろうが、和田は見かける度に「ハロー」と声をかけてみた。英語の「ハロー」はだいたい誰にでも通じるようで、笑顔で「ハロー」が返ってくる。これも友好親善だ、と和田は自分に言い聞かせた。

昼食を済ませてからスタジアムに向かう。最初の放送ということで何かと手間取り、大原は汗だくになっていたが、それでも何とか無事に放送できた。

「ヘルシンキ便り」一回目。和田は最後に喋った。日本時間では午後十時頃のはずなので、柔らかい口調を心がける。寝る前のひと時、ラジオの前でくつろいでいる人たちの耳に、甲高く忙しない声は届けたくない。海外からの放送なので、多少の興奮があってもおかしくはないだろうが、和田は「話の泉」を始める時のように、気さくな調子を心がけた。

まだ本番も始まっていないので、まさに雑談、心境の吐露《とろ》という感じになるが、これは構わないだろう。フィンランドという国の雰囲気が伝わればそれでいい。

「大変日本の選手が早く、ほかの国の選手と比べてこちらへ来たということが日本の内地の皆様の一つの話題になっていて、金のないのになぜこんなに早くいくことはないのじゃないかということを私は聞き、私も多少は感じたのでありますが、これが私今度飛行機でこのヘルシンキまで羽田から遥かに飛んで見て、そういうことは決してないということを感じたのです」

何故なら、早く到着して準備しないと、最高の体調で大会に臨めないから。和田はそこから、自分の苦労を話し続けた。

延々と続く空の旅、ボンベイで「脈がない」と志村が大騒ぎしたこと、そしてバスラでは一人機内に残り、ひたすら水を飲んで耐えていたこと——話しながら思い出しても、ヒヤヒヤする。ボンベイは、自分にとって臨終の地になってもおかしくなかったのだ。

「こういった六十時間の旅行が選手諸君に随分とこたえるであろうことは、私が只今の皆さんへの御報告で、御想像願えると存じます。そういった選手諸君の疲労も、漸《ようや》く一ヶ月近くの休養と、そうして監督諸君のいろいろの鍛錬、練習によりまして、どうやら本格の調子となりまして、もう開会を待つばかりとなっております」

「トリ」の放送を終えて、和田はほっとした。内容はともかく、無事に話せたことが嬉しかった。まるで新人時代に戻ったような不安で新鮮な感じ……志村が「よかったですよ」と言ってくれたのがありがたい。

「声にも張りがありました。体調はすっかり戻ったようじゃないですか」

そう言えば、一昨日選手村で医師に診てもらってから、調子はいいようだ。本当に単なる飛行機酔いで、もらった薬が効いたのかもしれない。後でまた、同じ薬をもらっておこう。

「しかし、ボンベイとバスラでは、本当に受難でしたね」

「まったく、君たちには迷惑をかけたよ」

「今だから言いますけど、あの時、私は本当に、和田さんは危ないんじゃないかと思ったぐらいです」

「おいおい——」

「いや、本当です」志村が真剣な口調で言った。「ボンベイの『ノー・フィーリング』騒動は、今では笑い話ですけど、本当に脈がなくなったのかと……あの時の和田さん、真っ青を通り越して真っ白だったんです。私が何度も大声で呼びかけたの、気づきましたか？」

「いや、まったく」一切記憶にない。「ノー・フィーリング」は聴いた覚えがあるのだが……ボンベイの空港の待合室で、意識を完全に失っていたのだろうか。「恐ろしいねえ。よく今、自分の足で歩いているものだと思うよ。もしもあそこで死んだら、どうなっていただろう。大使館のお世話になって、日本へ遺体を送り返していたのかね」

「縁起でもないこと、言わないで下さい！」本気の怒りの表情を浮かべ、志村がぴしりと言った。

「すまん、すまん……でも、こういう冗談が言えるのは、元気になった証拠じゃないか。さて、僕はこれからマラソンコースの下見に行ってくる」

「お気をつけて」

アナウンサーには、一人一人現地のアシスタントがつくことになっていた。英語ができる人間は、ほぼ「徴用」されて、オリンピックのために働いているという。和田についたアシスタントは、トリボウという名の学生だった。西洋人は、同じ年齢なら日本人よりもずいぶん大人に見えるのだが、トリボウ青年は若々しく、まだ髭も生えていない。英語が堪能で、時に早口になってこちらが聞き取れなくなるのだが、そういう場合はゆっくり言い直してくれる親切さもあった。

彼のような学生ではなく、学校の先生や建築家など、普段は自分の仕事を持っている人たちも、オリンピックのためにアシスタントを務めている。フィンランドが、国を挙げてこのオリンピックを成功させようと張り切っているのが分かった。

マラソンコースの視察には、ニエミと名乗る中年男もつき合ってくれた。本来の仕事は材木商で、コースを走るために自分の車まで用意してくれた。この車に和田とトリボウ、さらに大原まで乗りこんだので、ぎゅう詰めである。

「大原君、君はいいんじゃないか?」和田は言った。

「いや、志村さんに言われたんです。何かあったらまずいから、和田さんについて行きなさいって」

「君には君の仕事もあるだろう」

「大丈夫ですよ。志村さんは、自分の仕事がなければ同行したいぐらいだとおっしゃってましたし……自分は志村さんの代打です」

「そうか」和田は思わず苦笑してしまった。かつて志村を自分の「代打」としてニュースの生放送に送り出したことを思い出す。

ニエミがハンドルを握り、助手席に座ったトリボウが解説してくれる。和田は膝の上にノートを広げ、コース図と見比べながら、沿道の特徴、トリボウが話してくれる街の逸話などを書きこんでいった。これだけ材料があれば、中継の時に困らないだろう。

マラソンのコースは、スタジアムを出てずっと北へ向かい、折り返してスタジアムに戻って来る設定だ。スタジアムを出てからしばらくは細かく右左折を繰り返すが、その後選手村の中を通り過ぎる頃からは、走りやすい直線になる。ただ、十キロ過ぎからは緩い上りだ。自動車なら何ということもないが、走るとなるとどうだろう。調べてみると、スタジアム付近は海抜八メートル、折り返し地点近くでは五十メートルに達する。二十キロ走る間に四十メートル程度上がるのは大したことはないかもしれないが、この地形が選手にどんな影響を与えるかは分からない。しかも折り返すと、今度は先ほど上ってきた坂を下ることになるわけだ。ここで走り方を変える必要があるのだが、選手たちはどんな作戦を立てているだろう。後でマラソンに出場する選手たちに話を聞く機会があったら、その辺りを是非掘り下げてみよう。

折り返し地点に着いたところで、和田は車を停めるように頼んだ。ブレーキを軋《きし》ませて車が停まると、土埃《つちぼこり》が周囲に舞う。アスファルト舗装はされているのだが、路肩には土が溜まっているのだった。

ドアを開けて道路に降り立つと、ひんやりとした空気が身を包む。七月とは思えない陽気で、和田は思わずネクタイをきつく締め直した。風も強く、伸び過ぎた髪が乱れてしまう。

何もない場所……道路の右側には広大な畑が広がり、左側には街路樹が並んでいる。とはいっても、きちんと整備されているわけではなく、木の高さも樹勢もバラバラだった。見える範囲に、家は二軒——三軒しかない。こんな寂しいところが折り返しでは、選手も可哀想ではないか。沿道の応援あってこそ頑張れる、とマラソンの選手たちはよく言っている。

腕を組んで道路の端に立ち、和田は周辺の光景を目に焼きつけながら、実況の様子を想像した。

——さあ、先頭を行きますのはチェコスロバキアの英雄、エミール・ザトペック。ここまで、五千メートルと一万メートルで金メダルを獲得しまして、今またマラソンでも世界最高の座を狙おうと力走を続けています。その表情はいかにも苦しそう、しかしその走りは、他の選手をまったく寄せつけません。ただいま折り返し地点をトップで通過、しかし後続の選手たちの姿はまったく見えません。ザトペック、オリンピック長距離で三種目制覇の偉業なるか！　レースは残り半分となりました！

いやいや、これはどうなのだろう、と和田は苦笑してしまった。どうせ実況の練習をするなら、日本選手に勝たせてやるべきではないか。和田はもともと、それほど愛国心の強い男ではない。戦争の時、アナウンサーとして図らずも軍の暴走に手を貸してしまった後悔もある。日本万歳と大声で叫ぶのは気が引けるのだが、この大会だけは別だ。世界のスポーツ界から、日本が認められるかどうかの試金石。そのためには、やはりメダルを獲得するのが一番効果的だろう。

同和鉱業《どうわこうぎょう》の山田《やまだ》敬蔵《けいぞう》、中大の西田《にしだ》勝雄《かつお》、二人の若い代表には既に話を聞いたが、いま一つ自信がないようだった。もっと堂々としていてもいいのにと歯がゆくなったが、逆に言えば二人はかなり冷静だとも言える。世界と自分の実力差をきちんと把握しているのだろう。

まあ、とにかく日本にとって戦後初の夏季オリンピックなのだ。何が起きるか分からないが、しっかり見届けて、日本の聴取者に伝えよう。ここから日本のスポーツの新しい歴史が始まる。

「いやあ、すごい田舎ですねえ」大原が呆れたように言った。「うちの田舎の方が、まだましですね」

「君、どこの出なんだい？」

「栃木です。日光に近い方です」

「日光なら、東照宮もあって観光地だからね」

「何だか寂しい感じですね……これじゃあ、選手たちも元気が出ませんよね」

「さすがに走っている最中は、応援が来るんじゃないかな」

「だといいですよね。しかし、寒いな……」大原が背広の前を合わせた。

「マラソンを走るには、これぐらいの気温の方がいいんじゃないかな。暑いと、それだけで大変だ」

「そうですね。ちなみに和田さんの予想は……」

「日本の山田や西田に頑張って欲しいけど、ザトペックだろうね」

和田はあやふやな英語で、必死にトリボウに話しかけた。ザトペックは優勝できると思うか？　トリボウが、童顔に大きな笑みを浮かべてうなずいた。

「彼はチェコスロバキアの英雄です。必ず勝ちますよ」

「五千と一万も？　短い間に三つのレースに出て、全部勝つことは難しいんじゃないか？」

「彼は、自分を律することができる選手です。毎日きちんと七時間寝て、煙草は吸わず、酒も呑まず、新鮮な果物を食べて体調を整えています」

僕とは正反対じゃないか、と和田は苦笑した。睡眠は適当に、酒は浴びるように呑み、煙草も吸う。果物はあまり好きではない——まあ、自分はスポーツ選手ではないのだが。

「彼はいつも、苦しそうに走っているそうだが」

「あんなに長い距離を走れば、誰でも苦しいでしょう」トリボウが苦笑した。

「でも、本人は決して苦しくはないそうです。ザトペックのことなら、こちらの新聞に毎日載っていますから、読んでみたらいかがですか？」

「フィンランド語はまったく読めないけどねえ」

「僕が英語に訳しますから、それを読んでもらえれば」

「助かるよ」英語も怪しいのだが、フィンランド語よりはましである。それにトリボウ青年が、自分たちのために力を尽くしてくれるのがありがたかった。

和田は思い切り両腕を広げた。全身を叩く風の冷たさが、むしろ心地好い。来たのだ。フィンランドに来たのだ。先ほどの第一回の放送が上手くいったかどうかは分からないが、とにもかくにも日本に第一声を届けることはできた。ただしあれは、「つなぎ」のようなものであり、本番はまだ先だ。これから何度か「ヘルシンキ便り」を送りながら、十九日の開会式を待つ。オリンピックが本当に始まるのはそこからなのだ。

北欧の空気をゆっくり呼吸しながら、和田は疲れや体調の悪さがゆっくりと消散するのを感じた。二十年近く夢見た大舞台。自分は、アナウンサーとしてどういう境地まで来たのか、このオリンピックが証明してくれる。

6

七月十八日の放送は、十四日に選手村で録音してきた選手のインタビューを使って無事に終了した。その後、和田はまた選手村に立ち寄った。

選手たちに会って話をしているうちに、古橋がマッサージにかかっている、と聞いた。体を揉まれている古橋に話を聞くのも面白かろうと、和田はそちらへ向かった。

見た瞬間、フジヤマのトビウオを潰す気か、と和田は仰天した。白衣を着てマッサージをしているのはフィンランド人のようだが、古橋よりもずっと体格がいい大男で、力も強そうだ。古橋の口からは、苦しそうな呼吸が漏れている。何もあんなに強く揉まなくてもいいんじゃないか、と和田は心配した。あん摩だって、力任せにやるのは体に悪いというではないか。

しかしマッサージは無事に終わったようで、古橋はふう、と溜息をついて上体を起こし、ベッドに腰かけた。上半身が裸なので、逞《たくま》しいが柔らかそうな筋肉が目につく。

「あ、和田さん」古橋が慌てて、傍に置いてあった丸首シャツを手に取り、着こんだ。

「気にしないでくれよ。君の裸なら見慣れている」

「いや、あれはプールの中だけですから……目上の人に対して、裸は失礼です」

「そんなことより、体調はどうだい？　マッサージの時には、ずいぶん苦しそうだったけど」

「すごい怪力なんですよ」古橋が苦笑した。「でも、だいぶ楽になりました」

「あんなにきついマッサージを受けるということは、状態はよくないのかい？」

「いえ、そういうわけじゃなくて……」古橋が一瞬口籠《くちごも》る。「フィンランドの選手に話を聞いたんですけど、マッサージはできるだけ毎日受けた方がいいらしいんです。緊張して疲れた筋肉は、直後にマッサージしてやれば回復する——それでこのところずっと、試しているんですよ。いい調子です」

「フィンランドの人と話ができるのか？」和田は目を剝いた。

「英語を話せる人は多いですからね。こっちは何とか、身振り手振りで」

「今日の予定は？」

「僕の練習は、午前中で切り上げました。これから、他の選手の手伝いでプールに行きます」

「大丈夫なのかい？」和田は眉をひそめた。「余計なことをしないで、自分の練習に専念した方がいいんじゃないか？」

「僕たちは仲間——全員で一つのチームですから、仲間の練習も手伝わないといけないんですよ」

「チーム一体ということだね」

「そうです……和田さん、プールは見ましたか？」

「いや、まだだ」

「だったら、一緒に行きませんか？」

「そうだね。古橋君が案内してくれるなら心強い。車があるから、それに乗っていこう」

「いいんですか？」

「もちろん。NHKのサービスだよ」

選手村からスタジアムまでは二・五キロほど。水泳会場になるプールはもう少し近い——おそらく二キロほどだが、今の和田には二キロの距離を歩くのもきつかった。選手はバスに乗って選手村と会場を往復することになっているが、ちょっと車を貸してやっても、誰に文句を言われるものでもあるまい。それに和田は、自分もこのオリンピックに参加している一員だという意識を強く持っていた。

二キロの距離も、車だとあっという間だ。鬱蒼とした森の中にあるプールは、なかなか壮麗——五十メートルの競泳用プールと飛び込み用の深いプールが並んで設置され、三方を観客席が囲む構造になっている。昭和十四年に建設が始まったものの、戦争で工事は中断され、完成したのは戦後の昭和二十二年と聞いていた。二人は、西側のコンクリート製スタンドの最上段に向かった。

「いやあ、なかなか立派なプールだね」風は冷たいが、陽射しは強烈である。和田は額に手を当てて陽射しを遮りながら、プールの全景を見渡した。

「こっち側のスタンドだけで、三千五百人が入れるそうです。向かい側の臨時の観客席は四千人、南側にも立ち見で二千人ぐらい入れる席があります」古橋がてきぱきと説明してくれた。

「一万人近い人が同時に見物できるわけか。大したものだね。それにしても古橋君、こういうところで泳ぐのは緊張しないのかい？　一万人もの大観衆の前で泳ぐ機会は、滅多にないだろう」

「アメリカの試合では、いつもそれぐらいの観客はいましたよ。向こうでは、水泳も人気ですからね」

「それは、アメリカが水泳の強豪国だからだろう。でも日本でも、君が世界記録を連発してから、大変な盛り上がりじゃないか。いずれにせよ、一万人も観客がいたら、大変な騒ぎになるだろうな」

「それは、スタートまでの話です。一度水に入ってしまえば、どんなに大騒ぎされてもほとんど聞こえないんですよ」古橋が飄々《ひょうひょう》とした口調で言った。

「スタート前は？」

「スタート前は静かですよ。スターターピストルの音が聞こえなかったら、大ごとじゃないですか」

「ああ、そうだね」和田はうなずいた。「観客の方でも、ちゃんと観戦マナーは弁《わきま》えているわけだ」

「特にオリンピックとなれば……フィンランドの人は礼儀正しいですしね。やっぱり、アメリカ人の方が何かと騒がしいですよ」

「お国柄ということかねえ」

和田は、階段になっている観客席をゆっくり降りていった。右手の五十メートルプールでは、各国の選手たちが混じって泳いでいる。混み合っている状態では本気で泳ぐわけにもいかず、体を慣らしている感じだろうか。

飛び込み用のプールは左手にある。今しも飛び込み台の最上段から男性選手が飛び込むところ——綺麗に体を回転させ、最後は体をピンと伸ばして両手を揃え、指先から入水した。ほとんど水しぶきが上がらない、見事な飛び込みだった。

「飛び込み台の奥は何だい？」和田は、飛び込み用のプールに隣接した、半円形のプールを指差した。

「あれは子ども用のプールです。こういう競技会が開かれていない時には、市民に開放されているみたいですね」

確かに……端の方に赤い滑り台が設置されている。あそこを滑り下りれば、勢いよく水中に飛び込む感じになって、いかにも子どもが喜びそうだ。

プールの周辺は石畳になっている。大きな観客席が三方を取り囲んでいるので、今はオリンピックに対応した立派なプールに見えるが、少し目を転じると、周囲は鬱蒼とした森である。いかにもフィンランドらしい——この国は、その自然の特徴から、「森と湖の国」と呼ばれているそうだ。

「しかし、こんな立派なプールがあっても、一年のうちで泳げる時期は限られているだろう。もったいないね」

「そうですね……すみません、失礼していいですか？　日本チームの練習が始まるので」

「ああ、ありがとう。君のおかげで助かったよ」

「とんでもないです。どうぞ、和田さんも放送を頑張って下さい」

「フジヤマのトビウオに励まされるなんて、恐縮至極だよ」

二人は笑い声を交わし合って、その場で別れた。何と力強く、礼儀正しい青年か……自分も若い頃は相当傍若無人で無茶をしたが、戦後「アプレ」と言われた若い連中には悩まされた。目上の者に対する敬意など微塵もなく、無軌道に犯罪を繰り返す連中もいて、世情を騒然とさせた。しかし、そういう連中と同じ世代の古橋は、古き良き日本人らしい礼儀を持ちつつ、世界で通用する立派なスポーツマンでもある。

こういう若者の活躍を伝えるのは、アナウンサー冥利に尽きる。もっとも、古橋が勝てる保証はないわけで——やはり調子が上がらないようだった——彼の「負け」を伝えることになったら、と考えると辛い。

和田はベンチに腰かけ、仲間たちに声をかけて回る古橋を見守った。ふと思い出されるのは、連勝街道を進み続けた双葉山である。今の古橋は、双葉山とも比肩しうる存在ではないだろうか。横綱相撲で他の力士を堂々と退け続けた双葉山。泳ぐ度に世界記録を塗り替えた古橋。

もちろん、時代は違う。双葉山の全盛期は戦時中の暗い時期で、稀代の大横綱は、人々の頭の上に覆い被さる暗雲——戦争の暗い影を吹き払ってくれた。一方古橋は、敗戦で打ちひしがれた国民に「日本は必ず立ち直れる」という希望を与えてくれた。不思議なもので、泳げもしない人間でさえ、古橋に自分を投影し、いつの間にか力泳しているような気分になる——それが英雄というものだろう。

その古橋が今、明らかに苦しんでいる。もしもこのまま復活できず、ヘルシンキで金メダルを獲得できなければ、彼の全盛時代は終わったと判断されるだろう。そうなったら、大衆はあっという間に古橋を見放す。その飽きっぽさが大衆というものなのだが……和田はずっと、古橋に声援を送り続けようと思った。個人的にも、放送を通じても。

それにしても、おかしな陽気だ。風は冷たいが陽射しは強い……日本なら、梅雨が明けて陽射しが強くなれば、ひたすら蒸し暑い夏がやってくる。夏なのか冬なのか分からないこの気候が、和田には馴染めなかった。これが北欧らしさなのかもしれないが。

いや、悪くない。日本の夏の蒸し暑さには辟易《へきえき》している。強い陽光、カラッとした空気、時折吹き抜ける冷たい風——何だか体にも良さそうだ。

そういう風に考えるのは虫のいい話だな、と苦笑してしまう。今はいい。問題は冬だ。おそらく秋の訪れも早く——八月の頭にオリンピックが終わったらすぐ秋だろう——ほどなく冬がやってくる。陽が上らない毎日は、気分を落ちこませ、体さえ弱らせるかもしれない。

結局日本が一番なのかもしれない。何千キロも離れたヘルシンキにいて、和田は「日本らしさ」を唐突に思い浮かべた。湿って重たい夏の空気、狭い街に多くの人が住んでいるが故に漂う忙しない雰囲気、そして味噌汁の味……実枝子が作る味噌汁の味を思い出した瞬間、様々な料理が脳裏を過《よ》ぎった。マグロの刺身。冷奴に生姜と鰹節、そこへ醤油を一垂らし。酒は日本酒の冷をくいっといきたい。酔っ払わない程度に呑んだら、最後はおかゆで締めるのがいい。あまり腹が丈夫でない和田は、実枝子によくおかゆを作らせて食べていた。

まあ、食べられない物のことをあれこれ考えても仕方がない。今のところは、ソ連製のカニ缶が命綱だ。まさか、ソ連の缶詰に助けられるとは思ってもいなかったが……とにかく、立派に務め上げることだ。さあ、気合いを入れていこう。膝を叩いて立ち上がると、ふいにめまいが襲ってきて、慌てて腰を下ろした。立ちくらみというやつか……しかしいつまで経ってもめまいは去らない。普段は、しばらくじっとしていれば治るのだが、今日はどうも様子がおかしい。

和田はうなだれ、膝の間に頭を入れるようにした。貧血……頭を低くして血を回すようにする。大丈夫だろうか？　そのうち鼓動が激しくなり、吐き気がこみ上げてきた。胃の中のものが逆流しそうになるのを何とか堪《こら》え、ベンチに横になりたいという気持ちを必死に抑える。ここでは各国の選手が必死に練習していて、報道陣もその取材に押しかけているのだ。そんな人たちの間で倒れて、みっともない姿を晒すわけにはいかない。

しばらく、頭を低くしたままじっと耐えていた。そのうちようやくめまいが去っていく。ゆっくり、慎重に顔を上げたが、何ともなかった。動悸も治まっている。吐き気だけはまだ残っていたが、取り敢えずここを立ち去るぐらいはできるだろう。

俺の体はどうなってしまったんだ？　和田の胸に、不安が渦巻いた。

もう一度選手村に戻り、夜は食堂でロシア料理を試してみた。さすがに夜は混んでいる……自分で料理を取りに行くやり方にも慣れてきたが、何だか落ち着かない。コックと女給が料理を皿によそってくれるのを待ち、それをテーブルに持ち帰る。

「和田さん、僕が料理を持って行きましょうか？」後ろに並ぶ大原が申し出た。

「トレイを二つ持っていくのは大変だよ。これぐらい、大丈夫だ」

しかし、料理を載せたトレイは結構重い……マイクより重いものなど滅多に持たないからな、と皮肉に考えた。

ロシア料理にはまったく縁がない――美味いカニ缶は別だ――ので、おっかなびっくり食べてみた。野菜などの具がごろごろ入っているスープはボルシチ。色は真っ赤だが、食べてみるとトマトの味ではなかった。刺激的な見た目に比してさっぱりしている。食べつけない味だが、美味い。煮崩れたジャガイモや、くったり柔らかくなったキャベツの優しい味が、しみじみと胃に染みた。

もう一皿はコロッケのようだった。紡錘形の揚げ物――真ん中にナイフを入れると、透明なソースがどろりと流れ出す。小さく切り分け、ソースをつけて口に運ぶと、鶏肉だった。チキンカツか……ソースはバターのようだ。揚げ物にバターのソースはしつこいだろうなと心配したが、実際には意外にあっさりしているのに驚く。これが豚肉だったら、脂が強過ぎて食べ進められないだろうが。

「ロシア料理っていうのも初めてですよ」大原が目を丸くした。

「僕もだ。考えてみれば、フィンランドはソ連と地続きなんだよね。ロシアの支配下にあった時期もあるし……いや、これはそういう歴史とは関係ないだろうね」

選手村の食堂では、毎日決まり切った料理の他に、各国の料理を特別サービスとして日替わりで出すようだ。このロシア料理も、その一環である。日本食が出る日もあるのでは、と楽しみにしていたのだが、今のところその予定はないようだった。

ボルシチは平らげたが、カツは半分ほど残してしまった。いくらさっぱりしているとは言っても、今の自分の胃には重過ぎる。残ったカツを、大原が物欲しげに見詰めた。彼も和田と同じものを選んでいたが、とうに完食していた。

「足りなかったら、もう一回もらってこいよ」和田は言って、残ったカツの上にナイフとフォークを揃えて置いた。「何も、僕の食べ残しを食べなくてもいいだろう」

「いや、大丈夫です……和田さん、コーヒーでもどうですか？」

「僕は水でいいよ」和田はコップの水をごくりと飲んだ。飛行機に乗った瞬間から、自分は「水飲みだ」と強く意識していた。考えてみれば、毎日一升ぐらいは平気で飲んでいる。酒より美味いものがあるとしたら水ぐらいだ。「君はコーヒーでも何でも……デザートが欲しいなら、食べればいい」

「じゃあ、コーヒーだけ取ってきます」

立ち上がった大原を見送りながら、和田はぼんやりと考えた。この不安の原因……ひとえに体の問題のせいだ。一度、しっかりした大きな病院で精密検査を受けるべきなのだろう。だが和田は、「仕事を休め」と命じられるのが怖かった。飛行機の恐怖を乗り越え、何とかフィンランドまで来たのだ。長年の憧れであるオリンピック開幕を明日に控え、休んでいるわけにはいかない。

同僚にも迷惑をかけているのが辛かった。体がどうしようもない時があるとはいえ、同室の志村は、洗濯までしてくれている。愚痴を零《こぼ》せる相手がいないのも辛かった。志村、河原……派遣団長でもある飯田には、特に言えない。飯田は今回のオリンピック中継の責任を負う立場であり、開幕が近づくに連れて笑顔が消え、ピリピリしている。毎日何か小さな問題が起き、最後は全て飯田が始末するのだ。しかし和田は、ここに来て弱気になっていた。誰かに愚痴を零したい。それなら、一番若い大原が適当ではないか？　誰かにこの苦痛を打ち明けないと、爆発してしまいそうだった。

いらないと言っていたのに、大原は和田の分までコーヒーを持って来た。黒々とした液体がどこか疎《うと》ましい……申し訳ないと思いながら、一口飲んだだけだった。

「体調が悪いんだ」和田はとうとう打ち明けた。

「はい」大原が、口元まで持っていったコーヒーカップをゆっくりと下ろした。「それは、見ていても分かりました。飛行機の中からずっとでしたよね」

「実は、日本にいる時からよくなかったんだ。医者からは、今回のオリンピック取材も行かない方がいいと言われていた。飛行機に乗ったらどうなるか分からない、と脅されてね。医者の忠告は聞くものだね。想像していたよりも苦しめられたよ。ボンベイでは、本当にあのまま死ぬかと思った」

「そんなに悪かったんですか？　放送では、冗談めかして話していたじゃないですか」

「喉元過ぎれば……ということかな」これも冗談になるのだろうかと思いながら和田は言った。逆に言えば、冗談にしないと不安でやっていけない。「今は少し落ち着いているけど、心配なのに変わりはない。もしかしたら、いきなり倒れるかもしれない」

「皆さんに相談した方がいいんじゃないですか」大原が真剣な口調で言った。「生意気に聞こえるかもしれませんけど、これは和田さんだけの問題じゃないんですよ。和田さんが倒れたら、他の皆さんの負担が大きくなります。今でも一杯一杯なんですから」

「分かってる。だから、なるべく面倒はかけないようにするよ……君は、このことは黙っていてくれないか」

「どうしてですか」大原が気色《けしき》ばんで言った。「こんな重要なこと、僕一人の胸にしまっておけません」

「それでも、だ。もしも僕が倒れでもしたら、そういうことだったと分かって欲しい」

「そんな……僕には重過ぎます」

「分かってる。君にこんなことを言っても何にもならないし、体調が回復するわけでもないだろう。まったく僕の勝手なんだが、自分一人の胸にしまっておくのは厳しい。耐えられないんだ。だから君にだけは打ち明けた」

「和田さん、お願いですから、今からでも病院に行って下さい。大きな病院できちんと診察を受けて治療すれば、すぐによくなりますから」大原の目に涙が浮かんだ。

「大原君、君が泣くことはないよ。まるで僕が、すぐにも死ぬみたいじゃないか」

「すみません。でも……」

「僕だって死にたくない。でも、もしかしたら最悪の事態になるんじゃないかという不安はある。それでも、このオリンピックの放送だけは何としてもやり遂げたいんだ。せっかく苦しい思いをしてヘルシンキまで来たんだから、命と引き換えても立派な放送をしたい。そのためには、少しでも精神的に楽になりたいんだ。君に重荷を背負わせるのは申し訳ないが、この話、聞き置いてくれないか？　もちろん、他言無用だよ」

「はい……」

「申し訳ない」和田は深く頭を下げた。顔を上げると、大原の頰を涙が一筋伝うのが見える。

「泣くなよ、大原君」和田は無理に笑みを浮かべた。「君が泣いても何にもならない」

「すみません、すみません」大原が何度も頭を下げた。「だけど、分かって下さい。僕は和田さんの放送で育ってきたんです」

「おいおい、何を言い出すんだ」和田もさすがに苦笑してしまった。「それは大袈裟だよ」

「でも、物心ついた時には、いつもラジオから和田さんの声が流れていました。双葉山が負けた時も、玉音放送の時も、『話の泉』だって最初から聴いていたんですよ」

「それは……どうも」こういう話はあちこちで聞かされる。声だけで仕事をするのがラジオのアナウンサーなのに、何故か顔を知られていて、街で酒場で、「いつも聴いていますよ」と嬉しそうに声をかけられるのだ。悪い気はしないが、どうにも照れ臭い。ましてや今は、正面に座っている若者が、真っ直ぐ自分の目を見て話しているのだ。

「NHKに入局しましたけど、自分は技術職ですから、和田さんと仕事をする機会はないと思っていました。こんな形でヘルシンキまでご一緒できて、これほど嬉しいことはないんです。でも……病気の話を聞かされて……どれだけショックか分かりますか？」

「すまない」和田は頭を下げざるを得なかった。「ただ僕も、自分の胸だけに留めておくことができなかった。僕は基本的に、弱い人間なんだよ」

「そんなことはないと思います」

「君も、人を見る目がないねえ」和田は思わずからかってしまった。「僕は、見た目通りの人間ではないんだよ。自分でも自分の正体が分からないぐらいなんだ」

和田は煙草に火を点けた。喉に万が一のことがあってはいけないと、このところ控えてきたのだが、どうしても今は、吸わないとやっていられない。

「和田さん……」大原の声が震える。「僕は必ず、和田さんを元気にします」

「おいおい、君は医者じゃないんだから——」

「お世話します。それが僕の大事な仕事だと思います」

7

開会式当日は、残念なことに雨になった。せっかくの晴れの舞台なのに……朝、ホテルの窓から見る街も、灰色に染まっている。市電を待つ人たちはレインコートに帽子姿で寒そうに震えており、まるで冬のようだ。今日の最高気温はどれぐらいなのだろう。和田も薄いレインコートを持って来ていたので、今朝は自分の判断を褒めたい気分だった。

蝶番《ちようつがい》の油が切れているのか、ぎしぎしいう窓を押し開け、外気を部屋に導き入れる。少しひんやりしていて、とても七月とは思えないほどだった。

「いやあ、まるで秋のような陽気ですね」同室の志村がネクタイを締めながら言った。

「本当だね。今日は、選手たちが可哀想だ」

「和田さんも、体を冷やさないようにして下さいよ」

「多少寒くても平気だよ。僕は座っているだけだからね」

「だから危ないんですよ。走っている方が体が暖まるでしょう」

「走りながらじゃ、中継はできないさ」

軽口を叩きながら、和田はゆっくりと伸びをした。今朝は体調はまずまず……体が重く、だるい感じはするが、心配していためまいや吐き気はない。朝食を摂ったらどうなるか分からないが、とにかく食べなければ一日が始まらないと自分に言い聞かせ、一階のレストランへ向かう。団長の飯田が、今朝は全員一緒に食事をしようと呼びかけたのだから、無視もできない。

代わり映えしない、卵とパンの朝食。しかし今朝は、テーブルは静かな興奮で温まっていた。

「今日は特別な日ですからね」飯田が表情を引き締める。「明日以降はそれぞれの仕事が忙しくなって、一緒に食事をする機会もないかもしれません。とにかく事前の打ち合わせ通り……何か問題が起きるのは間違いないでしょうが、臨機応変に乗り越えていきましょう。和田さん、今日の放送、よろしくお願いします。スタジアムの光景が日本の聴取者の目に浮かぶように――」いや、先輩にこんなお願いは無用でしたね」

「せいぜい頑張らせてもらうよ」コーヒーをちびちび飲みながら、和田はうなずいた。

オリンピック開会式の中継はもちろん初めてで、頭の中に上手くイメージが湧かない。ベルリン・オリンピックの中継を担当した河西に話を聞くと、「だらだら進むんだよ」と言われて困惑してしまった。各国の選手団がアルファベット順に入場して来るのだが、何しろ数が多いので時間がかかる。そこで上手く話さないと、大きく間が空いてしまうぞ——。

和田は、選手の服装に注目しよう、と決めていた。選手たちは、それぞれのお国柄に合わせた服装で入場してくるに違いない。それを事細かく描写して、開会式の様子を想像してもらおう。おそらく各国の選手たちで埋まったグラウンドは、色あざやかなモザイク模様になるはずだ。そう、国と民族のモザイク——この言葉は本番で使えそうだ。

食事を済ませて、早々とスタジアムに向かう。今日は開会式でタクシーは摑まらないだろうと事前に教えられていたので、用心して早めに出たのだった。案の定タクシーは全く走っておらず、小糠雨《こぬかあめ》の中、電車とバスを乗り継いで行く。レインコートのおかげで体は濡れなかったが、帽子を被らない主義の和田の髪はすっかり濡れてしまった。癖っ毛がさらにちりちりになり、みっともないことこの上ない。しかし映像で映るわけではないのだから気にしても仕方ない、と自分に言い聞かせた。

観客で埋まったスタジアムは、とにかく巨大の一言だった。最上部の観客からは、選手たちは豆粒のようにしか見えないだろう。放送席もかなり高い位置にあり、高所恐怖症気味の和田は、かすかな震えを感じるほどだった。施設としては、最新の電光掲示板にも注目だ。これを見れば、結果がいち早く確認できる。

開会式そのものは、壮麗という形容詞を奉るのが相応しかった。各国選手が入場してくる様に、和田の視線は釘づけになった。残念ながら雨は降り続き、トラックもフィールドも濡れていて、観客席には傘をさしている人も多いのだが、それでもいよいよオリンピックが始まるという感慨が和田の胸を打つ。

これが伝統ということで、一番最初に入場してくるのは、オリンピック発祥の地・ギリシャの選手団だった。各国、上衣に替えズボンという制服が多いのだが、中には異彩を放つ服装もある。グアテマラはアロハ風の派手な上着。オランダの女子選手は目立つ赤い帽子を被っている。イギリスはさすがに紳士の国というべきか、男性がシルクハットのような高い帽子を着用していた。最大の選手団を送りこんできたソ連は、男子は卵色の上衣に赤のネクタイ、女子は青服に白のスカートという鮮やかに目立つ格好で、しかもポケットに挿したハンカチを取り出して一斉に観客に振るサービスを見せる。これも演出かもしれないが、和田は意表を突かれて微笑んでしまった。ソ連といえば、共産主義の謎の国。粛清、弾圧の嫌な噂ばかりを聞くのに、オリンピックでは妙な明るさを振りまいている。もしかしたら、共産党の宣伝工作か？ ソ連に次いで大人数のアメリカは、男子は白いパナマ帽、女子は赤いハンドバッグを持っていて、何だかファッションショーのようだ。やがて、広々としたフィールドが、各国選手団で埋め尽くされる。予想していた通り、色とりどりのモザイクのようだった。

開会式の生中継は行わない和田は、ひたすら手元のメモに各国選手の様子を書きつけていった。

突然、ざわめきと悲鳴が上がった。

「どうした！」

飯田が苛立った声を上げ、立ち上がる。和田も慌てて周囲を見回したが、何が起きたか分からない……いや、見えない。雨が目に入ったのだろうかと擦ってみたが、スタジアムの風景は霞《かす》んだままだった。それでも、選手たちの間を縫うように、一人の女性が長いスカートの裾を翻し、トラックを走っているのが見えた。警備員や警察官が飛び出して捕まえようとしたが、なかなか足が速い。しかしそのうち、濡れたトラックで滑ったのか、派手に転んでしまった。ようやく追いついた警察官二人が両脇を抱えて立ち上がらせ、トラックから連れ出す。

「何だ、あれは」飯田が啞然とした口調で言って腰を下ろす。「和田さん、見ましたか？」

「ああ」細部まで見えていたわけではないが。「興奮して飛び出したんじゃないか？」

「しかし、妙齢の女性ですよ。いくらオリンピックの開会式でも、あんなことはしないでしょう」飯田は納得できない様子だった。

「後で調べてみよう。でも、放送できるかどうかは分からないよ。変な人かもしれないし」

「その場合は無視しましょう」一瞬興奮しただけで、飯田はすぐに冷静さを取り戻したようだった。

この男もなかなか大変だ……政治的手腕に長《た》けているというか、野心的な部分があり、今はアナウンサーでありながらスポーツ課長も務めている。将来は、さらに出世を狙っているだろう。そのためには、些細なことで取り乱してはいけないと自分に言い聞かせているはずだ。ただし最近の彼は、常にイライラしている。ようやくオリンピック本番が始まっても、それに変わりはなかった。今の不意の飛び出しも、普段の彼だったら座ったまま、じっくり観察していただろう。実際、手元には日本から持ってきた双眼鏡があるのだ。放送席は高い位置にあって見晴らしがいいし、すぐに双眼鏡を使えば、もう少しきちんと観察できたはずなのに。

予想外の出来事は起きたが、開会式は無事に進んでいく。和田は手元のメモに視線を落としたが、また目が霞んでしまってよく見えない。元々視力はそれほどよくないのだが、それとは関係ない感じがした。スタジアム全体——全景も霞んでしか見えないし、自分で書きつけたメモ帳の文字もぼんやりしている。急激に視力が落ちた……というわけではなく、目に薄い膜がかかっているような感じなのだ。

急いで目を何度も瞬《しばたた》かせたものの、視界は正常に戻らない。これはまずい……アナウンサーの命は「声」だが、「目」も同様に大事である。原稿を読む、目の前で起きている出来事をきちんと観察する、話している相手の表情を見て本音を読み取る——全て、視力がしっかりしていてこそできることなのだ。

これも病気の影響なのだろうか。しかし、何の病気か分からない以上、判断しようもない。大原には、オリンピックの放送だけは何としてもやり遂げたいと言ったが、この状態には耐えられない……何も分からぬままパッと死んでしまうなら仕方がないと思うが、体のあちこちにガタがきて、生きていてもアナウンサーとしての仕事が果たせなかったら辛い。

もう一度きつく目を閉じ、ぱっと開ける。急に視界が明るくなって慌てた。何度か目を瞬かせていると、ようやく普通に見えるようになった。具合が悪いのは、一瞬のことだったか……。

「和田さん、どうかしましたか?」飯田が訊ねる。

「いや、ちょっと見えにくくてね」

「老眼ですか?　まだ早いでしょう」

「いやあ、僕も四十だよ。老眼になってもおかしくない」

「眼鏡を誂《あつら》えた方がいいかもしれませんね。フィンランドで眼鏡を作れば、土産話にもなるでしょう」

「注文するまで一苦労だよ」

「助手の青年につき添ってもらえばいいじゃないですか。眼鏡を作るのも仕事のうちでしょう。目の前で行われている試合が見えなかったら、仕事になりませんよ」飯田の口調は厳しく、とにかく無事に期間中の中継を終えることを第一に考えているのは明らかだった。

「考えておくよ」

どこかに眼鏡の専門店があっただろうか……見かけた記憶はないが、ストックマンにはあるのではないだろうか。六階建てのデパートは巨大で、どんなものでも売っていそうなのだ。いや、そんなこともないか。飯田が、整髪料のチックが切れたと慌てて探しに行ったのだが、とうとう見つからなかった。チックは戦前から普通に使われていた男性用の整髪料だが、フィンランドには同じようなものがないのだろうか……結果、飯田の髪は、このところぼさぼさのままだ。今日は雨に濡れてしまっているから、整髪料をつけていても無駄だっただろうが。

開会式のクライマックスは、やはり聖火リレーから聖火の点灯だ。最終走者は、フィンランドの英雄、パーヴォ・ヌルミ。初めて生でその姿を見るヌルミだが、和田は少しだけがっかりしてしまった。濃紺のシャツの胸にはフィンランド国旗、そして白いパンツ——格好はスポーツ選手そのままなのだが、ヌルミ自身は小太りで頭も禿げ上がっている。これが「フライング・フィン」なのか？　いや、彼が現役で活躍していた時からは、ずいぶん長い歳月が経ってしまっているのだ。それでもこの日、スタジアムの歓声は最大級になり、観客は英雄の走りを称えた。これがオリンピックの歴史……英雄は年齢を重ねても英雄のままなのだ。

長い長い開会式が終わり、和田はげっそり疲れてしまった。レインコートも役に立たず、全身雨に濡れて寒気もする。こんなことではこの後が心配だ……しかし、始まってしまったのだから、何とか走りきるしかない。

中途半端で倒れるわけにはいかないのだ。

大会二日目の二十日、和田はスタジアムで陸上競技の各種目を観戦した。日本勢は振るわず……一万メートルに登場したザトペックは、下馬評通りの強さを発揮し、金メダルを獲得した。幸先いいスタートで、五千、マラソンでも金メダルを獲得するかもしれない。自分が担当することになっているマラソンの中継では、一万メートルの走りっぷりにも触れねばなるまい。

走るザトペックの顔を双眼鏡で見ながら、どうして彼はこんなに苦しそうにしているのだろうと不思議に思った。他の選手は、「無表情」という感じ。全ての感情を排して、ひたすら走ることに専念しているような……ところが、今年三十歳になるザトペックは、終始苦しそうだ。走り方も必死な感じで、王者の風格や余裕はまったく見えない。悲壮さが際立つのは、額がV字に禿げ上がり始め、年齢を感じさせているからかもしれない。「苦行僧」「悲壮な王者」「苦悩の帝王」、いや「苦悩の超人」か。民主主義の時代に、「王者」や「帝王」は響きがよろしくない。ふと、聖火リレーの最終走者でスタジアムに入ってきた「フライング・フィン」、パーヴォ・ヌルミの姿を思い出す。「超人」ではなく「鳥人」はどうかと思った。飛ぶように走る――いや、この言葉は跳躍競技の選手たちに送られるべきだろう。苦しい表情を浮かべ、一歩一歩全ての力を絞り出すように走るザトペックの走りを、華麗に空を舞う鳥に例えるのは無理がある。

それにしても、今日も雨……ヘルシンキ・オリンピックは、天候には恵まれないようだ。真夏のきつい陽射しに耐え続けるよりはましかもしれないが、それでも湿気の高い空気は好きになれない。

「向こう側のスタンドは相当に離れております。神宮の競技場と勿論同じだけ離れているわけですが、スタンドはちょうど神宮競技場の三倍から四倍ございまして、私共の顔に覆い被さるようにそびえ立っております。そうして私共の正面、マラソン門のちょうど上の所に、くしくも日本の日章旗が立っております」

「初めから大人のような顔をした子どもがおります。これなどは大変に面白いのです。それから又トランプの王様のような風態の男がいまして、どっしりと坐って表情も変えずして、何ら顔色も変えずしてずっと競技を見ております。どこが面白いのか、十分、二十分、じっとしたまま王様然として悠然として眺めております」

「何しろ驚きました。この国へ参りましてから空気の乾燥すること、乾燥すること、そうしてのどのかわくこと、こっちでは水というものは殆ど飲みませんで、どこのレストランへ参りましてもホテルでも殆ど日本でいうソーダ水ばかり飲んでおります」

「日本の選手も大いに敢闘をいたしますが、こちらの戦前の予想と殆ど違いませんので、今のところ円盤の吉野さんの四十三メーター六十一というこの好記録が、優勝の望みが濃いのでございますが、他の選手は、百メーター遂に細田、田島両君共敗れまして、細田は第二予選には残りましたが、決勝の出場を失いました。残念でございます。果たして日本人で誰が六等までに入賞するか、いや誰が一等、二等、三等で日章旗をこのメインスタンドの中に高く掲げることができるか、我々の期待は大きいが、併《しか》しながら、なかなか世界の強豪それぞれ相伍しまして優劣を争うオリンピックにありましては、実にむずかしいものでございます」

二十日の午後七時二十分から行われた中継を終え、和田はほっと息をついた。隣に控えていた飯田が、久しぶりに上機嫌で「いやあ、よかったですよ」と褒めてくれた。

「そうかい？」和田は自信がなかった。実況ではなく遊軍としての雑感放送で、果たして聴取者にオリンピックのイメージを伝えられたかどうか。

「いかにも和田節という感じですよ。トランプの王様のような風態の男、確かにいましたよね。あれ、何だったんでしょう」

「分からんねえ。本人を掴まえて聞いてみればよかったよ」

和田は、背広のポケットに挿していたサングラスをかけた。大原が、ストックマンまで走って、急遽買ってくれたものである。雨のあいまの強い陽射し、それに白夜のせいで目をやられたのではないか？　だったらサングラスで陽光を遮断すれば、少しは楽になるかもしれない——大原の読みは、ある程度は当たっていたようだ。サングラスをかけると急に目が楽になり、視界もぼやけない。こうやって明るいうちは、ずっとサングラスをかけて目を守っておけば、いずれ視力は復活するのではないだろうか。

「お、そのサングラス、どうしたんですか。マッカーサーみたいじゃないですか」

「解任された人に喩《たと》えられても困るよ」和田は思わず苦笑したが、厚木に降り立ったマッカーサーのサングラスとコーンパイプは、実際、多くの日本人に強い印象を残した。

「なかなか似合いますよ」

「ようやく自分に土産を買えたよ」

「日本でサングラスをかけていると、怪しい密売人みたいですけどね」

「結構、結構。今後は商売にも手を出してみるか」和田はあくまで「嘱託」だから、NHKの番組に出演する以外に仕事をしても問題はない――馬鹿馬鹿しい。喋る仕事以外はしたくない。

「和田さんに商売は似合わないでしょう」飯田が苦笑した。

「いやあ、僕もかなり怪しい商売をしているからね」

「アナウンサーは立派な商売でしょう」飯田の顔から笑みが消えた。

「飯田君のように、スポーツ中継一筋のアナウンサーはそうだろう……僕は今、アナウンサーというより司会者だから」

「違いがよく分かりませんが」

「司会者がどんな仕事なのか、僕にも上手く説明できない。何事にも黎明期はあるんだよ。その評価は、後年になってみないと分からないだろうな」

一日の仕事を終えてホテルに帰ると、下着にまで雨が染みこんでずぶ濡れになっていた。レインコートでは間に合わない。主義には反するが、やはり帽子も手にいれようか。

ひどく疲れているが、パリ支局長の崎山《さきやま》とロンドン特派員の神谷《かみや》が顔を出してくれたので一緒に食事をし、日付が変わる頃まで話をした。こういうことをしているから疲れが取れないのだと反省したが、二人の話は面白く、ついつい引きこまれてしまった。特に、パリは帰国途中で立ち寄る予定なので、崎山の話を聞くと日本が思い出される。

翌二十一日——今日は放送があると思うと気合いも入ったが、午前七時半に目覚めるとまた雨なので、早くもうんざりしてしまった。疲れもまったく取れていない。また、起きた瞬間、周囲の光景がぼやけて見えたので慌ててしまう。やはり、目も病気なのではないか？　冷たい水で顔を洗うと、何とか見えるようになったのだが……濡れた背広をプレスに出すのが面倒臭い。日用品を買いに行くのも億劫だった。面倒臭がりなのは生来の性格だが、志村や飯田がテキパキと片づけなどをこなしているのを見ていると、自分のだらしなさにうんざりしてしまう。

スタジアムに向かい、走り幅跳びなどを見学した。その後、歩いてプールに行った。日本チームがまとまって練習を行う日なので、観客の数が多い。やはりここでも、古橋人気は大変なものだ。世界は狭くなった、とつくづく思う。極東の島国出身の古橋の凄さを、北欧の人もよく知っている。

プールサイドには屋外カフェテリアがあるので、そこで食事を済ませることにした。鮭の燻製のサンドウィッチにビール。鮭の燻製も、最初はありがたいと思っていたのだが、慣れるとさして美味く感じられない。やはり自分は、新鮮な刺身の方が好きだ――しかし、西欧では魚を生で食べる習慣がないようだから、仕方あるまい。自分で料理するわけにもいかないし。

「和田さん」

声をかけられ、周囲を見回す。すぐ側に誰かが立っているのが見えた――日本選手だということは分かったが、顔は分からない。おいおい、こんな近くなのに顔さえ見えないのか……慌てて目を擦ると、ようやく古橋だと分かった。

「やあ、古橋君」何事もなかったかのように和田は手を上げた。

「食事ですか」

「君たちの練習が始まる前に、腹ごしらえをしておこうかと思ってね」

「こちら、よろしいですか」

「もちろん」

古橋が椅子を引いて座る。ひどく疲れているように見えたが、これは自分の目のせいかもしれない、と和田は思った。

「調子はどうだい？」

「まあまあですね」

この「まあまあ」が当てにならないことは和田には分かっていた。古橋はいつも「まあまあ」なのだ。なかなか本音を明かさないとも言えるし、慎重とも言える。

「あ」と古橋が声を上げる。

「どうした？」

「リスです」

古橋が、自分の足元を指差した。見ると、茶色い塊が、芝生の上を全速力で走って森の方へ向かっている。リスだから大きなものではあるまいが、はっきり見えないのが不安だった。スポーツ中継は、スピードとの勝負である。一瞬で勝敗が決まる相撲、わずか十秒で終わる百メートル競走……それをきちんと見極める視力が、アナウンサーにも要求される。

「和田さん、パンを落としたんですよ。リスは餌だと思ったんじゃないですか？」

「そうかい？」サンドウィッチを落とした記憶はないが……そんなことにすら気づかなかったのか？

「足を齧《かじ》られなくてよかったですね」

「冗談を言う余裕があるなら、大丈夫だね」和田は笑みを浮かべた。「もっとも、僕の足なんか齧られてもどうってことないよ。君の足が齧られたら、日本国中が大騒ぎになるけどね。僕も、それをニュースとして伝えなくちゃいけない」

「勘弁して下さいよ」古橋が苦笑した。「古橋、リスに齧られて負傷、なんてことになったら、恥ずかしくて日本に帰れません」

「まったくだ」和田も声を上げて笑った。こういう冗談を言うぐらいなら、古橋は、きっと、本番でもいい結果を出してくれるだろう。

練習に向かう古橋が立ち上がると、同席していた大原が心配そうに言った。

「和田さん、変なことを聞いていいですか？」

「何だい？」

「目は大丈夫ですか？」

「どうして」

「今、古橋君が来たのに、誰だか分からなかったでしょう」

「食事に夢中でね――いや、君にはかなわないな。そうだ。一瞬、古橋君の顔が分からなかった」大原の鋭さに驚きながら、和田は認めた。

「目をどうかしたんですか？」

「ちょっと見えにくいんだ」和田は打ち明けた。一度話してしまったからには、大原には嘘はつけない。

「視力が落ちたんですか？」

「近眼でも老眼でもなくて、視界が霞むんだ。この距離でも君の顔がぼやける」大原は和田の斜め向かいに座っており、距離は一メートルほどだ。

「それはまずくないですか」大原が顔をしかめる。「やはり、医者に行った方が……」

「眼科にはかかったことがなくてね。症状も上手く説明できない」

「トリボウ君に通訳してもらえばいいじゃないですか」

「トリボウ君に英語で説明するのが、まず難しい」

「うむ……」大原が腕組みをして唸《うな》った。「和田さん、夜はよく眠れていますか？　志村さんと同部屋で、気を遣って眠れないんじゃないですか？」

「とんでもない。僕にベッドを譲って、志村君はソファで寝ているんだよ……ただ、彼の方がよほどよく寝ているけどね。どうも、酒を控えているせいか、こっちへ来てから眠りが浅いんだ。かと言って酒は……呑まない方がいいと思う」

「本当に、医者に行って下さい。通訳は僕が何とかします。ちゃんと探してきますから」

「君には君の仕事があるじゃないか。まず、それをきちんとやりたまえ」

「二十四時間やってるわけじゃないです」大原が抗議した。「和田さんに何かあったら……」

「何かあったら、その時はその時さ。君は黙って、僕を見ていてくれればいい」

「冗談じゃないです」大原が憤然と言った。「それじゃ、かえって辛いですよ。どうして僕が黙っていなくちゃいけないんですか」

「お願いだ」和田は頭を下げた。「勝手なのは分かっている。でも、黙って僕を見守ってくれ」

「和田さん……」

大原は言葉をなくしてしまったようで、無言でうつむいた。森の中で小鳥が啼《な》き、芝生の上をリスが走り回る。何とのどかなことか。こんな穏やかな街で自分が朽ちかけていることが信じられない。

この日は、夕刻から放送があった。ヘルシンキでは、午後七時半。まだまだ陽は高く、和田はハンカチで首や額の汗を拭いながらマイクに向かった。

「描写があちらこちらになって大変にお聞き苦しいかもしれませんが、これが陸上競技の特色でございまして、或るときはトラックを描写し、或るときはフィールドを描写し、或るときは観覧席を描写し、いろいろと忙しいことでございます」

「さすがに七時半を過ぎますと、白夜の国といわれますヘルシンキもやや薄暗くなって参りまして、これは太陽が姿を見せないだけでございまして、曇日《くもりび》の日本とほぼ同じような状態でございます」

「これからフィールドの第三組が行われるところでございます。さっきもちょっと申し上げましたが、ヘルシンキにおきまして、日本人に対する国民感情というものは大変によろしい、私どもは日の丸のバッジを役員選手と同じように、洋服の襟のところにつけておりますが、これをつけておることが肩身が広いような気がいたします。大変に街を歩きましても、もてるという言葉が当たるといたしますれば、このもてるのに当たるのであります。ほうぼうでただサインをせがまれるのに弱りました」

よしよし……遊軍の仕事としてはこういう感じでいいだろう。嫌な緊張感も薄れてきた。

それにしても日本人は——NHKの人間は実によく働く。今日だけでも、日本への放送は十時間に及んだ。一方、他国の放送局の仕事ぶりは淡々としている。スタジアムでも、自分の国の選手が出る競技が終わるとさっさと引き揚げ、誰が金メダルを取るかにもまったく興味がないようだった。もちろん、自国の選手が決勝に残り、メダル争いをしていれば、ひたすら放送を続けるのだが……この辺りは、ずいぶん割り切った仕事ぶりだと思う。

しかし日本は違う。日本を発つ前に話し合った結果、「できるだけ長く、オリンピックの雰囲気を日本に伝える」ことが大きな課題になった。戦後初——日本が参加するという意味では、十六年ぶりである。オリンピックの様子を知らない日本人も多くなっているから、可能な限り丁寧に、言葉を尽くして放送するようにしよう。残業代は日本に帰ってからまとめて精算——この時は飯田にもまだ余裕があったのだが、こちらに到着してからは明らかに追い詰められている。

そこには、アナウンサーの功名心もあるのだ。

オリンピック中継をするからには、日本人が金メダルを取る場面には絶対に居合わせたい。しかしそれは、事前には分からないことで、はっきり言えば運次第だ。マラソンではどうなるか、和田は今から何とも言えない気分だった。

今のところ、日本選手は皆不振だ。特に陸上ではなかなか結果を出せず、トラック競技、フィールド競技で世界との差を実感させられるばかりである。

それでも、アナウンサーたちの意気が消沈するわけではない。やることは山積みで、毎日目が回るほど仕事をしているために、あれこれ感慨に浸る余裕すらないのだ。日本にいる時にも、ここまで仕事をした記憶はないほどだった。

ホテルに帰ると、神谷がロビーで待ち構えていて、「和田さん、これ」と紙封筒を渡してくれた。

「目薬。知り合いにお願いして、手に入れてもらいました」

「どうして僕に？」

「和田さん、目をしばしばさせてましたよ。普段、そんなことはないでしょう。こっちは陽射しが強いし、白夜だから、目が疲れたんじゃないですか？」

「そうなんだよ」目が見えにくいことが神谷にもばれていたのかとどきりとしたが、彼は和田の「見た目」で、目が疲れていると判断したようだ。

封筒を開けると、出てきたのは目薬……というより、万年筆のスポイトだった。中にはインクではなく、透明な液体が入っている。

「まさか、これが目薬か？」

「万年筆のスポイトみたいでしょう？　僕も初めて見てびっくりしましたよ。でも、こっちではこれが普通なんだそうです」

「上手くできるかねえ」

不安になりながら——普段から目薬などほとんど使わないのだ——和田は天井を向いて目薬を使ってみた。スポイトの先が目に刺さりそうで怖い。左の親指と人差し指で大きく目を開いて押さえつけ、右手でスポイトをつまむ。多く出過ぎた……それでもちゃんと目には入る。すっと冷たい感触が広がり、思わず目を閉じた。しばらくぎゅっと目をつぶったままにしておいたが、恐る恐る開けてみると、ロビーの様子がはっきり見える。ありがたい。この目薬は効きそうだ。

「いい感じだ。ありがとう」

「いやいや、外国にいる時には何かと不便ですから、お互い様です」

「神谷君は、海外暮らしにも慣れているだろう」

「まあ、そうですけど、ロンドンというのも暗い街でねえ……北欧の暗さとは違って、スモッグのせいですけどね。鼻毛が伸びて困ります」

和田は声を上げて笑った。それに比べて北欧は、空気が澄んで綺麗な感じがする。

もう一度神谷に礼を言って、部屋に引き揚げる。もう遅い時間だが、洗濯でもしてみようか……汚れ物は結構溜まっている。しかし、いざやってみようと洗面台に水を流し始めると、急にやる気がなくなってしまった。本当に、我ながら面倒臭がりな性格だ。こういう人間は、本当は海外で仕事などしてはいけないのだろう。海外で仕事をするためには、自分のことぐらいは自分でできないと。

仕方ない、洗濯は先送りにして、夕食を済ませよう。いい加減、日本食が恋しくなっていたが、とにかくしょうがない。今は、腹が膨らめばいい。

部屋を出る時は、一々服装をきちんと整えなければならないのが面倒だったが、西洋のホテルのマナーだから仕方がない。一度外していたネクタイを、もう一度締めないと……ネクタイはベッドの上か。部屋に戻って、ネクタイを取り上げた瞬間、急に強いめまいが襲って、和田はベッドに突っ伏した。おいおい、こんな格好では——せめてきちんと仰向けに寝て休まねばならないと思ったが、体が動かない。脳みそが、頭の中でぐるぐる回っている感じだった。これはまずい……起き上がれないどころか、このまま死んでしまうのではないか？　強い吐き気がこみ上げた。酸っぱい物が喉まで上がってきたが、何とか吞みこむ。うつ伏せのままで吐いたら、窒息してしまうではないか。

よし……何とか吐かずに済んだ。しかしめまいは治まらない。これは助けが必要だ……ぱたりと死ねたらいいと思いながらも、このままでは絶対に死ねないと必死になる。とはいえ、助けを呼ぶにしても、どうするか。部屋には電話もあるが、このままでは手が届かない。一度ベッドから離れねばならないのだが、それができなかった。

誰かがドアをノックする。志村か？　いや、志村はまだ録音の仕事中のはずだ。誰でもいい、とにかくドアを開けて助けてくれ——声を出そうとしたが、呻《うめ》きが漏れるだけで声にならなかった。

「和田さん？」

大原だった。ありがたい。自分の病状を知っている大原なら、こんな姿を見られても困らない。しかし彼はこの部屋の鍵を持っているわけもなく、こちらは声も出せない。どうする？　大原がまたノックし、「和田さん！」と叫ぶように呼びかけた。返事しないと……返事さえすれば、助かる。しかしどうしても声が出ない。

そのうち、ドアの外の人の気配が消えた。部屋にいないと思ってどこかへ探しに行ったか——これで僕も終わりかもしれないと、和田は本気で死を覚悟した。

顔が毛布に埋もれたままなので、息をするのも苦しい。顔を横に背けないと、毛布で窒息死しかねない。冗談じゃないぞ……和田は両手をベッドにつき、必死に力を入れた。それで顔が動くようになり、思い切って顔を横に向ける。こんなことをするのに、ここまで力が必要になるとは……荒い息を吐きながら、めまいが去ってくれるようにと必死に祈った。多少楽になってきている感じはするが、それでもまだ頭がぐらぐらする。取り敢えずこのまま寝てしまおうか。何があっても、眠れば多少は回復する。ちゃんと目覚めれば、だが。

その時、またドアをノックする音がした。先ほどの大原の乱暴な叩き方ではなく、もっと上品に、コツコツという小さな音。しかしそれに続いて、大原の怒鳴り声が聞こえた。

「和田さん、いますか？　和田さん、開けますよ！」

続いて、鍵が鍵穴に挿さり、かちゃりと回る音が聞こえた。助かった。誰か迎えにくる——意識が消える直前和田が聞いたのは、大原が「和田さん！」と呼びかける悲鳴だった。

第三部

ただいまより、重大なる発表があります。全国聴取者の皆様、ご起立願います。重大発表であります。

1

「大丈夫ですか?」

大原の声が遠くから聞こえる。背中には柔らかいベッドの感触……無意識のうちにベッドに入っていたのか? いや、大原が助け起こしてくれたのだろう。

「志村君はどうした?」和田は目を瞑ったまま訊ねた。

「まだ戻っていません」

「そうか、よかった」大原以外の人間には、無様な姿を見られずに済んだ——そう考えただけでほっとする。恐る恐る目を開けると、見慣れた高い天井が目に入った。複雑な装飾がきちんと見えているのは、目がおかしくなっていない証拠だろう。

和田は両肘をベッドに突っ張り、何とか上体を起こそうとした。しかし体に力が入らず、上手くいかない。すかさず大原が手を貸してくれた。うなだれたまま、ゆっくりと深呼吸する。幸いめまいは感じなかったし、吐き気も消えている。先ほどのは、突発的な発作のようなものだろうか……機中から何度も和田を苦しめてきためまいと吐き気だが、今回は一番ひどかった。本当に、あのまま起き上がれず、死んでしまってもおかしくはなかった。

「いったいどうしたんですか、和田さん」大原が心配そうに訊ねた。

「君こそどうしたんだ？」和田は逆に聞き返した。

「部屋へ戻られたはずだと思ってご挨拶に来たんですけど、返事がなかったので……神谷さんに、ついさっきロビーで別れたばかりだと聞いたので、倒れているんじゃないかと心配になったんですよ」

「君の勘は鋭いなあ」

「そんな呑気なこと言ってる場合じゃないですよ」大原が、怒ったような表情を浮かべた。「体調、どうだったんですか？」

「問題ない。今日はちゃんと放送したじゃないか」

「放送中に違和感はなかったんですか？」

「今日はむしろ調子がよかったんだ……あ、もしかしたら、腹が減ったんじゃないかな」

「和田さん、そういう冗談は――」

「いや、考えてみてくれ。今日の昼に、君とオリンピックプールで飯を食べたきりなんだよ？　しかもあのサンドウィッチ、こっちのものにしてはえらく小さかったよな」

「それはそうですけど……」大原が渋々認めた。

「君も腹が減っているんじゃないか？　夕飯、食べてないんだろう」

「ええ、まだです」

「だったら飯にしよう。助けてもらったお礼に、今夜は僕が奢《おご》るよ」

「そうですか……でも、歩けるんですか？」

「もちろん」

和田は勢いよく足を下ろした——勢いよくと思っているのは自分だけで、実際にはのろのろした動きだったかもしれないが。足の裏が床に着くと、その感触をしっかり確かめる。靴と靴下はいつの間にか大原が脱がしてくれていたようで、木の床の冷たい感触が足を心地好く刺激した。

慎重に立ち上がり、首をぐるりと振ってみる。幸い、めまいはなかった。

「顔だけ洗わせてくれないか？」

「待ちます」

洗面所に入り、和田は冷たい水を流して顔を洗った。ひりひりするほどの冷たさで、意識がはっきりしてくる。よし、取り敢えず自力で歩けそうだ……それに、確かに腹は減っていた。胃に何か入れれば、調子もよくなるだろう。舌は刺身や冷奴、茶漬け——穏やかな日本の味を恋しがっていたが。

「よし」声に出して言い、鏡を覗きこむ。その瞬間、ぎょっとした。目は落ち窪み、顔色は悪い。いや、これは髭が中途半端に伸びているせいだ。綺麗に髭を剃れば元気な顔に戻るだろうが、その時間がもったいない。どうせ夜だし、このままでいいだろう。

「お待たせしたね」

「本当に大丈夫なんですか？」大原が念押しした。

「ああ。何か腹に入れれば落ち着くだろう」

「近くにレストランを見つけました。安い店ですけど、どうですか？」

「トナカイでなければ何でもいいよ」あの肉は、やはり微妙に口に合わなかった。

「牛肉——ビフテキがあります」

ビフテキか……そんな重いものは食べたくなかったが、致し方ない。スープで胃を膨らませて、それから何を食べるか考えよう。

ホテルを出て、ストックマンの方へ歩いていく。ようやく街は薄暗くなり、ひんやりとした空気が心地好い。しかし空気は湿り気を帯びており、また一雨きそうだった。この雨にもずいぶんやられているんだよな……寒さを強く意識し、和田は上着の前のボタンを留めた。明日は絶対に帽子を手に入れよう。頭が濡れるから調子が悪くなるんだ。

大原が案内してくれたレストランはこぢんまりしていて内装も地味、確かに安そうだった。店内には若者が多いので、その予想は当たっているだろうと和田は思った。金のない若者は安い店に群がる——こういうのは万国共通のはずだ。

取り敢えず、キノコのスープを頼む。このキノコが何なのか分からないが、フィンランドで安心して食べられる数少ない食べ物だった。一口すすって、思わず安堵の息を吐く。どろりとした重たい飲み口、口中に広がる椎茸に似た香り……これが、懐かしさを覚える原因かもしれない。

量もたっぷりで、味噌汁椀にして二杯もありそうだった。ボウルの底が見えるまで食べ尽くすと、腹が一杯になった感じもしたが、水物だけでは体が持たないだろう。ここは何とか、固形物を食べておかないと。

「小さいステーキにしましょうか」大原が提案した。

「そんなこと、できるのか?」

「何とか注文してみます。それと、脂の少ないヒレ肉がいいんじゃないですか? さっぱりしている方が食べやすいでしょう」

「難しそうな注文だな」

「やってみますよ」

大原が手を上げ、店員を呼ぶ。たどたどしい英語ながら、何とか注文を済ませると、ほっとしたように和田に向かって微笑んだ。

「大丈夫みたいです」

「君の英語も、だいぶ上達したな。立派なものだったよ」

「いやあ、冷や汗ものでした」大原が大袈裟に手の甲で額を拭った。

「若い人は、順応力があっていいね。僕は未だに、英語を話す段になると、緊張で喉が渇く」

「日本人が海外へ行く時は、結局英語の問題でつまずくのかね。情けない限りだけど……これから世界で活躍しようとする若者は、今まで以上に英語をしっかり勉強しないと駄目だな」

「まったくです。和田さん、もしかしたら風邪じゃないんですか？」

「そうかもしれない」和田はうなずいて認めた。「僕はノーハット主義だからね。雨が降っても、基本的に帽子は被らない。でも今回は、変な意地を張るべきじゃなかったな」

「ストックマンに行けば、きっと帽子もありますよ」

「僕たちは、あのデパートに頼りっぱなしだね」

「便利ですからねえ」

ようやく会話が普通に転がり始めた。体調も悪くない。大原は自分の精神安定剤になっている――彼に話して正解だった。大原には申し訳ないことをしたが。あんなことを言ったばかりに、気を遣わせてしまっている。彼も自身の仕事で忙しいのに、まことに申し訳ない限りだった。

ステーキが運ばれてきた。確かに、大原の肉に比べればずいぶん小ぶりだ。これなら何とか食べられるだろう。大原の肉には茶色いソースがかかっているが、和田の皿には肉だけ……大原がすかさず説明した。

「フィンランドで食べるステーキって、どれもしつこいソースがかかってるじゃないですか。だから、塩と胡椒だけでもいいかなと思って、頼みました」

「よくそんな難しい注文ができたな……しかし君は、気を遣い過ぎだよ」苦笑しながら、和田はステーキを小さく切り取って食べた。味が薄いので、卓上にあった塩と胡椒で肉の味を調える。少し胡椒を振り過ぎたが、むしろピリッとしていい味になった。確かにソースはない方がいい……しつこくなく、さっぱり食べられそうだ。

それでも、肉は半分ほど残してしまった。先ほどのスープでかなり腹が膨れてしまっていたのだ。大原はもちろん完食──その目は、和田のステーキの残りを狙っている。

「いいよ。食べなさい」和田は皿を押し出した。

「いいんですか?」大原の目が輝く。

「そこまで物欲しそうな顔をされたら、しょうがないさ」

大原は、残ったステーキを三口で食べてしまった。この肉を持て余していた自分は何なのだろう、と情けなくなる。元々、食欲旺盛な方ではないのだが……やはり食べ物より酒なのだ。

世話になったのだからと、和田は大原にデザートも勧めた。自分は紅茶だけにしておく。そういえば、ロンドン暮らしが長い神谷が、「イギリスの紅茶は、ミルクをカップに入れておいてからお茶を注ぐ」と言っていたが、残念ながらこの店では、カップに紅茶が入った状態で出てきた。仕方なく、後から少しだけミルクを加え、砂糖も入れて甘くして飲んだ。この甘みがありがたい。体が甘いものを欲していたのだと実感する。一方、大原は巨大なケーキを嬉々として攻略していた。食べながら、ノートを広げて何か書きこんでいる。食日記までつけているのだろうかと和田は訝《いぶか》った。

「落ち着きましたか？」ケーキを食べ終えた大原が、ノートを閉じて訊ねる。

「何とかね」

「やっぱり、ひどい風邪だと思うんです。本当に、ちゃんと診察を受けた方がいいと思いますよ。調べたんですけど、ヘルシンキ大学の病院が、スタジアムのすぐ近くにあるんです。たぶん、歩いて十五分ぐらいです」

「そんなに長く歩くのは辛いなあ」

「車で行けばいいですよ。トリボウ君が、案内してくれると言っています」

「彼の仕事は、そういうことじゃないだろう」

「トリボウ君と話したんです。彼も、和田さんのことを心配しているんですよ。ここはちゃんとした検査を受けて、一気に治してしまいましょう。だいたいここまで、ろくに診察も受けていないのがおかしいんです」

「いや、ここで君に怒られても……」後輩から説教されると、どうにも居心地が悪い。

「ボンベイの医者なんて……あれ、本当に医者だったんですかね。僕はどうにも信用できません」

「選手団の先生にも診てもらってるよ」

「でも、ちゃんとした病院じゃないでしょう。とにかく、大学病院へ行って下さい。トリボウ君が、すぐにでも予約を取ると言っていますから」

「まあ……考えておくよ」

「明日も忙しいんですか？」

「明日も放送はある。世界中のどこの国のアナウンサーよりも、よく働くことになるだろうね」

「飯田さんも、一日ぐらい和田さんに休みをあげればいいのに……」

「そうもいかないさ」和田は肩をすくめた。「NHKのアナウンサーは四人しかいないんだ。それでオリンピックの全部を伝えなくちゃいけないんだから。多少の無理は覚悟の上だよ」

「和田さん、命あって——」そこまで言って、大原がはっと言葉を呑んだ。

「死んだら仕事はできない、か」和田は言葉を引き継いだ。

「そうは言いませんけど……早め早めに治療しないから、長引くんですよ」

「分かった、分かった。飯田君と相談して、病院へ行く日を決めるよ」

「本当にそうして下さい。和田さんが言いにくいなら、僕が飯田さんに話してもいいです」

「君は僕のマネージャーじゃないんだぞ」

「マネージャーでも何でもいいです。とにかく僕が、和田さんを絶対に日本に連れて帰りますからね。それが僕の義務です」

「そこまで熱心にならなくていいんだよ。君には、たまに愚痴を聞いてもらえれば、それで十分だ」

「いや、僕はまた、和田さんの司会で『話の泉』を聴きたいんですよ。夢声さんがどんな風に司会をやっているかは分かりませんけど、あの番組は、和田さんじゃないと駄目なんです。一ファンとしても……お願いしますよ」


あまり薬は呑みたくないのだが、とにかくたっぷり寝て疲れを取ろうと、和田は大原にもらった睡眠薬のカルモチンを服用してベッドに潜りこんだ。そのせいか、翌二十二日は午前九時まで熟睡。起き出してみると、ありがたいことに快晴だった。窓から射しこむ朝日を浴びただけで一気に体調がよくなり、目の前も晴れたような気分になる。

「和田さん、今朝はどうですか？」

「何がだい？」同室の志村に訊ねられ、和田はどきりとした。できるだけ平静を保って訊ね返す。

「夕べ、だいぶうなされてましたよ」

「そうかい？」まったく気づかなかった。睡眠薬のせいか、一度も目を覚まさず朝を迎えたのだ。「だったら申し訳なかったね。君の眠りを邪魔したんじゃないか？」

「いやあ、もう疲れて、夜中に目なんか覚めませんよ。日本でも、こんなによく眠ることはないな」

「志村君は神経が細やかだからねえ」

「そんなこともないんですが、これほど集中的に長時間仕事をすることはないですから。やはり、オリンピックは雰囲気が違いますね……和田さん、今日もスタジアムですね」

「ああ。陸上を見て……今日の目玉はザトペックだな。五千の予選がある」

「ええ」志村が手帳を広げる。本当は、わざわざ確認するまでもなく、頭に入っているだろうが。

「実はちょっと悩んでいてね。ザトペックに二つ名をつけたいんだ。『空飛ぶフィンランド人』みたいな」

「ああ、ヌルミですね」志村がうなずく。「『空飛ぶチェコスロバキア人』じゃ駄目なんですか」

「それを聞いた人は、僕がヌルミの二つ名を真似したんだとすぐに思うよ。それに、ちょっと長過ぎる」

「そういうのは、和田さんの方がずっと得意じゃないですか。お任せしますよ」

体調がいいと、会話の転がりも快調だ。和田は上機嫌で着替え、一階のレストランに降りた。代わり映えしない朝食……しかし朝食とはこういうものだし、義務的にでも食べておくべきだと、このところ開き直っている。

出がけにストックマンに寄り——このデパートがなかったら、相当苦労していただろう——レインハットを買った。今日は雨が降る気配はないが、どうせいつかは使う。それに暑くなれば、陽避けにも使えるのではないだろうか。

今日は晴れたせいか、開会式に続いてスタジアムはほぼ満員である。海外選手の目玉はザトペックだが、日本人で注目すべきは棒高跳びの沢田文吉《さわだぶんきち》か……ところが、試合開始予定の午後二時になっても、沢田の姿はフィールドにない。何か問題でも起きたのかと和田はそわそわしてきたが、沢田は結局、数分遅れでフィールドに姿を現した。眼鏡をかけた細身の顔には、「遅刻して申し訳ない」とでも言うように、困ったような笑みが浮かんでいる。とにかく、沢田はほとんどウォーミングアップなしで本番に臨まなければならなくなった。後で調べると、今日になって試合開始が一時間繰り上げられたことを知らなかったらしい。

棒高跳びといえば、戦前は日本選手の活躍もあった。ベルリン・オリンピックで、西田修平《にしだしゅうへい》と大江季雄《おおえすえお》が激闘の末に二位、三位を分け合い、二人はそれを記念して互いのメダルを切断、つなぎ合わせて「友情のメダル」を作った。それが世間に知れたのは、大江が昭和十六年にルソン島で戦死し、遺品の中から銀銅半分ずつの奇妙なメダルが発見されたのがきっかけである。

こういう逸話があるが故に、和田も棒高跳びに対する思い入れは強い。沢田は既に三十歳を超え、四歳の子持ちというのも、何となく応援したくなる要素だった。子どものためにオリンピックで頑張るお父さんというのも、好ましいではないか。

まともなウォーミングアップ抜きでも、沢田は三メートル八十を一回でクリアした。三メートル九十五は三度目でやっと越えたが、これで調子を取り戻したのか、四メートル十、二十はそれぞれ一回で見事に成功した。しかし四メートル三十は跳べず……それでも六位に入賞し、かつての強豪国復活を期待させた。その後もバーは上がって競技は続き、最後はアメリカのリチャーズが四メートル五十五の五輪記録を出して優勝した。

和田が強い印象を受けたのは、競技を終えた沢田がスパイクを脱ぎ、それをスタンドに向けて振った姿である。遅れて競技を始めた割には、満足できる成績を出せたと思っているのだろうか、その表情は晴れ晴れとしていた。年齢のこともあり、もしかしたら彼はこれで現役を引退するつもりかもしれない、と和田は思った。三十歳を過ぎてなお、現役で戦うスポーツ選手は少ない。競技別で「寿命」が長いのは、野球選手だろうか。巨人の川上哲治など、去年は三十一歳にして過去最高の打率三割七分七厘を記録している。

沢田は、長年親しんできたフィールドに別れを告げるために、スパイクを脱いだのかもしれない……明るい表情は、やり尽くした充実感の表れか。和田は何故か、涙が滲んできたので驚いた。これまで、こんなことは一度もなかった。やはりアナウンサーは冷静に、周囲の状況を観察しているべきだろう。

五千メートル予選に出場したザトペックは、第三組で走った。あまりスピードが乗らない……一万メートルの疲れが残っているのだろうか。表情は相変わらず苦しげだが、本当に苦しいのか、走ると自然にああいう顔になってしまうのかは分からない。結局、十四分二十六秒で、一位に二秒四差の同着二位になった。走り終えると、途端に平然とした表情に変わる。どうやらあの顔は、走る時の「癖」のようなもので、本当に苦しいわけではないようだ。タイムはよくないが、あまり力を入れず、決勝に備えたのだろう。ザトペックの実力なら、おそらく決勝でも問題なく勝つはずだ。

陸上の観戦を終え、日本勢が好調に戦っているレスリングの会場に回る。河原が中継することになっているので、その陣中見舞いでもあった。会場は、スタジアムの南側、歩いていける場所にあるかまぼこ型の屋根の体育館である。大小二つの建物のうち、大きい方で、レスリングの他に体操、ボクシングなどが行われる。

「やあ」放送席にいる河原に声をかける。河原は黒縁眼鏡の奥の目を一瞬細めると、ほっとしたように表情を崩した。

「日本勢、好調じゃないか」和田は彼の横に腰を下ろした。

「いいですねえ。これは、全階級入賞もあり得ますよ」

「田畑さんは、期待していいと言ってたけど、レスリング勢がこんなに頑張るとは、予想以上だね」

目の前で展開される試合を見ながら、和田はつぶやいた。相撲は子どもの頃から好きで、今は仕事としても関わっているのだが、同じ格闘技でもレスリングはまったく違う。柔道とも様子が違い、選手は常に低く、相手の足元を狙って組みつき、マットに転がそうとする。動きはキビキビしていて、攻守の切り替えが早い。時には背後に回って、相手をマットから引っこ抜くように豪快に投げ捨てるのだった。軽量な選手たちの素早い攻防は、和田に新鮮な衝撃を与えた。

「こういうのは誰が考えたのかねえ」

「考えたも何も、古代ギリシャの時代からありますよ。レスリングは、世界で一番古いスポーツなんじゃないですか」

「相撲は選ばれた者だけがやるものだが……」

「レスリングは平等ですね。体重によって階級がありますから、体の小さい選手でも活躍できる」

「ボクシングと同じようなものだね」

話しながら観ている間に、青いユニフォームの選手が赤いユニフォームの選手を押さえにかかった。柔道の寝技のようだが、なかなか決まらない。しかし最後は、青の選手がしっかり押さえこんで、審判の笛が鋭く鳴った。

「フォールは一瞬なんだね」

「一瞬でも両肩がついたら、それで負けです」河原が説明してくれた。「押さえこまれた方は、首のブリッジで逃れるんですけど、その攻防が最大の見ものですね。でも、それで試合が決まることは滅多になくて、だいたいはポイントの取り合いで、判定で勝負がつきます」

「よく勉強しているねえ」

「それはまあ、アナウンサーとしては当然……それより、日本勢は入賞どころかメダルを取れるかもしれませんよ」眼鏡の奥で河原の目が光った。「ぜひ実況したいなあ」

「金メダル第一号の実況は、河原君になるかな？」

「そうであって欲しいですけど、こればかりは分かりませんね。巡り合わせですから」

河原がうなずき、メモ帳に細かい字で何か書きこんだ。和田には分からない何かに気づいたのだろう。実況中継では、こういう細かい、偏執的な記録が役に立つ。

河原は自分の仕事に入りこんでしまっているようだ。横で邪魔をしても悪いと思い、和田はしばらく試合を見学してから席を立った。

午後の陽射しは強い。雨は困るが、真夏の午後の厳しい陽光も体には厳しいものだ。和田はズボンのポケットから、くしゃくしゃになったハンカチを取り出して広げ、頭に載せる。気休めぐらいにしかならないが、それでもないよりはましだろう。しかし不意に、強烈なめまいに襲われた。これはまずい――昨夜の激しいめまいを思い出し、和田はたじろいだ。ふらふらと道路から外れ、歩道に沿って並んだ街路樹の下に入る。少しだけ日陰ができており、多少は気が楽になった。しかし……スタジアムタワーはすぐそこに見えているのに、歩いてたどり着けそうにない。

クソ、何と情けないんだ……この暑さ、そして緊迫感――和田は自然に、七年前の夏を思い出していた。そう、考えてみれば、玉音放送からまもなく丸七年になる。あの日の放送は、その後の自分の運命を変えた。あの日を境に、同じアナウンサーという仕事を続けていても、自分はまったく別の人間になってしまったような気がする。

2

和田は緊張で、ほとんど一睡もしないままだった。そして何か様子がおかしいことに、早朝から気づいていた。普段は午前五時に放送が始まるのだが、ラジオをつけても何の音もしない。そうこうしているうちに、午前五時三十七分には空襲警報が発令された。放送会館に電話しても誰も出ない。こんなことは、今まで一度もなかった。

何かが起きているようだが、それを調べる術《すべ》もない。実枝子は既に秋田に疎開させ、今は一人きり……気楽と言えば気楽だったが、死と隣り合わせの日々が続いているのは間違いない。何が起きてもおかしくないのだ。いずれにせよ今日は、自分のアナウンサー人生にとって、最も重要な一日になるだろう。空襲警報が解除された直後、和田はいつもより早く家を出た。度重なる空襲で都内の交通網はずたずたになっているから、放送会館までの時間が読めない。

放送会館に着くと、夕べから泊まりこんでいた後輩アナウンサーが、蒼い顔で飛び出して来た。

「和田さん、ご無事でしたか！」

「空襲のことかい?」

「違いますよ。ついさっきまで、放送会館が占拠されていたんです」

「何だって?」和田は瞬時に背筋を汗が伝うのを感じた。それなら、誰も電話に出ないのも当然だ。「軍の連中か?」

「はい」後輩が低い声で答えた。

スタジオへ向かう道々、後輩の説明を聞くと、放送会館は大騒ぎだったという。昨日、天皇による終戦の詔勅《しょうちょく》が録音され、今日の正午から放送されることになったのだが、戦争続行を主張する軍部の過激派がこれをよしとせず、放送を阻止しようと様々な妨害工作に出たのだ。録音を終えた局員らは、放送会館へ戻る途中に軍部に拉致された。さらに午前四時頃には放送会館が占拠された——午前五時からの放送が始まらなかったのはこのせいか、と和田は納得した。しかし反乱軍の首謀者は東部軍の上官に説得されて、結局午前七時に引き揚げたという。ということは、和田が出勤する直前まで、局は非常事態にあったわけだ……。

「放送は予定通りなんだな?」

「そう聞いています」

「君、怪我は?」

「幸い、局員は全員無事です」

「そうか……」

この状況になってもなお、大きな流れに逆らおうとする人間がいることも理解できる。彼らの心境を慮《おもんぱか》ると心が揺れたが、今は余計なことは考えないようにしようと決めた。とにかくこれで全てが終わるのだ。それで明日から、自分が――日本がどうなるかは分からないが。

「この戦争は、和田さんで始まって和田さんで終わるんですね」後輩が感慨深げに言った。

「僕が始めたわけじゃないぞ」和田はむっとして言い返した。

「でも、真珠湾の第一報を取ったのは和田さんじゃないですか」

確かに――昭和十六年十二月八日、当直勤務をしていた和田は、何かが起こりそうな予感を抱いていた。報道部長からも「重大発表があるかもしれない」と密かに伝えられていた。朝、報道部の若手記者が陸軍省に確認に走る。じりじりしながら待っているうちに、和田の机の電話が鳴った。反射的に受話器を取り上げると、陸軍省に行っている若手記者だった。

「至急、原稿を取って下さい！」

「何事だ！」

「いいからお願いします！」

聞き覚えのある若手記者の声……報道部へかけるべきところを、間違えて僕のところへかけてきたな、とピンときた。切羽詰まった声を聞くと「報道部にかけ直せ」とは言えない。和田は原稿用紙を引き寄せて鉛筆を構えると、首を傾げ、左肩と左耳で受話器を挟んで「どうぞ」と先を急かした。

驚くべき内容だった。陸海軍が、西太平洋上で米英軍と戦闘状態に入った——詳細は分からない。しかし、ついに爆弾が破裂したのだと和田は悟った。中国で戦線を拡大していた日本は、英米とも睨み合いを続けていて、いつ戦争の火蓋が切られてもおかしくないと言われていたのだ。

やったか——極めて重大な電話だったが、和田は比較的冷静だった。予想されていたことなのだから、遅かれ早かれこういうニュースが飛びこんでくるのは分かっていたのだ。原稿を書き取ると、和田は復唱で読み上げ、間違いがないことを確認してから報道部に連絡した。

そして戦争が始まった。

あれから四年。今、日本は敗戦という現状に直面している。全国各地が激しい空襲に見舞われ、広島、長崎には新型爆弾が落とされたという情報が入っていた。詳細はまだ分かっていないのだが、たった一発の爆弾で、大きな街が全滅してしまった、という噂も広まっている。

午前十一時、情報局総裁の下村宏《しもむらひろし》ら幹部が、第八スタジオに集まった。和田は報道部の部屋で、原稿の下読みに集中した。極めて重大な内容……しかし、何故か興奮も悲しみもなかった。ここはあくまで、機械のように正確に事実だけを伝えることに徹しよう。

日本の命運が変わる放送になるのだ。間違いなきよう、そして分かりやすい放送ができればそれでいい。

正午の時報。和田は「ただいまより、重大なる発表があります」と第一声を発した。下村総裁が「これよりつつしみて玉音をお送り申します」とアナウンスして、「君が代」が流れ、終戦の詔勅の放送が始まった。

その瞬間、和田を除いて、報道部にいた全員が立ち上がった。嗚咽《おえつ》、すすり泣き……男も女も泣いている。抑圧されていた思いが爆発し、様々な感情が渦巻いて、涙として解き放たれたわけか。しかし和田は、あくまで冷静だった。冷静でいることを自分に強いた。絶対に、こういう雰囲気――感情の洪水に巻きこまれてはいけない。

しかしさすがに、その場の絶望的な空気に耐えられなくなった。いくら冷静でいようと努めても、これだけ多くの仲間が泣いていると、気持ちが流されてしまう。いたたまれず、和田は予定より早めにスタジオに戻った。どんなにざわついていても、ここは落ち着く……この閉鎖空間こそが、自分の本当の職場だ。しかし、スタジオの入り口に銃剣を持った若い兵隊が一人いたので、にわかに緊張感が高まってくる。反乱軍が去った後も、念のために放送会館を警備しているのだろう。和田は自然に一礼して、スタジオに入った。

和田はまず、天皇陛下の言葉で放送された終戦詔書《しゅうせんしょうしょ》を再読した。ゆっくりと、一語一語を切るように心がける。詔書の文章は分かりにくく、和田はゆっくり喋ることで、少しでも聴取者が理解しやすいようにと気を遣ったつもりだった。

その後、終戦関連のニュースを読み、ポツダム宣言、カイロ宣言の要旨を説明し、放送は終わった。時折、様々な思いがこみ上げて言葉が詰まりそうになったが、何とか乗り切れた。壁の時計を見ると、午後〇時三十七分——三十分も喋ったのか？ 五分ぐらいだった気がする。

「お疲れ様でした」スタジオを出ると、女子局員がコップを渡してくれた。これが酒なら嬉しい限りだが、と思いながら、ぬるい水を一気に飲み干す。今は、酒よりよほどいい——水飲みの和田だが、これほど美味い水を飲んだ記憶はなかった。額の汗を掌でぬぐい、黒いネクタイを緩める。

窓辺に寄り、空を見上げた。よく晴れ上がった、八月の一日《いちにち》。そう言えば戦争が始まった十二月八日も、季節こそ違え、同じような晴天だった。冬と夏ではまったく別の空に見えるものだが、晴れていることだけは共通しているわけだ。この戦争は晴れに始まり晴れに終わる——唐突に、どっと感情が溢れてきた。一言では説明できない気持ちの揺れ……これでもう、空襲の恐怖に怯えなくて済む。疎開させた実枝子にもすぐに会えるだろう。一方で、これから日本がどうなるかと考えると、体が震えるほど不安になった。おそらく米軍は日本に駐留し、統治を始める。日本が日本でなくなり、独立が失われるのだ。アメリカの属国……あるいはアメリカの州の一つになるのだろうか。そうなったら、放送局はどうなるのだろう。

自分の身に関する不安もあった。

放送が始まる前、和田は情報局総裁の下村から声をかけられた。下村は朝日新聞の役員、貴族院議員などを経て、昭和十八年には放送協会の会長になっていた。今年からは情報局総裁を務めているのだが、和田にとってはかつての上司であり、今でもつき合いがあった。

理由はよく分からないのだが、下村は和田を可愛がってくれた。おそらく、双葉山の七十連勝がならなかった大一番の実況を務めて、人気アナウンサーになった和田の人気を、何とか上手く利用しようと考えていたのだろう。しかし和田自身は、下村からおかしな指示を受けたことは一度もない。逆にいつも甘えて、気楽に話していた。その中には、同僚や先輩を批判するような内容もあったと思う。きちんとやっていない人間がいるから、閑職に異動させた方がいいのではないか——下村は、そういう話にも一々耳を傾けてくれた。もしかしたら下村は、和田を局内の「スパイ」に仕立ててあげようとしたのかもしれない。

和田は、局内に自分を「下村の子分」と呼ぶ人間がいることを知っている。そういう風に言われても、別に気にならない。和田自身は、下村とのつき合いを楽しんでいたのだ。下村は逓信《ていしん》省に入省後、若い頃はベルギーに留学し、その後は台湾総督府で民政長官などを務めた国際的な見識のある人で、彼の昔話は純粋に愉快だった。

下村の方でも和田のアナウンサーとしての力量を高く買ってくれていて、今回の玉音放送の担当も、下村直々の指名だった。　情報局総裁が、一アナウンサーを番組担当に指名するなど異例のことだったが、和田もこれを当然と受け止めた。決して名誉なことではない。「日本は無条件降伏する」と全国に向けて放送するわけだから。和田の名前は相撲放送で広く知られているから、こんなことをしたら迂闊《うかつ》に街も歩けないのでないか——しかし放送を終えた和田は、どこか晴れ晴れした気分だった。

報道部の記者たち、そしてアナウンサーは、すぐに第八スタジオに集められた。そこで下村から訓示がある。訓示というより、これまでの苦労を労《ねぎら》う内容だった。

それが終わると、集まった人たちの間に気の抜けた空気が流れた。腹が減ったなあ……それより酒が呑みたい。呑もうとしても酒場は開いていないし、家にも酒はないのだが、しこたま酔っ払いたかった。日本が大きく変わった一日——呑まないとやっていけない。

「和田君」

下村が近づいて来たので、和田はすっと背筋を伸ばした。

「ご苦労だった。素晴らしい放送だった」

何と答えていいか分からず、和田はさっと頭を下げて「ありがとうございます」とささやくように言った。

「これで一つの時代が終わったな」

「はい」

「これからのことなんだが……」下村が言い淀む。「私は多分、面倒なことに巻きこまれると思う」

「面倒、と仰いますと？」嫌な予感が頭の中に走る。

「米側が今後どういう風に日本に対するか、まったく予想ができない。しかし、政府の中枢にいた私が、無傷で済むとは思えないんだ。何らかの処分が下るだろう」

「それは、私も同じではないですか」

そう……アメリカ側から見れば、和田も戦争を推進した張本人ということになるのではないか？　大本営の発表を垂れ流し、国民を戦争に駆り立てたのだから。それが仕事だったとはいえ、自分が多くの若者を殺してしまった自覚はある。

和田は一度だけ、戦争賛美、戦争推進の流れに、密かに反旗を翻したことがある。昭和十八年十月、出陣学徒壮行会の時だった。和田は実況中継の担当に指名されていたのだが、あれこれ準備を進めるうちに、若い学生たちが将来を捨てて戦地に赴く事実に耐えられなくなった。どうして彼らがこんな目に遭わねばならないのか……鬱々たる気分に陥った和田は、前の晩、ひたすら呑み続けた。いつもよりはるかに早いペースで、激しく。当然、翌朝はひどい二日酔いになった。布団から抜け出すこともできず、結局実況中継は後輩の志村に任せた。志村には申し訳なかったが……後で、志村の「和田さんは優し過ぎるんですよ」の一言で救われた。

「君まで責任を問われることはあるまい」下村が穏やかに言った。「責任を取るのは、我々上の人間の役目だ。しかし私がいなくなると、君にも影響が出るやもしれん。君は、局内で『下村派』と呼ばれている。それは知っているだろう？」

「『下村派』ではなく、『総裁の子分』じゃないんですか」和田は皮肉を吐いた。

「言い方はどうでもいい」下村が苦笑する。「いずれにせよ、私が協会に影響力を持たなくなれば、君に反発している連中はここぞとばかりに逆襲してくるかもしれない」

「暗殺されますかね」和田は下村の目を見て言った。

「放送協会の人間は、そういう乱暴なことはしない。しかし、左遷という方法があるからな。君をどこか地方の放送局に飛ばすかもしれない。そうなった時に、私は君を助けることができないだろう。身の振り方をどうするか、今から考えておいた方がいい」

「ご忠告、ありがとうございます」

和田は頭を下げた。もしかしたら、「反下村派」の連中が逆襲してくるかもしれない。そうなったら、抵抗しようもないだろうし、する気もない。自分に唯一できるのは、意に沿わない異動を命じられた時に辞表を出すぐらいだ。

それもよかろう。

日本は大きく変わる。アナウンサーの仕事に対する誇りとこだわりはあるが、そんなことは言っていられないかもしれない。

終戦から一ヶ月も経たない昭和二十年九月七日付で、和田に山形放送局放送課長の辞令が出た。

山形へ赴任した和田の辞表が受理されたのは、十一月十六日だった。和田の人生が大きく旋回し始めた。

3

【大原メモ】

和田さんは、何とか調子を取り戻したようだ。放送席の横に座って実況を聞いていると、いつもの軽快な和田節が堪能できる。しかし心配なのは、声がかすれがちなことだ。いつもは張りのある、色気を感じる声なのだが、ヘルシンキではその声がない。普段話している時もそうだ。無事に放送はこなしているが、やはり重大な病気ではないかと心配になる。


「さてこう私が申上げております放送席の廻りには、丁度各国の放送席がございまして、この放送席が一番良い席を占めております。誠に今度のオリンピックでは、我が放送陣の放送席は一番恵まれた所にございまして。一段、二段、三段、四段と分かれてゴールに近い所にございます」

「さて連日の雨にも本日は漸《ようや》く晴れ上がりまして、スタンドも昨日とは変わりまして、相当の満員でございます。七万二千から四千くらい入れますということの観衆はなかなかに、特に我々の方から向かって左側の向こう正面の如きは、みっしりと詰まっておりまして、円盤投げが行われているせいか、この方に観衆の目が注がれております。又棒高跳びが右の端の方に行われております。これ又このほうにも観衆がずっと詰めかけまして、むしろ正面向こう正面に行っております」

この放送を終えた翌二十三日は、また雨になった。買ったばかりのレインハットが役にたちそうだったが、雨に濡れることを考えるとやはり気が重い。

昨日、スタジアム近くで倒れそうになった恐怖を思い出す。木陰で休んでいるうちに、ひどいめまいは何とか治まったのだが、その後もふらふらで、自分では真っ直ぐ歩いているつもりなのに、いつの間にか蛇行しているほどだった。

しかし今日は、たった一つ楽しみがある。共同通信の連中が宿舎にしているホテルで、和食の食事会を開いてくれるというのだ。何しろ、食べ物では本当に困っている。朝食のパン、ミルク、卵は何とか食べられるが、他に頼りになるのはスープだけなのだ。様々なスープはどれも美味い——特にお気に入りはキノコのスープだ——とはいえそれだけでは、栄養が十分に摂れるわけもない。他の料理を少しだけ食べ、あとはパンで腹を膨らませるしかなかった。つくづく、美味い米の飯を食べたいものだ……実枝子に宛てた手紙でも、食べ物の愚痴を延々と書いてしまった。

昼間の仕事を何とか終え、大原と一緒に共同通信の宿舎になっているホテルに向かう。

歩いて行くことにしたのだが、わずか数百メートルの距離が長く苦しい。石畳の道路に何度も足を取られ、その都度大原が支えてくれた。

「情けないねえ」和田はつい弱音を吐いた。「杖でも用意してくればよかったかな」

「この石畳は、杖があっても危ないですよ。実は僕も、一度派手に転んだんです」大原が打ち明ける。

「怪我はなかったのか？」

「受け身を取ったから大丈夫でしたけど、危なかったですね。もうちょっとで、脳天直撃でしたよ」

「ヘルシンキの人は、こんな凸凹の道路で平気なのかねえ」住んでいれば慣れるものだろうか、と和田は訝《いぶか》った。

ストックマンの脇を通り過ぎ、細い通りに入る。右側には細長い公園が広がっていて、一日の仕事を終えた人たちが、思い思いに寛いでいた。薄い茶色のビルの外壁に、フィンランド語とスウェーデン語の小さな道路標識が貼ってあるのだが、相変わらずさっぱり読めない。フィンランドにいる間に、少しはこちらの言葉を覚えようと思っていたのだが、普段接する人たちとは拙《つたな》い英語で話が済んでしまうし、字引を広げている暇もない。

目的地のホテルは近いと思っていたのに、実際はかなり離れていた。これは失敗だったか、と和田は後悔し始めた。日本食に釣られてフラフラ歩いている自分……お相伴に与《あずか》るので、取っておきのウィスキー、ブラック・アンド・ホワイトを持って来たのだが、その重さすら煩わしい。大原に持ってもらえばいいのだが、そこまで任せるのも情けなかった。

「このホテルですよ」

ようやく着いたか……大原に言われて立ち止まり、ホテルを見上げる。また目が霞んでいる。後で目薬をさして何とかしないと。しかし、最初は効いていた目薬も、だんだん効果がなくなってきている。いったいどうしたらいいのか。本当に、大きな大学病院で診察と治療を受けるべきかもしれない。

部屋に入った途端、懐かしい日本食の香りに涙が出そうになった。共同通信の連中が用意してくれたのは、豚汁にワカメの酢味噌、もろきゅう、そして白米――どうやって調達したのか、内地米だった。ふっくらと炊き上がった白飯は、とにかく懐かしく、日本を思い出させる味だった。

日本にいる時は食事より酒の和田だが、この日だけは、取っておきのブラック・アンド・ホワイトを呑むのも忘れて、豚汁で白米を食べ、合間にもろきゅうの爽やかな歯ごたえを楽しんだ。ようやく人心地つくと、和田は思わず「こんなに美味いものが食べられるなら、僕も共同通信に移籍しようかな」と言ってしまった。笑いが湧いたが、和田としては一瞬だけでも真剣だった。

「海外で、こんな美味いものを食べられるっていうことは、共同通信の方がＮＨＫより待遇がいいじゃないか。人間、とにかく腹一杯飯を食べてないと不満になるからね。腹が減っては戦はできぬ、だ」

おっと……これは言い過ぎだ。派遣団の団長として、飯田が毎回の食事にまで気を配っているのは和田も知っている。その彼を、暗に批判するようなものではないか。

ようやくブラック・アンド・ホワイトの栓を開ける。強い酒は久しぶりだったので、用心して舐めるようにちびちびと呑んだ。そうこうしているうちに部屋の電話が鳴り、受話器を取り上げた共同通信の記者が「石井が！」と叫んだ。部屋にいた人間が一斉に立ち上がる。

「石井が金メダルだ！」再度の叫びに、部屋にいた全員が雄叫びを上げた。和田も思わず、グラスを持ったまま両手を突き上げてしまった。日本選手の金メダル第一号だ。これを中継していたのは河原――彼には運があったわけだ。どれほど興奮して実況していたかと想像すると、羨ましくもなる。自分も様々な感動的な場面に立ち会ってきたが、河原が伝える石井庄八金メダル獲得の場面は、間違いなく、日本が国際社会への復帰を認められる第一歩になるだろう。

自分がその中継をできなかったのは残念――しかしこれは、河原がこれまで真面目に頑張ってきたことに対する、神様のプレゼントのようなものだろう。神も仏も信じていない和田も、ついそう思った。

「さあ、乾杯しましょう！」誰かが声を上げた。和田も久しぶりにいい気分で、「乾杯」の声に合わせて生《き》のままのウィスキーを一気に呑み干した。喉と胃がかっと熱くなり、頭がくらくらする。いやいや、まさかこんなに早く酔いが回るはずもない。

それからは、「次のメダル予想」が始まった。日本中が期待している古橋に関してはクエスチョンマークがつく。しばらく前から古橋は、「足がだるい」と周囲に訴えているのだ。アメーバ赤痢の後遺症かもしれないが、古橋が今までこんな弱音を吐いたことはない。痛くても苦しくても全て呑みこみ、日本中の期待を背負って泳ぎ続けたのだ。

古橋の話が出ると、部屋の温度が一気に下がったようだった。機会を作り、訪ねて励ましてみようと思った。そんなことはアナウンサーの職分を超えているのだが、今回のオリンピックに関しては、選手も大会役員も報道陣も、全員が仲間という感覚がある。北欧の小さな街で、日本全体の期待に応えようと、全員が必死に頑張っているのだ。

食事会は十時過ぎにお開きになり、和田は大原と連れ立ってホテルを出た。ふらつく……久しぶりに強い酒を呑んだせいだろうと思ったが、慣れた心地好い酔いとは感覚が違う。やはりめまい——これは、アルコールが原因のめまいかもしれない。和田はつい、出陣学徒壮行会前日の痛飲を思い出した。あの時は、自分の体を徹底して痛めつけるために呑んだ。もしかしたら、生きては帰らぬかもしれない学生のための水杯——水ではなく酒だったが——という意識があったのだろう。あの翌日ほどひどい二日酔いを経験したことはないが、それとは別種の辛さが、今、和田を襲っている。足元はふらつき、視界は暗く、自分がどこを歩いているかさえも分からない。それでも何とか前に進んでいる。なかなかの精神力、体力じゃないかと自賛したくなったが、すぐに大原が支えてくれているためだと気づいた。背中に手を当て、身を寄せて、和田を前へ進ませている。大原の方が体が小さいので、大変なはずだ。

「大原君、無理はするな」

「大丈夫です。ホテルはすぐそこじゃないですか」

「一人で歩けるよ」

「本当に大丈夫ですか？」

「やってみようじゃないか」

大原が疑わしげな視線を向けてきたが、一応和田の提案通りにその場から離れた。和田は両手を少しだけ広げてバランスを取り——まるきり酔っ払いだ——一歩を踏み出した。途端に、少し出っ張った敷石につまずき、転びそうになる。大原が急いで腕を摑み、引き止めてくれた。

「どうにもこうにも、情けない限りだなあ」和田は苦笑した。

「ゆっくり帰りましょう。明日も仕事ですから、無理しちゃいけませんよ」

「そうだな。無理しない——無理はできないよな」

大原の顔が引き攣《つ》る。自分の弱気が彼を不安にさせている——まことに申し訳ないが、どうすることもできない。

「大原君、君は将来何をやりたいんだ？」

「どうでしょうねえ。今はまだ、仕事を覚えるので精一杯ですから。でもそのうち、テレビジョンの方になると思います。あれはやってみたいです」

「テレビジョンか……アメリカに行けば、実際にどんな感じで放送しているのか、スタジオではどうやって番組を作っているのか、分かるんだろうな」

「もうすぐじゃないですか。オリンピックが終わったら、アメリカ行きですよ」

「僕に大西洋が越えられるかね」

「大丈夫ですよ。飛行機だって、そのうち慣れますから」

体質的に船酔いを克服できない人もいる——ボンベイでほぼ昏迷状態に陥った恐怖を思い出すだけで、冷や汗が出る。帰国する時は船、あるいは鉄道を乗り継いでいけないだろうかと真剣に考え始めた。

ホテルへ戻ると、志村が帰って来ていた。小さな机に向かい、何か書き物をしている。

「和田さん、石井選手が金メダル——」

「聞いたよ。金メダル第一号だね。河原君は鼻高々なんじゃないか？」

「疲れ切ってました。判定で勝った瞬間、会場は大変だったようですよ。観客席で応援していた関係者や新聞記者までリングサイドに集まって、万歳、万歳でしたから」

「そんなことして、問題にならなかったのか？」

「会場全体が、石井選手を応援する空気になっていたそうです。フィンランドの観客も、石井選手の名前を呼んで大騒ぎだったそうですよ。そんな雰囲気の中じゃあ、『万歳』

を止められないでしょう」

「そうか。見たかったなあ……志村君、食事は？」

「まだなんですよ」

「握り飯があるぞ」

「何ですって？」志村が、椅子を後ろに蹴飛ばすような勢いで立ち上がった。「どうしたんですか？」

「共同の連中の宿舎に行って来たんだよ。そこで出た白飯が余ったんで、握り飯にしてもらったんだ」

「いやあ、それはありがたいです」

和田が紙包みを渡すと、志村はさっそく握り飯を取り出して頬張り始めた。「美味いなあ」と感嘆の声を漏らし、たちまち一個を食べてしまう。

「和田さんはいいんですか？」

「僕は、もっと美味い物を食べてきたからね」

言って、和田は靴も脱がずにベッドに寝転がった。志村は立ったまま、三つあった握り飯をあっという間に食べ終えてしまった。

「いやあ、ちゃんとした米の飯は、ストックホルムで寿司を食べて以来ですね」

「そうだね。やっぱり、日本人は米を食べないと駄目だな。力が出ない」

「戦時中は、この銀シャリが貴重品でしたよね。もうずいぶん昔の話みたいですけど」

志村が椅子に腰かけ、ゆったりと力を抜いた。

「最近は普通に食べられるようになったのはありがたいけど、人間はすぐに、辛かった過去を忘れてしまうものだね」

「まったくです」

「志村君、僕は最近、しきりに昔のことを思い出すんだ」

「昔のこと?」

「双葉山の連勝が止まった時のこととか、学徒出陣のこととか……いや、あの時は本当に君に迷惑をかけた。申し訳ない」

「あんな仕事、誰だってやりたくないですよ。私にとっても辛い想い出です。今になって思えば、あんなことをしているようじゃ、日本は勝てるわけがなかったですよね。もしかしたらあの時点で、軍部の上の方は、もう勝てないと思っていたのかもしれません」

「とんでもない連中だったが、僕らもあれでよかったのかと思うよ。もう少し別のやり方があったんじゃないかな。あの時亡くなった学生たちが生きていたら、今の日本はまた、変わった姿になっていたかもしれない」

「戦争に負けたら、昔に戻れるわけがないですよ」

「そうだよな……その後の玉音放送のこととか、山形に左遷されたこととか、短い間にいろいろなことが起きたしな」

「和田さん、山形へ行った後でNHKを辞めたことは、後悔していないんですか」志村が低い声で訊ねた。

「僕にも意地があったからね。辞めた後は、一種の雌伏の時期だったと思ってもらえばいい」

「あちこちで、講演なんかされてましたよね」

「結局、喋ることから離れられなかったんだよなあ」

「玉音放送の内幕を、講談調で話したりしてたんでしょう？　本当に講談師になろうとしてたんですか？」

「まさか」和田は苦笑した。「講談師は講談師で、ちゃんと修業してあの独特の喋りを身につけるんだぞ。アナウンサーの喋りとはまったく違う」

「でもそれが、『話の泉』に生きてるんじゃないんですか？」

「どうだろう」和田は体を横にして、頭を手で支えた。だらしないのは分かっているが、とにかく楽な姿勢を取らないと話もできない。「僕が司会者になったのは、三回目からだ。あんなに人気番組になるとは思ってもいなかったよ」

「戦前だったら、できない放送ですよね」志村が微笑む。「あれをやることに了解を出した上層部の決断も大胆でしたけど、番組の色を決めたのは和田さんですよ」

「そう言ってもらえると嬉しいね……なあ、人間は死ぬ前に一生のことを走馬灯のように思い出すっていうけど、こんな感じなのかね？」

「そんな話、やめて下さい」少し怒ったような口調で志村が釘を刺した。「走馬灯なんて、さっと流れて終わりですよ。今、私たちはのんびり話しているだけじゃないですか。年寄りの昔語りですよ」

「年寄りはひどいなあ」和田は声を上げて笑ったが、不安でならなかった。年寄りとは、死を間近に控えた人間——自分が、そういう意味での年寄りだとしたら……。

4

翌日、石井の金メダルでNHKの派遣団はまだ沸き立っていた。和田は朝食の席で、ようやく河原から直接話が聞けたのだが、彼はどこか不満そうだった。

「金メダルの瞬間を観たのに、どうしてそんなに不満なんだ？」

「スタンドにいる日本人全員が、石井選手のところへ駆け寄ったんですよ。私は放送中ですから、当然行けない……あの輪の中に入りたかったなあ」

「それは贅沢というものだよ。仕事だったんだから」

「でも、新聞社の連中はあそこで石井と直接話ができたんですよ。羨ましかったなあ」

「そうそう、和田さん」飯田が割って入った。「今日、レスリングの優勝特集をやろうと思います。石井選手や西出《にしで》監督に出演を交渉するから、司会をお願いできますか」

「もちろん……河原君、その参考に、もう少し試合の様子を教えてくれ。僕はレスリングは素人だから、できるだけ分かりやすく頼むよ」

「分かりました」

司会なら得意とするところだ。もっとも運動選手は概して口下手だから、いい談話を引き出すのは難しい。こっちが何もせずとも話を広げてくれる出演者が揃っている「話の泉」とは違う。しかしここは、和田の腕の見せ所だ。雑感放送だけでなく、役に立てる機会がようやくきた。

午前中、少し時間が空いた。和田は大原に誘われて、市電に乗って湾に出てみることにした。市電に乗るのは、開会式の時以来二回目。体調は依然として思わしくなく、午前中は部屋で休んでいようかとも思ったのだが、それは自分を甘やかし過ぎかもしれない。もう少し体を動かした方が、元気を取り戻せるのでは、と思った。

駅前ではなく、ストックマンのすぐ近くにある停留所から、二番系統の市電に乗る。和田はヘルシンキ市街の市電系統図をまったく覚えていないのだが、大原はすっかり頭に叩きこんだようだった。

「よく覚えられたねえ」

「タクシーを拾うよりも市電に乗った方が速いんですよ。僕は移動も多いですから、必然的に覚えました。メモも残してますし」

若者の柔軟性と記憶力は素晴らしい。和田が感心しているうちに、市電はストックマンの北側の道路に入った。この時間は、通勤を急ぐ勤め人の姿が目立つ。オリンピックという世紀の祭典が行われている間も、普通の人は普通の日々を送っているわけだ。

「次で一度降りましょう。ヘルシンキ大聖堂がすぐ近くなんです。せっかくだから、観ておいた方がいいですよ」

「観光する気分じゃないけどなあ」

「外から見るだけでも十分です」

大原の指示に従い、市電を降りる。少し歩くと、広場の奥に、白と淡い緑色を基調にした立派な聖堂が姿を現す。その前には幅広く階段が造られており、そこに腰かけて休憩する人の姿もちらほら……正面には、六本の立派な円柱が立っている。堂々たる、というほどの大きさではないが、清潔で神聖な雰囲気を漂わせていた。ただ、豪華さや壮麗さという点では、ストックホルムで見たクララ教会の方がずっと上だった。あれは巨大な尖塔がはるか天を目指すような造りで、街中で一番高い建物だったのではないだろうか。

「この辺りが、昔からのヘルシンキの中心地みたいですね」大原が言った。ノートを広げ、簡単なスケッチを描いている。「大聖堂の前のこの広場は、元老院広場というそうです」

「詳しくなったねえ。君はもう、観光案内もできそうじゃないか」

「結構歩き回りましたからね……こっちです」

大原に案内されるまま、和田はゆっくりと歩いた。ここが市庁舎、この奥に市立博物館もある——よく歩き回っているとはいえ、ここまで詳しくなる時間があったのも不思議だ。もっとも、夜中近くまで暗くならないから、遅い時間帯にも街を探訪できるわけだが。

市庁舎の脇を抜けると、別の系統の市電が走る広い通りに出る――その向こうに港が広がっていた。ただし、手前の広場にテントがいくつも建ち並んでいるので、海はその隙間からしか見えない。

「ここは何だい？」和田は額に手を当てて周囲を見回した。

「朝市みたいですね」

「ちょっと冷やかしてみようか」

平日の午前中だというのに、市場は買い物をする人たちで賑わっている。日本でも、千葉県の勝浦や石川県の輪島に長い歴史のある朝市があると聞いているが、和田は行ったことがない。

ここでも万国旗は翻っているが、オリンピック気分を感じさせるのはそれだけである。この朝市は、まさに生活に根ざしたものだった。新鮮な野菜、魚、肉の加工品などが並んでいる中、サンドウィッチや菓子パンも売っていて、買い食いできるようだった。

「あ、ホットドッグが」大原が嬉しそうな声を上げた。

「ホットドッグがそんなに珍しいかい？」

「フィンランドでは初めて見ましたよ……あの、買っていいですか？」大原が遠慮がちに言った。

「朝飯、ちゃんと食べたじゃないか」

「ホテルの朝飯は毎日同じで、もううんざりしてるんですよ。たまには違う物も食べてみたいじゃないですか」

二度目の朝飯か……若い胃袋は元気だなと苦笑しながら、和田は不意に食欲が刺激されたのを感じた。

「大原君、僕にも一口分けてくれるかな？」

「食欲が戻ったんですか？」大原の顔がぱっと明るくなった。

「そういうわけじゃないけど、この香りは刺激的だね」

屋台では直火でソーセージを炙《あぶ》り、焼き上がるとすぐに長いパンに挟んで、客に手渡している。大原が店員に向かって人差し指を一本立てた。「一つ下さい」の、世界共通のサイン。言葉が通じなくても何とかなるものだ、と感心する。もっとも向こうは、こちらが日本人だと分かって、愛想よくしてくれているのかもしれないが。いったい日本人は、この国ではどんな人間だと思われているのだろう。もしかしたら日露戦争の影響が未だにあるのか？　日本海海戦で、日本がロシアのバルチック艦隊を破ったニュースに快哉《かいさい》を叫ぶ国もあった、と和田は聞いている。フィンランドはロシアに占領されていた時期もあるから、ソ連に対する敵対感情もとりわけ強いのかもしれない。だからこそ、日本には好意的だとか。

大原が、巨大なホットドッグを持って戻ってきた。ソーセージが長い——パンからはみ出しているというより、パンの二倍ほどの長さがあった。

「お先にどうぞ」大原が愛想よく言った。

「いや、君の方こそ」

「和田さん、ソーセージの方を……パンは胃に重いですよ」

「そうか。じゃあ、一口もらおうか」

和田はソーセージをほんの一口齧り取った。途端に、かなり強い塩気と脂っぽさが口中に広がる。ああ、これは単純で分かりやすい味だ。フィンランドに来てから、どことなく曖昧な味の料理ばかり食べてきたので、こういうはっきりした塩味は久しぶりだった。

「トナカイのソーセージだそうです」

「ええ?」トナカイをソーセージにまでするのか……ステーキで感じていた内臓臭はないものの、どうしてもあの臭みが忘れられず、すぐに大原に返した。

「もういいんですか?」

「トナカイと聞いたら、急に食欲がなくなったよ」

「じゃあ、いただきます」

嬉しそうに言って、大原がホットドッグを勢いよく食べ始めた。和田は唾を飲んで、口内に残る脂の味を再確認した。やはり臭みは感じられない。これだったら、もう一口食べてもよかった……しかし和田は、こと料理に関しては保守主義者である。珍しいものがあっても、進んで箸をつけることはない。

和田は、岸壁まで歩いて行った。船が何艘か接岸している。朝市に近い方には、小さな漁船——そこから、朝市の店に魚を届けているようだ。いや、その船の船員から、直接魚を買っている客もいる。

和田は煙草に火を点けた。風は強く、煙草の先は真っ赤になる。空には暗い色の雲が低く垂れこめ、今にもまた雨が降りそうだった。この大会は、本当に天候には恵まれていない。これから中盤、後半にかけて持ち直すのだろうか。

「結構賑わってますね、この朝市」いつの間にか近づいて来た大原がポツリと言った。ホットドッグの入っていた袋を丸め、傍のゴミ箱に投げ捨てる。

「ああ」

「こういう朝市が、市内には何ヶ所かあるようです」

「闇市を思い出さないかい？」

「大丈夫ですよ」大原が苦笑する。「ここでは新鮮なものしか売ってませんから。闇市なんて、何を売っているか、分かったものじゃなかったでしょう」

「あれはあれで、日本人の底力を見せてくれたけどな……どんなにひどい目に遭っても、何とか生き残るんだから」

「そうですね。踏まれても蹴られても、生きていれば何とかなるんです。生きましょうよ、和田さん」

「僕は死にそうか?」和田は苦笑した。

「大学病院で診てもらえそうなんです。トリボウ君に手配してもらっています」急に真面目な口調になって大原が言った。「一日——半日だけ休んで下さい。それで診察はできると思います」

「分かった」大原の厚意を無駄にはできない。和田はうなずき、ズボンのポケットに両手を突っこんだ。風が強い……ずっと床屋に行く暇もなかったから、伸びた髪がばさばさと揺れる。鬱陶しいが、異国で床屋に行くのは怖くもあった。どんな髪型にされるか、分かったものではない。

生きる、か。

自分が生きることを望んでくれている人もいる。それだけで十分だった。


レスリング優勝特集の番組は昼過ぎに放送された。石井は想像していた通り寡黙な男だったが、やはり嬉しさは隠しきれない様子で、終始笑みを浮かべていた。バンタム級で、体重は減量前で五十八キロほど。背も高くないが、上着を着ていても胸板の分厚さが目立つ。この体で、屈強な外国人選手と互角以上に戦って来たのかと思うと、胸が熱くなった。

「日本にいるご家族に、何か一言送って下さい」

「はい……あの……そうですね。約束通り、無事に金メダルを取りましたよ。持って帰ったら、じっくり見て下さい」

おっと、寡黙なだけで自信家ではあったわけか。金メダルを取る——自信を持って約束し、その通りに獲得する。並大抵の神経ではこう上手くはいくまい。

放送を終わって、石井と握手を交わす。手は大きく、ごつごつとしていた。当然、握力も相当強いはずで、本気を出したら和田の手など握り潰してしまいそうだった。

「どうもありがとう。いい放送ができました」

「緊張しました」石井が肩を上下させる。「試合よりも緊張するものですね。毎日のようにラジオで喋っているアナウンサーの人はすごいですよね」

「とんでもない。あなたの方がはるかにすごいんですよ。何しろ、戦後の金メダリスト第一号なんだから」

持ち上げると、石井がようやく笑みを浮かべ、胸を張った。

仕事はまだまだ続く。続いては、共同通信の特派員との対談で、テーマは「ソ連のスポーツ」。開会式での行進の様子から始まり、各競技での活躍の様子などを伝えていく。

和田はソ連選手団について、一つだけ気になっていることがあった。開会式で、各国の選手団はスタンドの正面でフィンランドのパーシキヴィ大統領に対して帽子を取り、敬意を表したのだが、ソ連の選手団は帽子を取るどころか、そちらを見ようともしなかった。複雑な歴史が原因なのか、何か別の理由があるのか……しかし和田は詳しい事情を知らなかったし、共同通信の記者もその辺は取材していなかった。まあ、政治的な話が広がると厄介なことになるかもしれないから、これについては触れずにおくのが正解だろう。

対談は、まずまず上手くいった。ここまで昼飯抜き……食欲はないのだが、さすがに腹が減ってきた。こんなことなら、朝市に行った時に、自分もホットドッグを丸々一つ、食べておけばよかった。

そうだ、今日は古橋を訪ねてみようと考えていたのだ、と思い出す。確か今日も、プールで練習しているはずだ。

プールまでは歩いて行くことにした。スタジアム周辺ではタクシーが常に待機しているのだが、車で行くほどの距離ではない。しかし道半ばにして疲れ切り、道端の街路樹に身を預けてしばし休憩せざるを得なかった。まったくだらしないことだが、仕方がない。大原がいれば肩を借りたいぐらいだったが、彼には彼の仕事がある。

プールでは、各国の選手団が練習中だった。日本の選手たちは、飛び込み用プールの横に集まり、何か打ち合わせをしている。和田はそちらに近づいたが、話しかけにくい雰囲気だったので、選手たちの輪が解けるのを待った。

どうも厳しい空気である。「水泳日本」と言われ、大会前からメダル量産の期待が高まっていたのだが、実際はそれほど甘くなかった。古橋に話しかけたが、彼は暗い表情で丁寧に頭を下げるだけで、一言も発せずに去って行く。話したくないほど調子が悪いのか……疑問に思い、和田は監督の藤田を摑まえた。

「和田さん、申し訳ないが、古橋にはあまりしつこく聞かないでくれないかな」藤田が苦しげな表情で言った。「他の記者にもあれこれ突《つっ》き回されて、困ってるんだ」

「それは分かるのですが、古橋君の調子がどうにも気になりましてね」

「ああ、まあ……」

藤田が、子ども用プールの方に向けて顎をしゃくった。さすがに今は泳いでいる子どもはおらず、静かなものである。タイル敷きのところから芝の上に出ると、サクサクとした感触が足裏に心地好く伝わった。

「本当のところ、調子はどうなんですか」

「よくない。いつもに比べて、疲れが取れにくい」藤田は認める。

「やっぱり、赤痢の後遺症ですかね」和田は声を潜めた。

「それもあるし、我々は彼にあまりにも多くのことを期待し過ぎたのかもしれない。精神的にも相当参っているだろう。だから、あまり追い詰めないで欲しいんだ。あんたたちの放送が、古橋に対する日本国民の態度を決めるんだから」

「それは分かっています」

「金メダルとか、あまり煽ると、古橋が余計な重圧を受けてしまう。だからできるだけ気楽に、自由に泳がせてやってくれないか？　古橋にはまだまだ力があるんだ。楽な気持ちで泳げれば、チャンスはある。だから今後、なるべく古橋には話しかけないで欲しい。他社にもお願いしてるんだよ」

「気をつけます」古橋は本来、サービス精神旺盛な男で、記者たちの間でも上々の評判を取っていた。調子が悪い時でも取材には応じるし、適当な談話で誤魔化すこともしない。だからこそ記者たちも古橋を持ち上げ、決して悪いことは書かない。

「他の選手はどうですか？」

「日大の鈴木、それに橋爪はやってくれると思う。あとはリレーだな」

「古橋君は四百に集中ですか」

「ああ。今のところ、リレーのメンバーにも入れないつもりだ。リレーには、鈴木に入ってもらう」

「古橋君は心配ですね」

「まあ、本番までには、もう少し仕上げてくるよ。とにかく今後、取材は全部私の方へ頼む。古橋もそうだし、ヘッドコーチの清川《きよかわ》もピリピリしているから」

「分かりました」

成果なし、か。そのせいかどうか、またがっくり疲れてしまった。今日は早上がりにしよう。夕飯も抜いてしまってもいいぐらいだ。とにかく早く眠りたい……毎日疲れているのに、ベッドに入ると眠れないのが困る。元々、ずっと布団で寝ていたので、ベッドが苦手なせいもあるし、白夜のせいで体の中の時計がずれてしまっているのかもしれない。しかし目を瞑るとかえって気が高ぶって、どうしても眠れないのだった。きちんと寝れば、元気になれるはずなのに。

タクシーを呼び止め、ホテルの名前を告げる。運転手が、こちらが日本人だと気づいて、拙い英語であれやこれやと話しかけてくるが、応える――きちんと聞き取ろうとする元気すらない。道路が悪く、タクシーがガタガタ揺れるので、また吐き気が襲ってきた。

古橋君……君も辛いだろう。僕も辛い。だが君の辛さは、僕の辛さの比ではあるまい。二十三歳の青年が日本中の期待を一身に背負う重圧は、僕には想像もできないぐらい大きなものだろう。それでも君は泳ぐのか……泳いで、勝ちに行くのか。

頑張れとはいえない。その一言が、また君に重圧を与えてしまう。僕はどうすればいいのだろう。中継を担当できれば、思いをぶつけ、仮に負けても、何か上手い言葉を考えつくかもしれない。直接話しかけるのではなく、ラジオの電波に乗せ――自分の古橋に対する思いを空から降り注ぐ声にして日本中に届けたい。しかし残念ながら、競泳の中継は基本的に飯田が担当することになっていた。

いろいろ考えると実に疲れる……しかし、オリンピックはまだまだ続くのだ。そしてその後も。自分の人生も、オリンピックを経験して大きく変化し、さらに続いていく。

5

疲れているのに眠れない――今夜も同じだった。浅い眠りから引きずり出されると、異様な肩凝りに驚く。こんな風に肩が凝ったのは生まれて初めてだ。何をしているわけでもないのに、実に情けない。

フラフラしたまま一階のレストランに降りて朝食を摂ったが、いつもは普通に食べられるパンや卵が、今日は喉を通らない。ほとんど手をつけず、ミルクと紅茶を飲んだだけで済ませた。目も疲れていて、時折視界が暗くなる。ぼやけているのに加え、周りの電気を急に消されたような感じ……近視も乱視も進んでいるのだろうが、どうもそれだけではない気がする。

「飯田君、今日一日だけ、休ませてくれないか」和田は朝食の席で切り出した。

「ああ……調子、よくないんですか？」飯田が渋い表情を浮かべる。

「どうも、あちこちにガタがきているみたいでね。歳だよ」

「疲れるのは当然ですよ。こっちへ来てから一日も休みがありませんからね。私も同じですけど」

飯田の口調は皮肉っぽかった。さすがにむっとしたが、言い返せない。団長として他の局員の面倒を見ながら、自身も中継を担当する——飯田の重圧は、和田とは比べ物にならないほど大きいはずだ。

「申し訳ない。今日は幸い、大きな予定はないから……後半に備えて体調を立て直すよ」

「そうして下さい。我々は仕事がありますから、面倒を見られませんが」

「大丈夫だ。気にしないでくれ」和田は食べ残したパンを紙ナプキンで包んだ。寝たままでも、このパンがあれば昼飯は済ませられる。ただし、どこかで飲み物を調達してこないと……部屋にあるのは、訪ねて来る人の接待用に奮発したブラック・アンド・ホワイトだけなのだ。今、あんなものを呑んだら死んでしまうかもしれない。

飯田たちと別れ、部屋に戻る。志村もすぐに追いかけてきて、出発の準備を整えた。

「助手君に来てもらったらどうですか？　彼も、和田さんの手伝いがなければ暇でしょう」

「いや、それは申し訳ない」和田は首を横に振った。「彼も、僕たちの仕事を間近で見られるから勉強になると言っているんだ。僕の個人的な世話をするために助手をやっているわけじゃないんだよ」

「せめて、病院を紹介してもらうとか」志村は本当に心配そうだった。

「今、大学病院で診てもらうように、トリボウ君に手を回してもらっているんだ。彼には、それ以上のことは頼めない。とにかく、少し寝ておくよ。夜、ちゃんと眠れないのがよくないと思うんだ」

「なるべく早く戻って来ます。何だったら、飯を差し入れさせますよ」

「気を遣わないでくれ。君には、放送で頑張ってもらわないと困る」

「頑張りますけど……でも、飯田君のあの言い方はないな」志村の声に怒りが滲む。

「彼が大変なのは分かりますけど、もう少し気を遣ってもらわないと。和田さんは大先輩なんですよ」

「大先輩はやめてくれよ」和田は苦笑した。「僕は、君たちより二年早くNHKに入っただけなんだから」

「その二年が大きいんです……和田さん、何かあったら、躊躇《ちゅうちょ》しないでフロントに電話をかけて下さい。私、出がけにフロントに言伝《ことづて》していきますから。私たちのところにも連絡が入るようにしておきます」

「そこまでしてくれなくてもいい」和田は、顔が強張るのを感じた。「自分のことは自分で何とかする。君たちは、日本で放送を待ってる聴取者のことだけを考えてくれ。君たちの足を引っ張りたくない」

志村は何も言わなかった。真顔でうなずいて部屋を出て行く。

一人残された和田は、窓辺に寄り、カーテンを開けた。今日も曇り空……窓を開けると、七月とは思えない冷たい空気が頬を撫でていった。眼下には、すっかり見慣れた市電を待つ人々の光景。いつまで経っても、これが好きになれない。誰も彼も疲れて見え、仕事にうんざりしているようだった。日本だったらこんなことはない。勤め人は皆活気に満ち、敗戦から立ち直った日本をさらに豊かな国にしようと日々頑張っている。

あれほど嫌いだった日本の夏が、懐かしく思い出される。ハンカチを手に、汗を拭いながら日比谷の街を行くサラリーマンたちの姿……自分はあくまでNHKの嘱託であり、普通のサラリーマンではないが、同じ働く仲間として、彼らを見ると気持ちが沸き立った。しかしヘルシンキの勤め人たちは一様にうなだれ、一日の始まりを恨んでいるようにさえ見える。ここからわずか二キロ離れたスタジアムでは、日々熱戦が繰り広げられているにもかかわらず、その熱狂は中央駅付近にまでは及ばないようだった。街中のあちこちに万国旗が飾られ、オリンピック気分を盛り上げようとしているのに、人々はさほど関心を持っていない様子だ。

雲は低く、また雨を予感させた。こういう冷たく湿った空気も、自分の体によくないのではないか。こんなに敏感な人間だとは思ってもいなかった。いや、自分も歳を取ったということか……不惑ともなれば、体のあちこちにガタがきてもおかしくない。

背広の上衣を脱ぎ、シャツとズボンという格好でベッドに寝転がった。部屋の高い天井——そこの模様がはっきり見えない。ここしばらくで、どれだけ目が悪くなってしまったのか。暗い国、暗い部屋。もしも今回のオリンピックが、陽光の国、スペインなどで開かれていたらどうなっていただろう。毎日雲一つない空の下で汗を流し、たっぷり日焼けして、日本にいる時よりも健康になれたかもしれない。

うつらうつらしながら、和田は実枝子の顔を思い浮かべた。考えてみれば今の自分には、実枝子しかいない。もちろん、仕事の仲間はたくさんいる。「話の泉」の出演者たちとはよく酒を酌み交わし、地方での公開放送のために一緒に旅をし、何でも話せる間柄にはなっていた。六年も番組が続いていれば、もう家族も同然と言っていい。番組のスタッフ、後輩のアナウンサーたち、誰もが気心の知れた仲間だ。あるいは学生時代の友人たち。これまでのアナウンサー人生で知り合った著名人たち。一緒に酒を呑む相手には事欠かない。

だが彼らとの間には、やはり薄皮一枚ある。見えないほど薄い壁なのだが、どうしても直接触れ合うことはできない。実枝子だけが常に傍にいて、何も言わずとも自分の考えを分かってくれた。

本当に、自腹を切ってでも、実枝子をヘルシンキに連れてくればよかったのだ。彼女さえここにいれば、絶対にこんなことにはならなかった。

霞む目で天井を見上げながら、和田は情けなくなった。あれほど憧れたオリンピック。しかし自分は、日本への大事な中継に寄与できていない。情けない。本当に情けない……夢は叶わぬものなのか。

その夜、和田は吐いた。

まどろんでいる時に、突然突き上げるような吐き気に襲われ、慌ててトイレに駆けこんだのだ。便器に向かって吐くと、膝から力が抜けてしまい、思わず便器を抱えるようにへたりこんでしまう。膝に感じる冷たいタイルの感触が、身を凍らせるようだった。これまでも散々吐き気に悩まされてはいたのだが、実際に吐くことはなかったので、それで動転してしまう。

「和田さん？」

寝ぼけた声で志村が呼びかけた。答えようと思ったが、声が出ない。それどころか、さらに吐き気が突き上げ、また吐いてしまった。とはいえ、胃の中は空っぽ――昼も夜もほとんど食べられなかったので、胃液が喉を焼くだけだった。

「和田さん、大丈夫ですか？」

「大丈夫だ……」辛うじて声に出したものの、志村に聞こえたかどうかは分からない。ずっと便器に顔を突っこんだまま、自分が吐いた薄い黄色の液体を見ているしかなかった。

「吐いたんですか？」志村が背後から問いかける。ソファから起き出してきたらしい。志村は寝つきが良く、夜中に目を覚ますこともほとんどないようだが、さすがにこんな近くで二度も吐かれたら、寝ていられないだろう。寝室と、トイレや湯船、洗面台があるバスルームは、ドア一枚で隔てられているだけなのだ。

「ああ……」和田はよろよろと立ち上がった。

バスルームの床のタイルが冷たい。その冷たさが心地好いのか不快なのかさえ、分からなかった。志村がバスルームの照明をつけてくれたので、洗面台の前に立ち、鏡を覗きこんだ。自分の顔もはっきり見えないぐらい目は霞んでいたが、それでも顔面は蒼白で、目が落ち窪んでいるのは分かる。

「大丈夫そうですか？」

「すまない」

鏡に志村の顔が映っている。彼も疲れている……毎日必死なのだ。慣れない異国の地で暮らしながら、とにかくいい番組を届けようと取材に駆け回り、選手たちの談話を取り、緊張する生放送を毎日こなしている。

「大丈夫だ。君は寝てくれ」

「本当に大丈夫なんですか？」志村が念押しする。

「ああ」

志村がバスルームから出て行くのを見てから、和田は洗面台の水を流し、冷水を顔に叩きつけた。それで少しだけ気分がよくなる。だが、胃の中にはまだ、酸っぱいものが渦巻いているようだった。もしかしたら胃潰瘍なのか？　胃潰瘍の一番の原因はストレスだと聞いたことがある。とんでもない重圧に直面すると、たった一晩で胃に穴が開くことさえある——以前、医者にそんなことを言われたのを思い出した。

こんなことでストレスが溜まっているとしたら、本当に情けない。志村も河原も、異国の地で文句一つ言わずに頑張っているではないか。団長として責任を一身に背負っている飯田にしても、怒りを爆発させることはない。大したことをしていない自分がストレスを感じているとしたら、だらしないだけだ。

ベッドに戻って横になったが、やはりむかつきは消えない。これはまた吐くな……嫌な予感を抱え、枕元に置いた腕時計を取り上げて時刻を確認する。午前一時——志村は寝入り端だっただろう。申し訳ないことをした。

午前五時までに、和田は三度吐いた。胃の中は空っぽで、毎回胃液しか出てこない。

喉が焼けるその苦しみたるや、人間の尊厳が失われていくようだった。しかもその都度、志村が目を覚ましてしまう。

和田は仕方なく、ワイシャツとズボンだけを身につけ、志村が寝ついた隙を見計らって部屋を出た。体は辛いが、歩けないほどではない。今はとにかく、朝まで志村を眠らせておくことが大事だ。

ロビーに出て、ソファに腰を下ろす。この時間だと当然、受付にも誰もいない。このまま、ここでぼんやりと朝になるのを待つか……しかし和田は、ふと外の空気を吸いたくなった。今日は——昨日は一度も外に出ていない。新鮮な空気を吸っていないから、胸が悪くなっただけかもしれないではないか。

まだ暗い早朝の空気は冷たく、ワイシャツ一枚では震えがくるほどだった。この時間だと当然、歩いている人もいない。ボロボロの服を着た男が、ホテルの外壁に寄りかかって睡眠を貪っていた。投げ出した足元には、スープを入れるような深皿。フィンランド語で何か書いた紙が立てかけてあったが、もちろん読めないし意味も分からない。皿の中には硬貨が二、三枚。物乞いか……ふいに強い同情を覚えたが、実は自分の懐も少し寂しい。

和田は、右手に向かって歩き出した。そういえば、中央駅は外から見ていただけで、一度も中に入ったことがない。市電には何度か乗ったが、主に郊外への電車が多く出る中央駅には、特に用事がなかったのだ。駅舎に造られた巨大な彫刻は素晴らしいものだが、それはホテルの窓から毎日のように眺めていて見飽きてしまった。

駅には、さすがにこの時間でも人がいる。フィンランドの鉄道ダイヤがどうなっているかは知らないが、夜行列車もあるだろうし、日本の感覚で言えば、そろそろ始発電車が出るぐらいの時間帯だ。それに合わせてか、駅のコンコース内の売店も店を開けていた。

ストックホルムでも感じたのだが、ヨーロッパの駅の様子は日本のそれとはかなり違う。ヘルシンキ中央駅は、すべての路線の始発・終点なので、線路はここで途切れている。改札はなく——車内で検札をするのだろう——ホームがずらりと横並びになっている。ここで電車に乗ったら、どこへ行けるのだろう。乗り継ぎ、乗り継ぎで、いつかは日本に辿りつけるのか？

馬鹿馬鹿しい。

ホームを出て、駅のコンコースに戻る。ストックホルム中央駅に比べればずっと地味で、実用一点張り……ストックホルム中央駅のコンコースは楕円形の天井が特徴で、屋根が高い分、空間の広さを強く感じさせた。一方ヘルシンキ中央駅は、天井もそれほど高くなく、装飾の類もほとんどない。全体に地味な黄土色が基本で、何だか日本の役所のような感じだった。あちこちにオリンピックのポスターが掲げられているのが、わずかに華やかな感じ……既に開いている売店の一つに入り、コーヒーをもらうことにした。何度も吐いたので口の中が気持ち悪く、刺激の強いコーヒーで何とか落ち着かせたかった。

コーヒーを貰い、テーブル席についた。客は和田一人。熱い液体をひと啜りすると、口中の気持ち悪さが洗い流される。ただし、コーヒーが胃に落ち着くと、その苦味が刺激になったのか、今度は吐き気ではなく痛みが襲ってきた。テーブルに置いてあった砂糖を加え、スプーンで徹底的にかき回してから飲む。甘くなったコーヒーは一転して胃に優しくなり、ほっとする。考えてみれば、昨日の朝食以降、ほとんど何も胃に入れていなかったのだ。

両手で顔を擦り、溜息をつく。僕は何をやってるんだろう……こんな異国の地の寒々とした駅で、午前五時過ぎ、一人ポツンとコーヒーを飲んでいる。自分は、長年憧れたオリンピックの中継に来たのではないか？　しかし今の僕には、その夢を果たすための力さえ残っていないのではないか？

体調はさらに悪化し、担当する予定だった二十七日のマラソンも終わってしまった。ザトペックが、予想通り優勝。五千、一万メートルを制して、「長距離三冠」を達成した。最後のマラソンを中継できなかった悔しさが残る。

七月二十九日になって、ようやく大学病院の予約が取れた。一人で行くつもりだったが、大原の強い勧めで、助手のトリボウがつき添ってくれることになった。少し前だったら、私的な用事を助手に頼むわけにはいかないと毅然と断っていただろうが、今回は弱気になっている。英語が分かるトリボウがいないと、何の病気か理解できないかもしれない。

朝から、様々な検査をされた。血圧から始まり、尿検査、血液検査にレントゲン撮影……それぞれの担当が別なので、時間がかかって仕方がない。待っている間、病院のベンチで横になりたいという欲望と必死に戦わねばならなかった。いくら何でも、そんなだらしないことはできない。

昼過ぎ、検査は一通り終わった。あとは結果を聞くだけ。また待たねばならないかと思うとげっそりしたが、トリボウが看護婦に確認すると、午後一時ぐらいには医師と話ができると分かった。

「今のうちに食事をしておいた方がいいんじゃないですか？」トリボウが遠慮がちに申し出た。

「食欲はないけどね……」言ってから後悔する。腹が減っているのはトリボウなのだ。ここまで世話になっているのだから、食事ぐらいさせないと申し訳ない。「いや、軽く食べておこうか」

とはいえ、外に出る元気もない。病院の近くにはレストランもあったはずだが、歩くのが面倒だった。それを察したのか、トリボウが「病院の中にもレストランがあります」と言った。

「そこで軽く済ませようか」病院のレストランなら、胃に優しい料理が出るのではないか……入院患者と同じものが出るのではないか、と和田は想像した。

レストランは広く、陽光をいっぱいに取り入れようというのか、一面ガラス張りだった。外は曇りなので、暖かい感じもしないが……レストランの一角に陣取り、和田はメニューを見た。よく見えない——そう言えば視力検査はしなかった。

固形物を食べる気分ではない。見ると、メニューの一角に「Ｋｅｉｔｔｏ」があった。スープ……覚えた数少ないフィンランド語の一つだ。こればかり頼んでいたから、当然と言えば当然だが。

和田はスープを、トリボウはサンドウィッチを頼んだ。出てきたのは、フィンランド料理で一番気に入っているキノコのスープ。どっしり重い味で腹を満たせたのだが、今はその重さが少しだけ煩わしい。それでも何とか半分ほど飲み、パンも少し食べた。それだけで満腹になってしまう。トリボウは旺盛な食欲を発揮して、サンドウィッチ一皿では足りなそうだった。

トリボウは日本という国に興味津々のようで、盛んに話しかけてくるが、答える元気もない。そもそも、英語を聞き取るだけで精一杯だった。彼にも申し訳ない……日本との友好を望むフィンランド人の若者の好奇心を満たしてやれないのだから。

診察室は個室になっており、その前のベンチに座って待っていると、午後一時ちょうどにドアが開き、看護婦が顔を見せた。和田を見ると、真顔でうなずき、「入って下さい」と英語で言った。

「僕も一緒にいきます」トリボウが言った。

「頼む。フィンランド語でまくしたてられたら、何も分からないからな」

「専門的な話になると、フィンランド語でも難しいかもしれませんが」

「そこは二人で頑張って、何とか聞き取ろう」

診察室に入ると、がっしりした体型の中年の医師が待っていた。英語での挨拶――それで少しだけほっとする。和田に向かって手を差し伸べたので、何のことか分からず、一瞬動きが止まってしまう。しかしすぐに、握手を求められたのだと気づいた。力強い握手を受け止めながら、フィンランドの医者は、診察する時に一々患者と握手をするのだろうか、と和田は訝《いぶか》った。

医師が、検査結果が書いてあるであろう紙を見た。それから和田の顔を覗きこみ、ワイシャツの袖をまくるようにジェスチャーで指示する。自分の腕時計を睨みながら和田の脈を確認し、紙に数字を書きこむ。それから看護婦に何か指示し、和田には診察台に横になるように命じた。すぐにまた血圧測定。横になって安静にしていると、だいたい血圧は落ち着くのだが、それでも和田はまだ心配だった。とにかくこの高血圧には、日本にいる時からずっと悩まされ続けてきたのだ。

血圧測定が終わると、医師が渋い表情を浮かべた。しかしすぐに真顔で「オリンピック記録だね」と言ってニヤリと笑った。場を和ませるための冗談なのだろうが、オリンピック記録とはどういうことなのか。見たこともない高い数字？

血圧二百。

確かに高いが、日本でもこれぐらいになることはよくあった。

結局医師は、「今すぐ危険な状態ではない」と判断した。血液検査、尿検査の結果は特別な異常はなし。血圧が高いのは好ましくないが、薬である程度は抑えられる。吐き気がしたのは、極度の疲れからだろう——本当にそんなものなのか？　適当に診断されているのではと不安になり、それが顔に出てしまったのだろう。医師が諭《さと》すように、英語でゆっくりと説明した。

「慣れない環境で疲れると、全身衰弱のような症状が出ることがある。環境に慣れれば、普通に食事ができるようになって、元気を取り戻せるだろう。今日はビタミン剤の注射をしておくので、あとは薬局で血圧の薬を手に入れて、きちんと呑んでおくように」

「八月六日にヘルシンキを発ちます。飛行機は大丈夫ですか？」

「血圧が下がっていれば問題ない。血圧を下げるためにも、薬は決められた量をきちんと呑んで下さい」

「それと、目がおかしいんですが。時々視界が霞んで、全体がぼやけて見えます」

医師が、人差し指を立て、「これは何本？」と訊ねた。和田は「一」と言って、自分も人差し指を立てる。何ということはない、今日はきちんと見えているではないか……見える時と、見えなくなる時があるから困るのだ。

「疲労のせいかもしれない。しかし私は、目は専門ではないから、もしも不安なら、眼科医の診察を受けて下さい」と医師が指示した。

いや、それはいいか……疲労のせいかもしれないと言われると、妙に納得してしまう。実際、疲れているのだ。食べられない、眠れない。ヘルシンキに来てからしばらくは、雨にやられ、風邪っぽい体調が続いていたし、仕事が忙しくて休みも取れなかった。これでは、誰だって疲れるだろう。

医師に礼を言い、病院を出た。それほど重篤な症状ではない。飛行機にも乗れそうだ。やっと日本に帰れる実感が湧いてきて、それだけで元気が出てきたようだった。

ホテルまでトリボウにつき添ってもらい、途中見つけた薬局で、処方箋で指示された薬を入手する。この血圧の薬が効いてくれればいいのだが……祈るような気持ちだった。

6

【大原メモ】

和田さんはようやく病院に行ってくれた。しかし、帰って来ても渋い表情だ。診察結果は詳しく教えてくれなかったが、あまりよくないらしい。「病院へ行ったからもう大丈夫だ」と明るく言っていたが、顔色はよくないのだ。本当は、入院してしっかり治療して欲しいぐらいなのだが、和田さんは「オリンピックはこれからが本番だ」と執念のように言うばかりだ。

血圧計を手にいれるべきだろうか、と和田は真剣に考えた。薬が効いているかどうか分からないのが不安である。しかし毎日病院に通って血圧を測ってもらうわけにもいかない。

――やはり、薬は効いていない感じがする。体は依然として重く、ベッドから降りるのも一苦労だった。あの医者の診断はいい加減だったのではないか、と和田は不安になってきた。かといって、他の医者に診てもらう余裕もない。

七月三十日――オリンピックも終盤に入り、この日は古橋が出場する四百メートル自由形の決勝が、午後五時から行われる。古橋はどこまで頑張ってくれるだろう。日本では、新聞各紙が古橋のメダル獲得を予想する記事を書きまくって、国民の期待を煽っているはずだが……。

スタート時間の直前、和田は何とかベッドから抜け出して窓を閉めた。途端に街の騒音が遮断され、室内は不気味なほどの静寂に包まれる。

ベッドに戻った和田は、両手を組んで後頭部にあてがい、天井を見上げたまま、頭の中で架空の実況を始めた。

「フジヤマのトビウオ、アメリカ国民の度肝を抜いた古橋が、満を持してのオリンピック登場であります。得意の四百メートル自由形、居並ぶ各国の強敵に比して、我らが古橋は落ち着いた様子――まるで、ライバルたちと戦うのではなく、自分の泳ぎを極めんとする求道者のような顔つきであります。この声援、聞こえますでしょうか。古橋に対する大きな声援が、オリンピックプールに響き渡っております。ただ日本の英雄であるにとどまらず、世界中の水泳ファンから圧倒的な支持を受ける古橋、今周囲を見回して軽く手を振り、声援に応えました。何たる余裕、これが王者の風格というものでありましょうか」

「今、古橋が八コースにつきました。予選では苦しんで、このコースで泳ぐことになっておりますが、決勝は違う、必ず勝つ――古橋らしい泳ぎを期待したいと思います。メンバーは一コースからマックレーン、ダンカン、コンノ、ボアトー、オストランド、ウワードロップ、ムーア、そして八コースが古橋であります。今、全員がスタート台につきました――一斉に飛びこんだ！　古橋、少し出遅れたか？　いや、しかし心配には及びません。古橋は毎回、スタートがよくないことで知られております。中盤から終盤へかけての猛烈な追い上げこそが、古橋の真骨頂……最初のターン、古橋は最下位で折り返しました。しかし焦ることはありません。古橋、徐々にピッチを上げていきます。既に、隣の七コースを泳ぐムーアと並びました。トップはボアトー、フランスのジャン・ボアトー、わずかに先行して首位を保っています」

「百メートルのターン、古橋、少し前に出ました。現在六位か、七位か……まだ余裕を持った泳ぎに見えます。後半に強い古橋、ここは終盤勝負と見て力を温存しているのか。

この作戦が吉と出るか凶と出るか、満員の観客も固唾を呑んで見守っています」

「さあ、古橋、最後のターンを前に、とうとう二位に上がってきました。フランスのボアトーが依然として一位、しかし古橋との差はわずか五メートルほどであります。最後のターン！　古橋、さらに差を詰めてまいりました。三メートル差で残り五十メートルの勝負、古橋、最後の力を出して欲しい！　フジヤマのトビウオに、もう一度あの力強い泳ぎを見せて欲しい！　残り二十五メートル、並んだ！　並んだ！　ボアトー、必死に逃げる、しかし古橋は離れません。これは、残り五メートル、タッチの差での勝負になります。古橋、日本のオリンピック史に名前を残すか！　残り十メートル、五メートルを切った！　古橋か、古橋か、古橋か！」

どっちが勝ったのだろう。架空実況だから、古橋を勝たせてやりたい。しかし、彼の自信なげな暗い顔を思い出すと、どうしても勝ち名乗りを上げさせてやれないのだった。結局古橋は勝ったのか、負けたのか。それも知らぬまま、和田は夕方の眠りに落ちた。

ハッと目覚めたのは、部屋のドアが開いた時——左腕を持ち上げて時計を見ると、既に午後七時半を回っていた。和田は慌てて体を起こした。古橋は——と聞こうとした瞬間、志村が先に口を開く。

「負けました……」ゆっくりと首を横に振る。

「何位だ？」

「八位――決勝最下位です」

まさか。

言葉が出ない。あの古橋が、そんな風に惨敗したとは信じられなかった。和田の戸惑いに気づいたのか、志村が椅子を引いて座り、静かな声で状況を説明した。最初は出遅れ――追い上げ型の古橋にとってはいつものことだが――粘りもみせたが、結局金メダルのボアトーからは十メートル以上遅れた。タイム的には十二秒近い差……まさに惨敗。

和田は頭からすっと血の気が引くのを感じた。

「古橋君がそんな風に負けるとは……やはり調子が良くなかったんだろうな」

「他の選手が速過ぎたんですよ。七位のマックレーンまでは、オリンピック記録更新ですから」

「そのペースについていけなかったか……飯田君は？　飯田君の実況はどうだった？」

「飯田君は、泣いていました」

「泣いていた？」慌てて、和田は布団をはねのけた。常に冷静な飯田が泣いた？　想像もできない。

「泣きながら、古橋君の負けを伝えました。その後で突然、『どうぞ決して古橋を責めないで下さい』と始めたんですよ。『偉大な古橋の存在あってこそ、今日のオリンピックの盛儀があったのであります。古橋の今日までの偉大な足跡を、どうぞ皆さま、もう一度振り返ってやって下さい』……彼が、あんな風に感情むき出しで放送するのは初めて見ました」

志村が驚いたのは十分理解できる。沈着冷静な飯田は、後輩にも常に「感情的になるな」「私情を挟むな」と指導していたぐらいだ。実際低音の語り口は落ち着いていて、速射砲のように言葉をつなぐ志村とは好対照である。

「身内の擁護と言われるかもしれませんが……」志村は不安そうだった。

「いい実況じゃないか」和田はわざと明るく言った。「河西さんの『前畑頑張れ』を思い出すよ。あれだって、散々批判を浴びたけど、今となっては『名放送だ』って言われてるじゃないか」

「飯田君の場合、それよりさらに一歩踏みこんでいましたけどね」志村はあくまで納得できない様子だった。「河西さんは『頑張れ』と応援しただけです。飯田君は聴取者に注文をつけたんですよ」

「まあまあ、そこは仕方がない……僕だって、同じように言ったかもしれないよ。古橋君が苦しんでいたことは分かってたんだし」

「しかしですね……」

アナウンス観の違いというだけではなく、志村と飯田は水と油の関係なのだ。志村はひたすらアナウンス技術を追い求める、いわば「職人」である。現場でどう伝えるか、聴取者をどう喜ばせるかだけを考えている。それに対して飯田には、「政治家」の側面がある。上の受けもいいし、とにかく何でも自分の思う通りにやろうとする。実際今、スポーツ課長という管理職につきながら、大きな試合では自ら実況を行っているのがその証拠だ。元来NHKでは、アナウンサーも管理職になると現場を離れるのが慣例なのに。

和田は部屋に残り、志村は「何か食べられそうなものを探してきますよ」と言い残して食事に出て行った。しかし一時間後、彼が部屋に持ってきたのは、食べ物ではなく飯田の怒りだった。

「和田さん、調子はどうですか？　まだ仕事ができる感じじゃないですか？」飯田がいきなり切り出した。

「申し訳ない」和田としては謝るしかなかった。「こんなことになってしまって、本当に申し訳なく思っている」

「病気になるぐらいなら、どうしてヘルシンキに来たんですか！　何もできないまま、ただ寝ているだけじゃないですか！」

「分かっている。申し訳ない」責められても、反論の言葉は一切出てこない。飯田の指摘は極めて正しい——彼が自分に対して怒るのはよく分かる。

ヘルシンキ派遣が決まってから分かったのだが、飯田は和田と同期入社で、現在大阪放送局でスポーツ中継を担当している原岡一郎《はらおかかずお》を派遣団に入れようとしていた。原岡は英語が得意で、飯田とは去年、ニューデリーで開かれた第一回アジア大会を共に取材している。気心の知れた仲でもあるし、現地での取材では、原岡の英語力にも期待していたのだろう。

しかし蓋を開けてみると、選ばれたのは自分……これも皮肉なものだと和田は後に思った。終戦直後、下村総裁の後ろ盾を失って山形へ左遷させられ、結果的に自らNHKを去った和田だが、戦後初のオリンピック中継という大役は、結局自分に回ってきたわけだから。局側は「話の泉」の人気にあやかろうという狙いで、それ自体はありがたかったのだが、飯田がずっとよそよそしい態度を取っていたのは気になっていた。それがここへ来て、ついに爆発したのだろう――彼の怒りは炎のように熱く迫ってきたが、和田は意外に冷静だった。どうせ自分は抵抗もできない。罵声を浴びせるのは彼の自由だし、殺したければ殺してもいい――。

「飯田君、言い過ぎだ」

志村が低い声で言った。これはまずい――穏健派の志村が拳を固めているのを見て、和田は慌てて声を上げた。

「志村君――」

「飯田君、和田さんだって好きで病気になったわけじゃない。このオリンピックに懸けて、必死の思いで飛行機に乗ってくれたんだ。それに前半は、和田さんらしい放送で、日本で聴取者の評判も上々だったそうじゃないか」

「しかし、まだオリンピックは終わっていない！　これからが大変なんだ！　まったく……我々は、まともに予定もこなせていないんだぞ」

「飯田君」和田は低い声で言った。喋るのも面倒だったが、志村に迷惑をかけるわけにはいかない。何とか飯田を鎮めないと。「新国劇《しんこくげき》の『国定忠治《くにさだちゅうじ》』を観たことがあるかい？」

「新国劇……いえ」飯田の顔に戸惑いが浮かぶ。

「行友李風《ゆきともりふう》の『国定忠治』だよ。追っ手が迫って来て、手下が立ち回りする中で、病気の忠治は刀に手をかけても抜けない、立ち上がれない――でも、忠治の強い気持ちだけが伝わってくるような場面だ。国定忠治といえば日本中に知らぬ者のいない侠客、強きを挫き弱きを助ける人情の人だ。滅法喧嘩にも強い。その忠治が、得意の剣も抜けず、ただ捕らえられるのを待つしかない――いったい、どんな気持ちだっただろうね」

「和田さんが忠治だと言うんですか？」飯田が目を細める。

「そうは言わないけど、今の僕には忠治の気持ちがよく分かる。捕まえて生き恥を晒させるようなことはしないでくれ。いっそこのまま、この場で叩き斬って欲しい」

飯田が口をつぐむ。政治的で、常に腹に一物持っているような男なのだが、今の和田の言葉は胸に響いたようだった。飯田は何も言わず、一礼しただけで部屋を出て行った。

志村がふっと息を吐き、握りしめたままだった手を開いた。緊張を解《ほぐ》すように、二度三度と「握って開いて」を繰り返す。

「血の雨が降らなくてよかった」

和田が言うと、志村の顔が赤く染まった。

「すみません、ついかっとなって」

「未遂だよ、未遂。庇《かば》ってもらって申し訳ないが、君も飯田君に対してはもう少し気を遣った方がいい。彼と気が合わないのは分かっているけど、彼は彼で、今回のオリンピック中継を成功させられるかどうか、大きな重圧がかかっているんだ。僕に当たり散らしたくなるのも分かるよ」

「しかし、ですね……」

「いいから。あまりカッカしないで、冷静にいこう。僕も、これ以上血圧が上がったら困るからね」

「すみません」志村がはっと顔を上げた。「まったくその通りです。申し訳ありません」

「君が謝ることじゃないよ」

和田は布団をめくって足を床に降ろした。その時、大原がそっとドアを開けて中に入ってきた。

「大丈夫ですか……」遠慮がちに訊ねる。

「どうした？　廊下で盗み聞きでもしてたのか」和田は訊ねた。

「オリンピックプールからの帰り、飯田さんがずっと和田さんの悪口を言っていたものですから、心配で」

「何だ、君も一緒になって僕の悪口を言ってくれてよかったんだよ。そうすれば、飯田君の気も少しは晴れただろう」

「冗談じゃないです」大原の顔から血の気が引いた。「和田さんの悪口なんか、言えるわけないじゃないですか」

「そうか……まあ、ちょっとつき合いたまえ」

「どこかへ行くんですか？」志村が鋭い口調で訊ねる。

「今日もほとんど何も食べてないんだ。これじゃ、いつまで経っても具合はよくならない。血圧の薬を呑むにも、胃が空っぽだとまずいんだよ」

「僕は構いませんけど、和田さん、ちゃんと歩けますか？」

「歩けなかったら、君がおぶって行ってくれ。なに、駅まで行くだけだから、大したことはない。駅の中にカフェがあるから、軽くサンドウィッチでも食べよう」

助けを求めるように、大原が志村の顔を見た。志村は呆れたような表情で首を横に振った。結局、「和田さん、無理はしないで下さいよ」と言うだけだった。

無理はしないさ……無理なんか、とてもできないのだから。


午後九時を過ぎると、中央駅もさすがに人気は少なくなる。しかし、先日、早朝にコーヒーを飲んだカフェはまだ営業していた。いったいこの店は、一日に何時間開いているのだろう？　始発から終電までか？

「大原君は、食事は済ませたのか？」

「ええ。ホテルのレストランで……気まずかったですよ」

「飯田君、飯の時にも怒ってたのか」

「はい」大原が正直に打ち明けた。

「じゃあ君も、食べた気がしなかったんじゃないか？　夜食代わりに、君も軽く食べるか」

「はい」大原が急に元気になった。この若者は、とにかく食欲優先なのか……食べている時は嬉しそうだし、腹が一杯になると、途端に元気になる。

和田は鮭の燻製のサンドウィッチと紅茶を、大原はローストビーフのサンドウィッチとコーヒーを頼んだ。今日初めてまともに口に入れるもの……しかし残念ながら、作ってからかなり時間が経っているせいか、鮭もパンもパサついていて、味気ないことこの上ない。鮭の燻製があればフィンランドでも不自由しないだろうと思ったが、あの期待は甘かった。燻製は店によって、出来不出来が極端に違う。というより、美味い燻製にはなかなか巡り合わない。一方の大原は、ローストビーフのサンドウィッチを嬉しそうに頬張っている。

「美味いかい？」

「どうなんでしょうね」大原が首を捻る。「何とも言えません。そもそも本場のローストビーフがどんなものか、知らないんですから」

「ロ－ストビーフの本場と言えば、ロンドンだそうだけど」

「この後で行けるじゃないですか。楽しみだなあ」

予定通りならば、ヘルシンキでのオリンピック取材を終えた後、一行はパリからロンドン経由でアメリカに渡ることになっている。しかし自分はどうしたものか……大学病院での診察では、血圧さえ安定すれば飛行機に乗ってもいいと言われてはいた。三日の閉会式の前日に、もう一度病院へ行って診察を受ける予定になっているが、結果が今から心配でならない。

何とかサンドウィッチを食べ終えた。食パン二枚分、それと鮭に少しの野菜。大した栄養価はあるまい。何とか糖分を補給しようと、和田は紅茶に砂糖を加えた。少しぬるくなった紅茶の甘ったるい味わいが、今の胃にはありがたい。

「僕のせいで、皆ぎすぎすしてるみたいだな」

「そんなことはないですよ」大原が即座に否定した。

「でも、僕がやるべき仕事が、他のアナウンサーに回って負担になっている」

「そうでしょうけど……こういう状態なんだから、仕方ないですよ。和田さんのせいじゃありません」

「君、それは慰めになってないぞ。僕のせいなのは間違いないんだから」

「それは……」大原が黙りこんだ。

「君も、飯田君に責められてないか？」

「僕は大丈夫です」

「そうか……それならいいけど、何かあったらすぐ僕に言ってくれよ。飯田君に頭を下げるぐらい、タダだ」

「はい。でも……」

「いいから。とにかく、これ以上ギスギスしないように気をつけよう。僕のことが原因でNHKのアナウンサー陣が総崩れになったら、死んでも死にきれない」

普段なら冗談で済むところだ。しかし今「死」という言葉は、重い意味を持って和田の胸に迫ってくる。

7

ただひたすら眠り、回復に努めようとしても、思うようにいかない。見舞客がひっきりなしに訪れるので、夕方から夜にかけてはうとうとしている時間もなかった。ありがたい話だが、正直、迷惑でもある。しかし、選手団に同行してきた日本体育協会の医師が診察に来てくれるのは助かる。申し訳ないと思いつつも頼みこみ、毎回血圧計を持ってきてもらった。それでようやく、血圧の薬が効き始めていることが分かった。今は最高血圧は二百を切り、百八十とか百七十ぐらいになっている。

「高いことは高いですが、すぐに死ぬようなことはないですよ」

医者にそう保証されると、さすがにほっとする。ただし最終的に判断するのは、和田を精密検査してくれた大学病院の医師だ。いわば、今の主治医のようなものだから、必ず言うことを聞くように——と厳命された。

選手たちの面倒も見なければならないのに、まことに申し訳なく、和田は見舞いに来てくれた医師の一人に、思わず「どうしてこんなに頻繁に顔を出してくれるのですか」と訊ねた。拍子抜けするような答え——大会が進むと、試合を終えた選手が多くなる。その分、怪我や病気の治療も少なくなるのだ。医者というのは、患者を診ていないと腕が鈍るもので、むしろ患者がいる方がありがたい。

これには苦笑してしまったが、その医師が「『話の泉』の司会者を無事に日本に連れて帰れなかったら、私が全国民に恨まれてしまう」と言った時には胸が詰まった。比べるのもおこがましいと分かってはいるが、古橋も自分と同じように感じているのではないかと考えてしまう。

その古橋は、四百メートル自由形で惨敗した後、記者たちに「練習し過ぎた」と語っていたという。調子が悪いことは、来る前から分かっていた。練習はほどほどにして、しっかり休養しておけば、調子を取り戻せたかもしれない——何も皆、揃って同じペースで練習することはないのだ。

聞きようによっては、監督やコーチに対する批判とも取れる。惨敗に批判的な記者たちが、何か刺激的なことを言わせようと誘導尋問した可能性もあるし、古橋が自分の不甲斐なさに激怒して、つい本音を漏らしてしまったのかもしれない。

いずれにせよ残念だった。

ヘルシンキを離れる日が近づいていた。飯田は一度爆発した後、多少重圧から解放されたのか、和田とも普通に話している。志村たちの話によると、仕事も冷静にこなしているそうだ。閉会式が近づき、ようやく仕事が終わる目処も立ってきて、余裕が出てきたのかもしれない。五輪取材は、想像していたよりもずっと大変だったはずだ。日本選手団の動きは漏らさず伝えていかねばならないし、外国人選手への取材もある。放送内容も様々……ただ試合の様子を実況中継するだけでなく、選手を招いての座談会、街の様子の雑感放送と、とにかくやることが山積みだった。雑感放送は主に和田が担当することになっていたのだが、そのしわ寄せが他のアナウンサーのところへ行ってしまったのだし。

七月三十一日、夕食時にホテルのレストランで全員が集まった時、和田は発言を自ら求めた。散々考えた末の結論だった。

「僕はアメリカへは行かずに、日本へ直行で帰ろうと思う」

「いいんですか？」志村が心配そうに和田の顔を見た。

「ああ。結局、この症状は全て、飛行機に乗ったことが原因だと思うんだ。アメリカまで、さらにその後日本へ帰るまでの長旅には、とても耐えられそうにない」

「これはチャンスなんですよ」志村が食い下がった。「この先、アメリカへ行く機会が何度もあるとは思えません。見ておくなら今のうちです」

「いや、無理だ」和田は首を横に振った。「アメリカへ着いてもこんな調子なら、とてもあちこち見て回る余裕はないし、何より君たちに迷惑をかけてしまう」

「和田さんのお世話だったら、僕が」大原が手を挙げた。「オリンピックと違って、そんなに忙しくはないはずですから」

「君もアメリカの技術を視察して、学ぶことがあるだろう。オリンピックの仕事より重要かもしれないぞ」和田は釘を刺した。

「しかし……」

「気持ちはありがたいが、君は君の仕事を、事前に決めた通りにやってくれ。飯田君、僕の分の予約は取り消せるだろうか」

「それは大丈夫だと思いますが……このままヘルシンキに残るんですか？」

「いや、パリまでは何とか行こうと思う。パリには、日本食が食べられる店もあるんじゃないか？　そうじゃなくても、せめて中華料理はあるだろう。日本人の医者もいると聞いているし、このままヘルシンキにいるよりはよほどいいんじゃないかな。パリで少し休養してから、一人で帰国するよ」

「一人で大丈夫なんですか？」

飯田が念押しした。その目に、かすかな疑念が混じっているのを和田は素早く見て取った。一人で飛行機に乗って急に体調が悪化しても、面倒を見てくれる人はいない――大騒ぎになるのは目に見えている。

「大丈夫だ。まあ、せめてパリの雰囲気ぐらいは感じてみたいしね……向こうでちゃんと休養するよ」

「お金は大丈夫なんですか？」実務家らしく、飯田が具体的な心配を口にした。

「まあ、それは……何とかなるだろう。何とかするよ、うん」

「僕が残ります」大原が言い出した。「僕はアメリカに行かなくても構いません」

「アメリカへ行くのは視察――あくまで仕事なんだぞ」飯田が忠告した。

「分かっています。でも、和田さんを一人残して行くわけにはいきません」

「大原君、これ以上予定が狂うと、ＮＨＫの方でも大変なんだぞ。我々には、アメリカから持ち帰らなければならない資料や情報がたくさんある。君にもその仕事があるんだ」飯田が説得を続ける。

「分かってます。分かってますけど……」

「アメリカを視察する機会なんか、そうあるもんじゃない。予定通り行ってきなさい」

和田は静かに大原を諭した。

「僕は若いんです。皆さんと違って、アメリカへ行く機会なんか、これからいくらでもあります」

口角泡を飛ばす勢いで大原がまくしたてたが、和田は思わず笑ってしまった。聞きようによっては、大変失礼な発言である。それに気づいたのか、大原の顔が真っ赤になった。

「まあまあ、そう興奮しないで」和田は静かに言った。「君は少し、大袈裟過ぎるんだよ。自分の面倒ぐらい、自分でみられる」

　本当に？　しかし結局、死ぬ時は一人なのだ。


　今できるのは、実枝子に手紙を書くことぐらいだ。日本を発って以来、これが七通目の手紙だが、愚痴ばかりになってしまうのが申し訳ない。向こうからの手紙がまとめて届き、こちらの体を心配する内容だったから、とにかく不安にさせない程度に説明しておかないと、と思ったのだが……書けば書くほど、自分の体が情けなくなる。

　飛行機の旅が体に合わなかったこと、とても食べられないような食事ばかりだったこと、大好きな水をあまり飲めなかったこと。ボンベイで朦朧《もうろう》としたことが思い出されて、また辛くなってくる。朦朧としていたから何も覚えていないはずなのに、皆の心配した顔が脳裏に蘇るのだ。もしかしたら、別の場面の記憶と混同しているのかもしれない。

　ヘルシンキに来てからも、体力的にきついことばかりだった。普段ほとんど歩かない和田だが、スタジアムの放送室が高い場所にあるので、その上り下りだけでもかなりこたえた。それに、毎日遅くまで仕事をしていたので、帰りに車がなくなり、ホテルまで二キロ以上の道のりを歩くことも多かった。オリンピックに出場するような選手だったら、ちょうどいい準備運動のようなものだが、和田にとってはこれさえ重労働だった。

　何とか元気を取り戻そうと、「今後一年間禁酒」の決意を手紙に書き綴った。実際今は、ほとんど呑む気がしないので、本当に禁酒できそうな気もする。日本に戻って元気になったら、また呑みたくなるかもしれないが、ここは我慢だ。今、日本人男性の平均寿命は六十歳ぐらい。不惑を迎えた自分は、あと二十年ほどしか生きられないだろうし、きちんと仕事ができるのはこれからの十年ほどだろう。少しでも体を大事にしていい仕事をし、実枝子との時間も大事にしたい。そして願わくば、昭和三十一年のメルボルン・オリンピックにも行ってみたい。オーストラリアならほとんど時差もないし、ヨーロッパへ行くより多少は楽ではないだろうか。

八月一日、オリンピックもいよいよ最終盤に入ってきた。この日も何人もが見舞いに来てくれ、嬉しいことに日本食の差し入れもあった。白米に福神漬けだけの食事が、涙が出るほど美味い。味噌や梅干しも手に入ったから、パリへ行っても何とか日本らしい食事ができるだろう。それだけでもう、気持ちはパリへ――そして日本へ向いていた。

しかしこの日の血圧は、上が一気に二百六十まで上がり、薬が効いている様子がない。それでも、日本食を食べて元気が出たため、和田は何とか最後のご奉公をこなそうと決めた。夜、飯田に申し出て、大会を振り返る座談会の司会を引き受けたのだ。飯田は、この申し出をすぐに了承してくれた。本来、この司会は飯田がやる予定になっていたのだが、その余裕もなかったのだろう。

選手たちとの座談会の問題は、資料が足りないことだった。日本だったら、大会期間中の新聞を読んでおけば、記録や逸話を頭に叩きこめる。しかしここはフィンランド、日本語の新聞はない。すぐに手に入るのはフィンランドの新聞だが、読めないものを眺めても何にもならない。困っていると、大原が助け舟を出してくれた。

「メモを作っておきました」

「君が？」

「主な競技——日本人選手の主な記録をまとめたんです。完全ではありませんが、座談会に出てくる選手の分は分かるはずですよ」

「助かるよ。さすが、メモ魔だ」和田は安堵の息を吐いた。

しかし、実際にメモを受け取ってみると、心配で溜息をつくことになった。大原はひどい悪筆で、太い万年筆で書かれた金釘流の文字はなかなか読めないのだった……さっとメモを見て、「この字はどう読むんだい」と訊ねると、大原は顔を真っ赤にしながらモゴモゴと説明してくれた。

自分の字が下手なことは自覚しているようで、大原は和田につきっきりで、読めない部分を一々解説してくれた。和田はそれを、自分のノートに書き写した。全て終わったのは午前零時過ぎ。できれば、現場で中継を担当した飯田や志村に話を聞きたかったが、こんな時間に起こすわけにはいかない。結局和田は、情報を頭に叩きこむことで明日の座談会を上手く進めよう、と決めた。レスリングで金メダルの石井、それに競泳では千五百メートル自由形で銀メダルを獲得した橋爪四郎、それに古橋も来てくれるから、話題には事欠かない。もっとも、石井からきちんと話を引き出せるかは分からなかったが。和田の専門は相撲であり、レスリングはさっぱりなのだ。試合を見たのも、今回が初めてである。こういう時は、これまでの練習の苦労、東京へ残した家族の話などを掘り下げるに限る。そもそも聴取者も、レスリングの細かい技術について聞かされても戸惑うばかりだろう。

問題は古橋か……惨敗後、彼とは一度も話していない。今何を考えているのか、自分の敗戦をどう捉えているのかも分からなかった。責任感の強い男だから、相当落ちこんでいるのではないか。しかしこの座談会への出席はすぐに引き受けてくれたという。それこそ日本選手団の主将として、全体を総括する責任を感じているのだろう。

厳しい質問はできない。今となって、飯田が叫ぶように「責めないで下さい」と実況した気持ちも理解できる。我々は、古橋にあまりにも多くの期待をかけ過ぎたのだ。飯田ではないが、謝罪してもいいぐらいの気持ちである。

翌日――最後の仕事を前に、和田は再び大学病院へ向かった。前回と同じ検査を終え、先日と同じ医師の診断を受ける。血圧に関しては注意を受けたが、他は異常なし。本当にそうなのだろうかと疑ったが、医者が嘘をつく理由も見当たらない。ただし血圧については要注意で、「前回よりも強い薬を処方する」と言われた。

「飛行機に乗れるでしょうか」

「血圧次第だね。二百を超えていたら無理でしょう」

「血圧が下がらない場合は……」和田としては死活問題だった。

「その場合は、もう少しヘルシンキで静養して下さい。場合によっては、この病院へ入院して、もっとしっかりした治療を受けた方がいい。何より安静と休養が大事です」

「それは……」和田は口籠った。パリは、ここよりもっと環境がいいはずだ。ＮＨＫの支局には顔なじみの崎山がいるから、志村たちがアメリカへ行ってしまっても頼れるし、日本食も今より簡単に食べられるだろう。それに最近聞いた話では、在仏の日本人が経営する小さなホテルもあるという。日本語で話せる相手がいるならその方がいいし、もしかしたら畳の部屋があるかもしれない。やはりベッドより布団がいい。

「早く戻りたいですか」

「まず、パリへ行きます。そこから帰国します」

「パリか……」医師が顎を撫でる。「取り敢えず飛行機に慣れるためにも、パリ行きはいいでしょう。そこで落ち着いてから日本へ帰る――ただしくれぐれも注意して、必要ならすぐに医師の診察を受けて下さい。私がここで調べた検査の結果をまとめておきます。それを見れば、パリの医師も治療の参考にできるでしょう。一番心配なのは腎炎だ」

「分かりました。お手数おかけします」

深々と頭を下げた。ヨーロッパの人には頭を下げる習慣がないようだが、こちらの気持ちは通じたと思う。

「しかし、レスリングの石井選手はすごかったじゃないか。金メダルとは実に大したものだ」医師が、急に相好を崩して話し出す。

「ご存じでしたか」

「オリンピックのニュースは、毎日チェックしていたよ。あなたたち日本人にとっては、誇らしかったのでは？」

まったくその通りだ。現地の人に持ち上げられ、和田もいい気分になった。

「これから彼に会います」

「私からもよろしくと伝えて下さい」

苦笑しつつ、和田はうなずいた。フィンランドの大学病院の医師からの「よろしく」を伝えても、石井は戸惑うばかりだろう。

前回の診断より、多少はましになったということか……和田は少しほっとして、スタジオに向かった。大原たちと進行を細かく打ち合わせ、選手の到着を待つ。やがて、石井、古橋、橋爪が揃ってやって来た。メダル獲得から時間が経ったせいか、石井も橋爪も落ち着いている。古橋も淡々とした表情だった。

生放送の座談会が始まると、石井と橋爪がやけに古橋に気を遣っているのが分かった。同年代の若者同士だから、もっと気さくに、笑いも交えて話してもらいたかったのだが、二人とも自分の話をする合間に、ごく真面目な表情で「古橋さんのおかげで」「古橋さんに助けてもらった」と言葉を挟みこんでくる。当の古橋は、その都度恥ずかしそうにうつむいてしまうのだった。まるで自分になど気を遣ってくれなくてもいい、とでも言うように。

三十分ほどの放送を終えると、和田はホッと一息ついた。これで僕のオリンピックも終わりだな……いくばくかの寂しさと、いよいよ日本へ帰れるという安心感が入り混じり、何とも言えない気持ちだった。

古橋がすっと近づいて来る。何と声をかけていいか分からないで戸惑っているうちに、古橋の方からさっと頭を下げて、「この前はすみませんでした」と謝ってきた。

「この前って……」

「わざわざプールまで来ていただいたのに、話ができなくて。実は、あまり話さないようにと言われていたんです」

「分かってる。君に余計な負担がかからないように、皆気を遣ってたんだよ。君は、サービス精神旺盛だからね」

「いやあ」古橋が苦笑を浮かべた。「そんなつもりはないんですが、どうしても……気負い過ぎていたんだと思います」

「こちらも、もう少し気を遣うべきだった。今回は、状態があまりよくなかったんだろう？」

「正直言って」古橋が声を一段低くした。「ずっと体調はよくなかったんです」

「赤痢の影響で？」

「それもあると思います。とにかくあれは自分の不注意ですから、誰に責任を負わせるわけにもいかないんですけど……まさか、コップ一杯の水であんなひどい目に遭うとは思いませんでした」

古橋は、南米遠征の「悪夢」をぽつぽつと語り始めた。全米選手権で「フジヤマのトビウオ」の名を世界に知らしめた翌年の、昭和二十五年。古橋たちは南米五ヶ国を遠征で回ったのだが、最初の訪問地・ブラジルで悲劇が待ち受けていた。「生水は飲まないように」と注意を受けていたのだが、ホテルの部屋に置いてあった水を、ボーイが「消毒済みだ」と保証してくれたので、つい一杯だけ飲んでしまった。その晩から猛烈な下痢に襲われ、アメーバ赤痢と診断された……。

「本当に、あの時少しだけ喉の渇きを我慢していれば、あんな目には遭わなかったんですよ」当時のことを思い出したのか、古橋が渋い表情を浮かべる。「あれですっかり、調子を崩してしまいました。昔のようには力が入らなくなったんです。治療も満足に受けられなかったせいで、回復が遅くなりましたし……今さら文句を言っても何にもならないですけどね。全て自分の責任です」

「その君に、僕たちは期待をかけ過ぎたんだね」

「期待してもらうのは、ありがたいことですよ」古橋の顔に明るい笑みが戻った。「いろいろな人に応援してもらって、普通なら経験できないことも経験できました。今はむしろ、申し訳ないと思っています。期待された分——応援してもらった分、こちらも応えないといけないですよね」

「君は十分期待に応えてくれたよ。僕も応援に行きたかったけど、体調が悪くてね。申し訳なかった」

和田は頭を下げた。古橋が和田の顔をじっと見る。何か言いたげ……この前会った時に比べて痩せているのに気づいたのだろう。痩せたというより、やつれた——それは自分でも分かっている。鏡を見ると、妙に頭が大きくなったように感じるのは、頬の肉が削げて、顔が細くなってしまったからだ。髪の毛だけは元気で、床屋にも行っていないから、癖っ毛が盛り上がっているように見える。

「和田さんも、たくさんの人に勇気を与えましたよね」

「勇気ねえ」そう言われてもピンとこない。

「『話の泉』で、どれだけの人が勇気づけられたか。僕もその一人です」

「僕は聴取者の人に、気持ちよく楽しんでもらいたいだけだよ」

「それが大事なんだと思います。いつもしかめっ面で、真面目なことばかり言ってても、元気は出ないじゃないですか。辛い時こそ、笑った方がいいですよね」

「そう言ってもらえると、嬉しい限りだ」和田は頭を下げた。「そうだ、戻ったら、『話の泉』にも出てくれないか？　僕はいつも、渡辺さんにやりこめられていてね。応援して欲しいんだ」

「ああ、渡辺さんは、欧米に関して博識ですからね」

渡辺が大袈裟にひけらかす外国に関する知識は、聴取者の笑いを誘うのだが、和田としては話についていけずに困ることもあった。番組には欠かせない大事な人なのだが……。

「渡辺さんの専門は、ヨーロッパの話だよ。アメリカや南米については、君の方がよほど詳しいだろう」

「でも、渡辺さんのようには頭が回りませんし、喋るのも苦手です」

「まあ、考えておいてくれないか？　僕の一存では決められないけど、古橋君が出てくれるとなったら、局の連中も大喜びだよ。何より聴取者が喜ぶ。しっかり予告しておかないとね」

「その際はよろしくお願いします」

「僕の方こそ……日本でまた会おう」

「すぐですね」

　そうあって欲しい……日本で再会する時は元気になって、「話の泉」で古橋を盛り立てて話を聞きたい。

　和田は、古橋に向かって右手を差し出した。その手を、古橋がしっかり握る。古橋の手はさほど大きくはなく、握手も優しかった。しかしこの手が何万回、いや、何億回と水をかき、栄冠を摑んできた——それを考えると、感慨深いものがあった。

　同時に、スポーツ選手の寿命の短さを痛感する。古橋が世界一の泳ぎを見せていたのは、昭和二十二年から二十四年まで、わずか三年間だったと言っていい。

　負けるかもしれない——いや、絶対に勝てないと辛い思いを抱いていたであろうヘルシンキ・オリンピック。果敢に挑んで、そして散った古橋のことを生涯忘れないだろうと和田は思った。こういう選手に会い、話ができた幸運を嚙み締める。戦前、戦後の辛い時代を生きてきた自分にも、幸運なことはあったではないか。アナウンサーだったからこその出会い――自分はまだ、アナウンサーを続けていきたい。多くの人と出会い、話したい。

無事に帰国さえできれば。

第四部

これからお待ちかねの「話の泉」第三回を始めます。第一回、第二回と、大変な好評でございまして、いただきました質問が、今週だけでなんと二千五百通を超えるという、放送局のあらゆる投書の記録を突破いたしました。なお今後ともどしどしみなさま方から難しいご質問をお願いしたいものであります。

1

座談会の司会を終え、和田は精根尽き果てた。司会は慣れたもの——天職だとさえ思っていたのだが、古橋たち選手に気を遣い過ぎたのがよくなかったかもしれない。普段は何も考えずとも、自然に気遣いができる。相手の話をじっくり聞き、話が上手く転がるように臨機応変に打ち返し、少しでも反応が悪ければすぐに話題を変える——特に意識せずともそういうことができて、「話の泉」を盛り上げてきた。

しかし今回は勝手が違った。石井と橋爪が古橋に気を遣っているのがひしひしと分かり、和田自身もついそれに合わせてしまったのだ。その後、古橋と話をして、特に気を遣う必要もなかったと分かったのが何だか悔しい。

ホテルに帰っても、外へ食事に出る気にならない。大原がマカロニを調達してきてくれたので、それに、先日もらった海苔をかけてみた。甘酸っぱいトマト味のマカロニに海苔は変な感じもしたが、磯の香りの助けで何とか食べられた。久しぶりにビールも呑んでみる。アルコール度数一パーセントで、ほとんどジュースのようなものだが……それでも十分アルコールの存在を感じ、瓶一本を呑み終えた時には、かすかな酔いさえ感じていた。すっかり弱くなったものだ。ずっと呑まずにいると、こんな風になるのだろう。そう言えば、戦時中――戦争末期にはまったく酒が手に入らず、久しぶりに呑んだのは、山形放送局に赴任した後だった。地方にはこんなに豊富に酒があるのかと驚き、美味い酒にしたたか酔ったものだ。

「和田さん、パリへは行けそうですか？」大原が訊ねる。

「ぎりぎりまで待つよ。出発の日に血圧を測って、それで大丈夫なら行く――でも、飛行機に乗ったら、急に血圧が上がりそうだけどね」

「確かにあれは、あまり気持ちがいいものじゃないですよね……でも、満員の三等車に乗るよりはいいじゃないですか」

「僕は三等車の方がいいなあ」和田は苦笑した。終戦から数年間の、鉄道の異様な混み具合を思い出すとぞっとしたが、それでも地面に足がつかないまま、時速数百キロのスピードで飛んでいく不気味な感覚よりはましだ。

「日本へ戻ったら、部署を変わるようにお願いしようかと思います」

「どこへ？」

「『話の泉』に。あの番組で、和田さんと一緒に仕事がしたいです」

「君は技術者じゃないか。その能力を活かせる場所は、『話の泉』ではないと思うよ。宝の持ち腐れになっちまう」

「和田さん、日本に戻ったら、体調は万全になるんですか？」

「嫌なこと、言わないでくれよ」和田はそっと頰を撫でた。「日本に帰ってまでこんな調子が続いたら、本当に参ってしまうじゃないか」

「でも、今までと同じというわけにはいかないですよね？『話の泉』は地方での公開放送もありますから、旅も多いじゃないですか。そういう時、和田さんのつき人みたいに面倒を見る人間が必要でしょう」

「君がそれをやってくれると？」

「はい」

「天下のNHKが、そんな人事を許すとは思えないね」和田は苦笑した。

「NHKを辞めてもいいと思っているんです。和田さんのスケジュールを決めて、面倒を見て……面倒を見るなんて、おこがましいかもしれませんが」

まさにマネージャー役か。しかし、そこまでやってもらう必要があるとは思えない。元気になれば、自分の面倒ぐらい自分で見られるのだから。大原のように気のいい若者が近くにいれば、それはそれで楽しい毎日だろうが……やはり無理だ。

「駄目だよ」和田は穏やかに微笑みかけた。「これから、テレビの仕事も本格的に始まる。君には、そちらでも活躍してもらわないと」

「和田さんもテレビに出るようになるかもしれないじゃないですか」
「この顔を全国に晒すのは、気が進まない」少なくとも、今の病的な顔では絶対に無理だ。
「とにかく、無事に日本に帰りましょう。全ては、帰ってから決めればいいと思います。新しい時代が始まるんですし」

その夜、和田はまんじりともせずに過ごした。大原が言った一言がずっと頭にひっかかっている。「新しい時代」。そう、日本は間違いなく、新しい時代に入ったのだ。ヘルシンキ・オリンピックが始まる直前には日本の主権が回復した。GHQによる占領時代が終わり、日本は政治も経済も外交も、戦前とはまったく違う新しい時代に突入したと言っていい。スポーツも同様である。オリンピックに参加して、国際社会に認められたのだ。

そして和田が自分で言ったように、テレビの本放送が間もなく始まる。ラジオとはまったく別の番組作りが求められるだろう。志村たちは、アメリカで本場のテレビ放送を視察し、多くの材料を持って帰って来るはずだ。それを元に、NHKも新しくなる。

しかし自分は、それに乗り遅れる。無事に帰国できても、しばらくは静養しなければならないだろう。半年、あるいは一年――その間に、状況は大きく変わってしまうはずだ。この騒がしく変化の激しい時代に、半年も一線から離れていたら、元に戻るのは難しい。いや、元に戻ろうとしても、その場所はもうなくなってしまっているだろう。忙しない世界なのだ。一度降りたら、もう自分の居場所はない。

和田はベッドを抜け出した。ソファでは、志村が静かに寝息を立てている。結局この部屋では、志村はずっとソファを寝床にしていた。彼にも申し訳ないことをした——今や、NHKのスポーツ放送のエースは彼である。その志村に散々面倒をかけ、仕事以外のことで気を遣わせてしまった。先輩としても、実に情けない。

バスルームに入り、小さな椅子を引いて座った。風呂桶の向こうの窓から、外の景色がかすかに見える。既に午前四時……街は明るくなり始めている。この白夜にもずいぶん悩まされた。北欧ならではの貴重な経験をしたとも言えるが、睡眠の邪魔になる白夜は、和田にとって忌々しいものでしかなかった。

洗面台で、音が大きくならないように水を細く流す。疲れ切った志村は簡単には目を覚まさないだろうが、少しは気を遣わないと。冷たい水を掌に受け、顔に叩きつける。ますます目が冴えてしまうのは分かっていたが、どうせ今夜は眠れそうにない。睡眠薬を使おうかと思ったが、あれは呑んだ翌朝が辛い。目覚めが悪い上に、午前中ずっと体が重く、気持ちもどんよりしてしまう。

ベッドに戻り、布団に潜りこむ。目を閉じてみたが、やはりまったく眠くない。高い天井を見上げると、暗闇の中、どうにもはっきり見えなかった。やはり目にもきている。大学病院では、きちんと目の診察は受けなかったが、これも心配だ。どこかで——できたらパリで診察を受けよう。アナウンサーにとって一番大事なのは「声」だが、それも「目」がしっかりしていてこそ生きるものだ。

アナウンサーとしての人生が終わりかけているのか？　いや、アナウンサーだけでなく、人生そのものが？

少しだけうつらうつらしただろうか。志村が着替える様子が聞こえてきて、目が覚めてしまった。それに気づいた志村が「すみません」と低い声で謝る。

和田は枕元の腕時計を取り上げた。午前七時——今日はいよいよ閉会式だ。志村は中継のため、早くに起きだしたのだろう。

「いや、大丈夫だよ」和田はベッドの中で上体を起こした。寝不足のせいで頭が痛い。

「ゆっくりしていて下さい。とにかく、閉会式が終わったらすぐにパリですから。パリへ行けば、きっと元気になりますよ」

「そうだといいんだが」そうは思えなかった。体調は刻一刻と変わっており、今は不安しかない。全体には、右肩下がりなのだ。命の長さを示すろうそくがあるとすれば、もうほとんど溶け落ちてしまっている——いやいや、「弱気になるな」と和田は自分に言い聞かせた。諦めたら、そこで気力も体力も尽きてしまう。

和田はほぼ一日中、寝て過ごした。夕方近くになってようやくベッドから抜け出す気になり、着替えて部屋を出る。ロビーに降りると、閉会式の中継を終えた志村たちがちようど帰ってきたところだった。何とも晴れやかな表情――一仕事、いや、大仕事を終えた人間だけが、こういう表情を浮かべる権利を持っている。

自分にはない。

「和田さん、大丈夫ですか？」志村が心配そうに声をかけてきた。

「ああ」和田は何とかソファに座った。「長々とご苦労様。何と言っていいか――」

「和田さんもお疲れ様でした」志村が頭を下げた。「和田さんの話芸、堪能させてもらいましたよ」

「気を遣わないでくれ」和田は苦笑せざるを得なかった。「とにかく、君たちの十分の一の仕事もできなかった。情けない限りだよ」

「そういうのはやめましょう、和田さん」志村が真剣な表情で言った。「とにかくこれで終わりなんです。和田さんは日本へ帰れるんですよ」

「ああ」応じたものの、不安しかない。無事に数十時間の飛行に耐え、羽田に降りたつ姿が想像できないのだ。それだけではない。自分の将来がどうなっていくかも、まったく考えられない。

翌日、志村たちは、アシスタントの慰労会を開いた。和田も、散々世話になったトリボウに礼を言わねばならないと思っていたのだが、慰労会の会場が少し離れたレストランだったので、出席は諦めた。代わりに、拙い英語で短い手紙を書き、大原に託す。こんなことでは感謝の気持ちを表しきれない。ふと思いついて、ずっと部屋に飾ってお いた小さなこけしと団扇をプレゼントすることにした。日本を思い出すよすがにと、トランクの片隅に入れて持ってきていた……自分が使っていたものをあげるのは何となく申し訳ないが、日本らしい記念品としては適切だろう。

何とか荷物の片づけを始める。汚れ物は、そのまま日本に持ち帰るしかないだろう。実枝子の洗濯が大変だと申し訳なく思ったが、これぱかりはどうしようもない。何でもかんでも手当たり次第にトランクに突っこんでしまう。パンパンになったが、何とか蓋は閉まるようだった。これで一安心……明後日、六日にはヘルシンキを離れることになる。

この街では、本当にひどい目に遭った。体もきつかったが、自分が役立たずだと思い知らされるのは、どんなに図々しい人間でも辛いものだ。おそらく自分はこれから折に触れ、ヘルシンキで散々悩まされた冷たい雨、それに低くたれこめた黒い雲を思い出すだろう。白夜で陽が沈まないのに、何故か常に暗く、冷たい感じがした街。この街にも魅力はあるはずだが、とうとうそれを感じないまま去ることになりそうだ。

パリはどうだろう。花の都は、自分をどんな風に迎えてくれるだろう。陽が当たり、気候が良ければ、多少は体調もよくなるはずだ。

そうでなくては困る。体調を取り戻して、絶対に日本に帰るのだ。

実枝子の顔を見ずには死ねない。

しきりに「死」という言葉が脳裏に浮かぶようになっている。それは、本当に死が近づいているからなのだろうか。

2

ヘルシンキを離れる八月六日朝、選手団に同行していた医師が和田の血圧を測ってくれた。上が百九十……大学病院の医師は、「二百を超えていたら飛行機は駄目だ」と言っていたが、辛うじて合格と言っていいだろう。それだけでほっとすると同時に、別の不安が高まってくる。血圧の問題が解決したら、飛行機に乗らねばならない——考えただけでまた血圧が上がりそうだった。

ヨーロッパの中でも、パリまでは決して短い旅程ではない。まず、二時間かけてストックホルムまで飛び、そこで夕食を済ませてから、午後十時過ぎの便に乗り換えてパリへ向かう。ストックホルムからパリまでは四時間以上かかる予定だ。

ストックホルムの空港では、全員揃ってレストランに入ったが、そこで和田は既に青息吐息だった。飛行機から降りたばかりで、とても何か食べられるような体調ではない。とりあえず柔らかいものをと、オムレツとパンだけを頼んでみたが、オムレツの奥に潜む濃厚なバターの香りに、吐き気を呼び起こされた。ああ、せめてここに醬油があればいいのに……。

一行は、夜になってパリ行きの便に乗りこんだ。今回乗る深夜便もＤＣ－６。最新鋭の旅客機なのだが、新しかろうが古かろうが和田には関係ない。隣には、心配した大原が座ってくれた。誰かが一緒でも自分一人でも変わりはないだろうが、大原の心遣いはありがたい。

　重い音がしてドアが閉まった瞬間、和田は冷や汗が流れ出すのを感じた。ただドアが閉まっただけじゃないか、と自分に言い聞かせたが、既に鼓動も速くなっている。機内は気密性が高いが故に、汚れた空気が滞留しているのではないか……喉の渇きも大敵だ。行きの教訓から、和田は持ちこんだ水を早くも開けた。ガラス瓶に入った炭酸水。これしか見つからなかったのだが、水が飲めないよりはましだろう。何しろこれからパリまで、四時間の飛行である。水なしでは、絶対に耐えられない。

　瓶に直接口をつける。炭酸が強く、喉が焼けるようだった。どうして普通の水が飲めないのか……飛行機というのは、これだから嫌なのだ。飲み物も食べ物も自由に摂れずに、まるで、檻《おり》に押しこめられた実験動物のような感じがする。

　英語でアナウンスが流れ、すぐに飛行機が動き出す。ああ、この感覚も嫌だ。車や電車と違って、凹凸をやけに敏感に拾って機体が揺れる。こんな凸凹な滑走路で、無事に飛び立てるのだろうか。滑走路の穴にタイヤを取られて、機体が横転、大破――嫌な想像ばかりしてしまう。

　ターミナルを離れて滑走路に出ると、飛行機は一時止まった。管制塔からの指示待ちか……すぐにエンジン音が甲高くなって、滑るように走り出す。あっという間にスピードが上がり、和田の体はシートに強く押しつけられた。慌てて肘置きを握り、力をこめる。何か摑むものがないと、とても我慢できそうになかった。

長い滑走——しかしふいに、体が浮く感覚が襲ってくる。飛行機以外では経験しないこの感覚にどうにも慣れなかった。胃がすっと沈みこんでいく感じとしか言いようがない。いきなり吐き気が襲ってきて、和田は拳を胃に押しこむようにして堪えた。まだだ……水平飛行に移ると多少は楽になるはずだ。それをひたすら待つ——急に、飛行機が大きく右に傾いた。悲鳴を上げそうになってしまい、唇をきつく嚙み締める。すぐに水平に戻ったが、和田は既に死にそうなほど辛かった。

「今のは驚いたな」和田は、隣の席の大原に小声で話しかけた。

「何がですか？」大原がキョトンとした表情を浮かべる。

「急に傾いて、落ちるかと思ったよ」

「ただの進路変更だと思いますけど……行きの飛行機の時も、よくありましたよ」

「そうだったかな？」

「ええ……和田さんは、覚えてないですよね？　だいたい寝てましたし」

「ああ」飛行中の記憶は、最初の頃しかない。実際にはほとんど気を失っていたのではないかと思う。「とにかく、大丈夫なんだね？」

「ええ。エンジン音も全然変わりませんよ。飛行は順調じゃないですか？」

順調なのか順調でないのか、和田にはさっぱり分からない。技術者である大原は、飛行機にも詳しいのだろうか。

ほどなく水平飛行に入る。和田は、体を締めつけていたシートベルトを外した。これが苦しみの原因の一つ……きつく締めるようにしつこく言われるのでそうしていたのだが、胃の下の方に食いこむのは拷問のようだった。

炭酸水を一口飲み、外を見る。まだ陸上を飛んでいるようだ。眼下に黒々と見えているのは、ストックホルムの街並みではなく森だろう。暗闇の中、ひときわ黒く沈みこんでいる長い筋は川だろうか。ストックホルムが北欧の「水の都」なのは間違いないが、この時間帯になると本来の美しさはまったく分からない。

しかし、不思議なものだ……和田は軽い高所恐怖症で、高いビルなどは苦手なのだが、飛行機で外の景色を見るのは平気だ。ここまで高い場所にいると、逆に現実味がなくなってしまうのかもしれない。

飛行が安定すると、和田は早々にトイレに立った。既に、軽い吐き気を感じている。トイレに入れば吐き気が治まるわけではないが、席にいるよりはましだろう。飛び始めたばかりで吐いたら先が思いやられる――ホテルで一晩中吐き続けた夜を思い出して、げんなりしてしまった。

便器に腰かけ――この洋風便器にもずっと慣れなかった――うなだれる。頭を膝の間に突っこんで低くしていると、少しだけ楽なのだ。しかし、この微振動は何とかならないだろうか。飛行機の乗り心地は、鉄道とも車とも違う。基本的に、乱気流などに巻きこまれなければ大きく揺れることはないのだが、機体がずっと細かく振動しているのが怖い。こんな風に振動が続いていたら、そのうち空中分解してしまうのではないか——その恐怖は、初めて飛行機に乗った時からずっと和田につきまとっていた。

ようやく吐き気が消えた。しかし立ち上がると、やはりフラフラする。その瞬間、飛行機が大きく揺れ、和田は思わず壁に手をついてしまった。また吐き気がこみ上げ、喉元まで酸っぱいものが上がってきたが、何とか我慢する。いつも胃酸で喉が焼けるような感覚が辛いのだが、今日は特にひどい。強い炭酸水を飲んだからだろうか。絶対に吐かないようにしないと……何度も吐き続けていたら、胃酸で喉をやられてしまう。アナウンサーにとって命の次に大事な喉——実際、ホテルで一晩中吐き続けた翌日は、喉に痛みがあり、ろくに喋れなかった。放送ができなくなった直接のきっかけはあれだったと思う。

揺れは一瞬で、その後は安定した飛行に戻った。ようやくトイレを出て席に戻ると、和田の顔を見た大原がぎょっとした表情を浮かべて「大丈夫ですか」と訊ねる。

「ああ」

「汗びっしょりですよ」

言われて初めて気づく。額に手を当てると、ぬるぬると嫌な感触があった。ゆっくりと席につき、炭酸水を一口飲む。口の中に広がる刺激で、少しは気分が楽になった。これはいい選択だったかもしれない。炭酸水など、日本にいる時はウィスキーを薄めるためにしか使ったことがないのだが。

機は既に、海上を飛んでいた。相当高いところを飛んでいるはずなのに、海上の漁船の灯りがはっきり見えるのが驚きだ。バルト海に出て、その後はドイツに入るはず……窓の外を見ていると、少しは気分が楽になるので、体を捻ってずっと同じ姿勢を保つことにした。正面を向くのは、炭酸水を飲む時だけ。

――いつの間にか寝てしまった。はっと目覚めたのは、激しい頭痛が原因である。体を動かすと、さらに頭痛が激しくなり、思わず声を上げてしまった。

「どうしました？」大原が心配そうに声をかけてくれた。

「ちょっと頭痛がしてね」

「何か、薬をもらいましょうか？　飛行機の中にも、頭痛薬ぐらいはあると思いますよ」

「いや、やめておこう」激しい痛みを誘発しないよう、和田はそっと首を横に振った。

「欧米の薬は、僕には強過ぎる気がする。体が大きい人向けに作られているんだから、普通に呑んでも呑み過ぎ……副作用も怖いよ」

「だったら、寝ていて下さい。頭痛なんて、寝てれば治りますよ」わざとらしく軽い調子で大原が言った。

彼の忠告通りシートに背中を預け、目を閉じてみたが、寝ようとすると眠れない。そのうち、機内食の香りが漂い始めて、はっきりと目が覚めてしまった。正確には吐き気によって……機内食の匂いを嗅いだだけで、吐きそうになったのだ。

和田がもぞもぞと身を動かしたのに気づき、大原が「機内食はどうしますか」と訊ねた。食べたくない……絶対に吐きたくないのだ。数時間前に済ませた北欧最後の食事だけは、何とか無事に消化したい。ふらふらになっているのは、ろくに食べられずにエネルギーが不足しているからなのだ。やはり人間は、食べるのが基本だと思い知る。しかし、今食べたいものというと、おかゆぐらいしか思い浮かばなかった。

おかゆか……今は、柔らかいおかゆの味わいが妙に懐かしい。洋食では、あんな風に柔らかく胃に優しい食べ物がないので、食べないか、我慢して食べて胃に負担をかけることになってしまう。

「大原君、パリに中華料理屋はあるかな」ふと思いついて和田は言ってみた。

「あるんじゃないですか？　世界中、大きな街にはどこにでも中華街があるっていいますよ」

「君は、中華のおかゆは好きかい？」

「ああ、どうでしょう……そもそも、食べたことがあったかな？　中華料理にもおかゆはあるんですよね？」

「あるよ」和田は、横浜の中華街——昔の南京街だ——で何度か食べたことがあった。日本のおかゆといえば、さっぱりした料理の極致のようなものだが、中華のおかゆには油っぽさを感じた。店の人に聞いてみると、炊く時に多量のごま油を用いるということなので、油っぽいのも理解できる……そこに、肉や魚など、様々な具材を入れて食べるのだ。胃に優しいというより、スタミナ料理の趣もあるが、でもいい。とにかくその中華がゆでもいい柔らかい米――今、それに勝る食べ物は思いつかなかった。

パリまで四時間の飛行でも機内食が出る。何も、深夜便で食事など出さなくてもいいだろうに、これも料金のうちということか。量はごく控えめ……和田は断ろうかと思ったが、空港で食べたささやかな食事は、既に胃を通過してしまっているようだ。吐き気がするのにかすかな空腹感。何も食べないより、少しでも胃に入れておいた方がいいだろうと判断する。取り敢えず機内食のトレイをもらい、料理をざっと確認する。たぶんトマト味で煮こんだ鶏に、つけ合わせの野菜。他にはパンと果物だけだった、よし、鶏はやめて、パンと果物だけにしておこう。野菜も食べられるかもしれない。

パンはパサパサで、バターを塗っても飲みこみにくい。炭酸水で無理に流しこんだ。果物はオレンジとバナナ。バナナが救いになった。柔らかいので食べやすく、しかもそこそこ腹に溜まる。オレンジはあまりにも酸っぱく、一房食べただけで諦めた。鶏のつけ合わせの野菜にも手をつけてみたが、人参もインゲンもフォークに刺して持ち上げられないほど柔らかくなっていて、味も凄まじい。もっとも、これだけ柔らかければ消化はいいだろう――病院食だと思えばいいのかもしれない。

「大原君、僕の分の鶏も食べないか？」

「いやあ……」大原が苦笑する。見ると、彼も鶏を持て余していた。「これはさすがに僕も……」

「どうやったら、鶏をこんなに不味く料理できるんですかね」

「そんなにひどいのか……」

それなら、手をつけないで正解だった。和田は決して自分の口が驕《おご》っているとは思わないが、合わないものを食べてまた吐いたら、本当に参ってしまう。吐くのは、それだけで体力を消耗するのだ。

食事が下げられ、和田は紅茶をもらった。これがやたらと濃い紅茶で、また胃をやられそう……半分ほど飲んでやめた。

「あとどれぐらいかな」和田は大原に訊ねた。

「もう半分来ましたよ。あと二時間ぐらいです」

「まだ二時間あるのか……」

「和田さんは、悲観主義者ですか？」

「何のことだい？」

「コップに水が半分しか残っていないと悲観的になるか、まだ半分も残っていると楽観的になるか……あ、これはちょっと喩《たと》えがおかしいですね」

大原は、自分の気を楽にさせようとしてくれているのだ……そう考えるとありがたい。

「夢声さんだったら、もっと上手い喩えをするよ」

「夢声さんと比べられても困ります」

「不味《まず》いのかい？」

「ああいう話術は、経験の賜物だね。僕も真似したいものだ」

「和田さんには和田さんの話術があるじゃないですか」

「勉強、勉強だよ。毎日少しずつでも上手くなりたい」

「参考になります」

何の話だ……苦笑して、和田は窓外に目を転じた。夜の闇の中、機はまだ海上にあるようだ。陸地が見えないと何となく不安なものだな、と思った。もっとも、陸上を飛んでいても不安に変わりはないだろう。この辺は、東欧もすぐ近くなのだ。西側との激しい対立が続く共産圏の国の上空を飛んだら、撃墜されてしまうのではないだろうか。もちろん、そんな危ないコースは取らないだろうが……ふと、日本からフィンランドへ来る時にソ連上空を飛んできたら、時間と距離の短縮につながったのに、と思う。そんなことは絶対にできないだろうが。

目を閉じる。眠れるかどうかは分からなかったが、少しでも体を休めておかないと。しかし、依然として居座る激しい頭痛のせいで、どうしても眠れなかった。とにかく、目だけは閉じておこう。しかしほどなく、強い吐き気が襲ってきた。今度は耐えられそうにない。めまいも激しく、座っているのに、その場に崩れ落ちそうになった。

「大原君……」和田は目を閉じたまま、呼びかけた。

「はい」

「すまないが、トイレに行きたいんだ。手を貸してくれないか？」

「立てないんですか？」

「……すまない」

大原が和田の腕を摑んだ。和田は踏ん張ったものの、やはり立てない。そうこうしているうちに、断続的に吐き気が襲ってきた。何とか堪えて立ち上がり、大原に抱きかかえられるようにしてトイレに向かう。入ってドアを閉めた瞬間、跪《ひざまず》いて便器に吐いてしまった。ああ、これはひどい……喉が焼かれ、体が裏返ってしまいそうな感覚。全て吐ききったと思った瞬間、また吐き気が襲ってくる。今度はもう、胃液しか出なかった。

よろよろと立ち上がったが、足に力が入らない。洗面台を摑んで何とか体を支え、鏡を覗きこむ。ひどい顔だ。顔面は蒼白で、今にも死にそう——いや、既に死んでいるかもしれない。震える手を伸ばして、合わせた掌に水を受け、顔に叩きつける。冷たい水の感触で、辛うじて意識が鮮明になった。もう一度水を受け、口をゆすぐ。嘔吐の残滓《ざんし》を洗い流して、何とか不快感は薄れてきた。

ドアを開けると、外で大原が待っていた。

「大丈夫ですか？」心配そうに眉をひそめる。

「何とか……吐いたけど、もう胃に何も残っていないから」

「やっぱり、何か薬を貰いましょうよ」

「いや、薬は駄目だ」そもそも何の薬を貰っていいのか、分からない。船酔いの薬はあるが、頭痛も激しい。二種類の薬を同時に呑んだら、どんな副作用が出るか分からないし。

　席に戻り、ぐったりと腰かける。とにかく、耐えるしかないのだ。そのうち、熱っぽくなってきた。これはもしかしたら風邪なのか？　行きも、ずっと風邪のような症状を抱えたままだったし。何をしても辛い……とにかく、目を閉じてじっとしているしかなかった。

　アナウンスが流れる。聞き逃した……何か緊急事態じゃないだろうな、と心配になった。アナウンスは繰り返され、単に「間もなく着陸します」と言っただけだと分かったので安堵の息を吐く。さあ、シートベルトを締めないと……しかし、手が震えてしまって、ベルトを上手く摑めない。結局、大原が手を貸してくれて、何とかベルトを締めた。これがまた、苦しい。何度やっても胃の下を締め上げられる感じになって、吐き気が蘇ってくる。もう、吐くものなど何もないのだが。

　ずっと響いてきたプロペラの音が少し変わったような気がした。機首が明らかに下を向き、高度はあっという間に下がっていく。理屈から言えば、地上に近くなるのだから状況はよくなるはずなのに、落ち着かなかった。胃が上の方に持ち上げられる感じ……この状態では吐くに吐けないから、とにかく我慢するしかない。何度も唾を吞んだが、苦しさに変わりはなかった。

　窓の外を見ると、急に地上が近くなっているのが分かった。まだ真夜中なので、街の灯もぽつぽつと見えるだけだが、久しぶりに目にする大都会――パリだ。ヘルシンキとは規模が違う。第二次大戦で大きな被害を受けたはずなのに、深夜、上空から見ていると、そういう様子は微塵も感じられなかった。ついに僕はパリを見たんだ。実際、あちこちに街の灯が見える。ああ、これが花の都なのか。つい に僕はパリを見たんだ。これは、一生自慢していいことだと思う。しかし、上空から見ただけでは、パリの本当の魅力は分かるまい。パリが一番美しく見える季節は春、そして秋だというが、夏のパリも少しは味わっておきたい。

そんな余裕があれば、だが。

DC－6は順調に降下していく。和田はずっと、体が浮いているような不快感を抱えたままだった。胃の嫌な感じは何とかならないだろうか。シートベルトを両手で引っ張り、少し隙間を開けてみたが、特に変わりはない。まったく、何でこんなものを締めなければならないんだ……とはいえ、離着陸の時には、これがないと衝撃で座席から放り出されてしまうだろう。

着陸……一瞬機体が大きく跳ねたような気がして、和田は喉の奥で声を出してしまった。しかしすぐに、しっかり滑走路の上を走っている感覚が蘇ってきた。何とか無事に着いたか――ほっとして力が抜けてしまった。同時に、吐き気が消えていることに気づく。やはり上空にいる時にだけ、気圧の関係でおかしくなるのだろうか。とはいえ、まだ頭痛は残っている。先ほどまでの割れるような痛みはないものの、じわじわと頭の芯を締めつけられるような嫌な痛みだ。肩は鉄板が入ったように凝っていて、手先が震えている。それでもとにかく、無事に着いた。これが故郷への第一歩になる。何としても無事に帰国して、もう一度実枝子に会いたい。今は、他に何の望みもなかった。

さて——シートベルトを外して立ち上がろうとしたが、足に力が入らない。おかしい……何が起きたんだ？

「和田さん、立てますか？」

「いや」大原に嘘はつけない。「力が入らない」

「もう大丈夫ですよ。着陸してるんですから」大原が励ましてくれた。「最悪、このまま病院へ直行してもいいんですから、気を楽に持ちましょう。病は気からって言いますよ」

「そうだといいんだけどねえ」

先に立った大原が、また手を貸してくれた。和田は何とか踏ん張って立ち上がり、通路に出た。座席の肘置きを摑んで体を支え、大原が上の荷物入れからバッグを下ろしてくれるのを待つ。

着替えが少し入っているだけのバッグが、やけに重い。体が傾《かし》ぎそうな重さで肩に食いこむ感じがしたが、何とか我慢する。しかし歩くには、大原の力を借りねばならなかった。大原は有無を言わさず和田のバッグを手に取ると、肩紐を斜めがけにした。自分のバッグは反対側に……体に大きな「バツ」がついたようになる。大荷物を両肩に提げたまま、和田の腕を取り、通路を進み始めた。志村が心配そうにこちらを見ていた。

タラップを降りる時には、命の危険を感じるほどだった。照明ぐらいついているだろうと思ったのに、頼りになるのはターミナルから漏れ出てくる灯りだけで、足元が危ない。大原、それに今度は志村も加わって、両脇を二人に抱えられて何とかタラップを降りる。地面に足をつけた途端、少しだけほっとした。ああ、とにかく地上に降りた。自分の足で立っている。

しかしどうしても、ちゃんと地面にいる感じがしない。一歩を踏み出してみても、足元がふわふわして、歩いている実感がないのだ。大原が手を引くように一緒に歩いてくれたが、何だか自分が二十も三十も歳を取ってしまったようだった。

着陸したのは、パリ南部にあるオルリー空港だった。ここからパリの中心部にあるホテルへは、車で一時間近くかかるという。四時間も飛行機に揺られた後の一時間のドライブは、考えただけでもうんざりした。

それでも、空港へ出迎えてくれた東京新聞の記者の顔を見るとほっとする。タクシーを三台用意してくれていたので、それに分乗してホテルに向かった。

和田はシートに浅く腰かけ、胸に顎を埋めた。窓外に見えるのは真っ暗な夜景――黒一色だ。この辺りには家も少ないようで、真っ直ぐな道路をただひたすら走っていくだけである。まるで、飛行機に乗っているのと同じようだった。しかしやはり、飛行機とは違う。地面の上にいるだけで、安心感に包まれた。

ホテルに着いた時には、午前四時近くになっていた。もう明け方……街は既に明るくなり始めていた。ここがどこかも分からないが、これがパリなのかと、少しだけがっかりした。街の中心部に来たはずなのに道路は狭く、車のすれ違いすらできないようだ。建物は全てくすんだ灰色で、どこが花の都なのだ、と和田は首を傾げた。

　パリでの宿舎は、ホテル・キャンボンだった。建物全体がホテルなのではなく、その一部がホテルになっているようだ。それにしても、パリの建物は皆こういう造りなのだろうか。同じような建物——高さは統一されているらしい——ばかりが建ち並び、色気がまったく感じられない。ストックホルムやヘルシンキの方が、よほど街に多様性があって賑やかだった。こういう統一感こそ、パリの特徴なのかもしれないが。

　和田を心配した大原が、同室になってくれた。大原なら気を使わずに済む……和田は荷物を開ける気にもなれず、ベッドに横たわった。

「和田さん、服ぐらい脱がないと」

「服なんかいいよ」さらに言い訳を続けようとしたが、もう言葉が出ない。喋るのも億劫だ。地面の上にいる安心感からか、和田はあっという間に眠りに落ちていた。

　顔をくすぐる毛布の感触……くすぐったさに、和田は思わず目を開けた。カーテンは引かれていたが、その隙間から、昼間の強い陽光が入りこんでいた。体がだるい。頭痛もまだ残っている。ホテルに入ったのは、確か午前四時過ぎ。少しうたた寝しただけだろうと思ったが、はめたまま寝てしまった腕時計を見ると、時針と分針が重なっている。十二時？　昼の十二時なのか？　だったら、ありがたいではないか。午前四時過ぎから昼まで——八時間ぶっ通しで寝られたのなど、いつ以来だろう。

部屋には誰もいない。ベッドを抜け出ると、和田はワイシャツ一枚で寝ていたことに気づいた。いつのまに脱いだのか……大原がやってくれたのだろう。脱いだスーツはクローゼットにちゃんとかかっていた。大原は朝飯——いや、昼飯に出かけているのかもしれない。そんな時間だが、和田はまったく空腹を感じなかった。水が欲しい……洗面台の蛇口をひねればすぐに水は出るが、パリの生水を飲んでいいかどうか、分からなかった。古橋が語ったアメーバ赤痢の恐怖を思い出す。

せめて汗を流そうか。空の旅、さらにいきなり寝てしまったので、体がべとついている。部屋には、むっとするような暑さが籠っていた。汗を流せば、少しは気分もすっきりするだろう。

しかし、風呂場でワイシャツを脱いだ途端、ふらついてしまった。またのまい……例によって、船酔いに似た飛行機酔いの症状だろうか。まだ頭痛もするし、どうしていいのかさっぱり分からない。取り敢えず、フィンランドで処方してもらった船酔いの薬を呑んでおこうか。トランクの一番出しやすい場所——中仕切りにあるポケットに入れてあるはずだ。しかしそれすら面倒臭かった。だいたい、胃が空っぽの状態で薬を呑んだらまずいだろう。取り敢えず、シャワーだ。後のことは、さっぱりしてから考えよう。

熱い湯で汗を洗い流すと、ようやくほっとした。本当は熱い風呂にどっぷり浸かりたい——しかしこちらの浴槽はどれも浅いので、肩までどっぷり湯に浸かるのは難しいのだ。西洋の人は、こういう風呂をどうやって使っているのだろう。

トランクを開け、綺麗なシャツに着替えて人心地ついた。まったく、海外暮らしは楽ではない。金もかかるし、習慣の違いで戸惑うことばかりだ。ヘルシンキでは、洗濯代でどれだけ金を使ったことか。

窓辺に寄り、外の光景を見やる……光景といっても、向かいの建物が見えるだけだが。一階はレストラン、二階から上は普通の家だろうか。明るい陽光の下で見ると、建物は、色はともかくデザインはやはり洒落ている……窓やベランダの手すりにまで凝った装飾が施されており、日本では見られないものだった。左側に視線を転じると、同じ高さの建物がずっと続いていて、まるで遠近法で描かれた絵画のようだ。右側は鬱蒼とした緑――公園か何かがあるのかもしれない。パリがどんな街なのか、まだ全体像は摑めないが、もしも体調がよくなったら歩き回ってみよう。いくら何でも土産話もないままでは情けない。「話の泉」で渡辺を凹ませられるぐらいには、あちこち見聞してみよう。渡辺のヨーロッパ話は現地仕込みだが、なにぶん戦前、戦中のものである。最近のパリは様子が違うんですよ――やりこめられた渡辺が渋い表情を浮かべるところまで、脳裏に浮かんだ。

ドアが開き、「あ」という小さな声が聞こえた。振り返ると、大原が驚いたような顔で立っている。

「起きましたか？」

「久しぶりに熟睡したよ」

「よかった。パリの空気が合うんじゃないですか？」

「来たばかりで、何も分からないよ」和田は苦笑した。

「オレンジジュースを調達してきました」大原が、ガラス製の大きなピッチャーを、顔の高さに掲げてみせた。

「や、これはありがたい」和田は思わず顔を綻ばせた。

コップに一杯。最初の一口は慎重に飲んだ。酸味と甘みが口中に広がり、粘膜にじんわり染みこんでいくようだった。無意識のうちに「ああ」と声を上げてしまう。

「どうですか」

「美味い」

「そいつはよかった」大原の顔に笑みが浮かぶ。「腹は減ってないですか？」

「多少はね。君は、昼は食べたのかい？」

「ええ。さすがフランスです。飯は美味いですね」

「何を食べた？」

「ビフテキです。それと、芋を揚げたやつ。それより何より、パンが美味いですよ」

「君は、何を食べても美味いんじゃないか？　僕は、どんなに美味いパンよりも米の飯がいいなあ」できれば、今はおかゆで。

「夜は、皆で日本食を食べにいこうという話になっています」

「本当かい？」和田は声が上ずるのを感じた。パリには日本食の食堂があると聞いている。いよいよちゃんとした米の飯が食えるのか。しばらく洋食から離れ、日本食を食べ続ければ元気になるだろう。

「和田さん待望の日本のご飯ですよ。食べて元気を出しましょう。それまでに何か、腹に入れておきますか？　昼飯の時に出たパンを少し持ってきましたけど」

「いただいてみるか」

大原の若い舌が信用できるかどうかは微妙なところだが、彼がそれほど感動したというなら食べてみよう。

デスクにつき、大原が持ってきてくれたパンを検《あらた》める。一つは硬いパン、もう一つは三日月形のパンで、大きい割に軽い。

「その、三日月形のパン――クロワッサンっていうそうですけど、食べてみて下さい。涙が出るほど美味かったです」

「それは大袈裟じゃないのか」

一言言って、齧りつく。おっと、これは……嚙んだ先からぼろぼろと剝落《はくらく》し、膝の上に落ちてしまう。慌てて身を乗り出し、デスクに置いた。予想通り軽いパンだが、味はしっかりしている。バターもジャムもつけていないのに、濃厚な香りが口から鼻に抜けていった。これは、よほどたくさんバターを使って焼き上げているのだろう。一個食べたら満腹になりそうだ。

もう一つのパンは、外は乾パンのごとき硬さなのに、中の白い部分はすかすかだった。

しかし、硬い皮の部分が美味い。ヘルシンキで食べていた柔らかいパンとは違う香ばしさが鼻先に漂う。中はしっとりして柔らかく、外側との対比が面白かった。

パン二つとたっぷりのオレンジジュースで腹が膨れた。胃も落ち着いている。パリでは何とかやっていけそうだ、とほっとした。ここで数日休養したら、いよいよ帰国――長い空の旅のことを考えるとうんざりし、不安でもあったが、それでも日本の地を踏む時のことを考えると、胸が躍るようだった。

3

まさか、こんな日本食だったとは……パリ支局長・崎山の心づくしの饗応《きょうおう》だったので文句は言えないが、和田の表情は晴れなかった。天ぷらやすき焼きはそこそこ日本風の料理になっていたのだが、米がよくない。例のパサパサの外地米で、味気ないことこの上なかった。どうやら経営者も料理人も、日本人ではないようだ。

崎山は、和田があまり喜んでいないのを鋭く見抜き、申し訳なさそうに言った。

「今、パリの日本食はこんなものなんだ。戦前は、もっとたくさん店があって、美味い飯を食わせたようだがね」

「いや、久しぶりの日本の飯だ。美味かったですよ」本音を漏らすわけにはいかず、和田はつい嘘をついた。

「フランスでは、日本料理は中華料理にすっかり押されてしまってね。中華料理店なら、街のあちこちにあるんだが……」

「そのうち試してみますよ。中華料理なら安心して食べられそうだ」そう、今日も中華がゆにしておけばよかったのだ……。

崎山はうなずいたが、明らかにがっかりしていた。どうせなら、パリにいる間に本場の美味いフランス料理を食べてもらいたい、とでも思っているのだろう。海外特派員は自分が駐在した国を贔屓するようになる、とよく言われている。その国の人々、天候、文化、食事——そういうものの代弁者になるわけだ。

食事を終えてから、地下鉄でシャンゼリゼ通りに出る。これが名にしおうシャンゼリゼ通りか……体調は思わしくないものの、和田もさすがに感動した。地下鉄の駅から地上に出た辺りは綺麗な石畳の広い道路で、しかもどこまでも真っ直ぐに続いている。道路に対する表現としてはどうかと思うが、「堂々としている」と評するのが相応しい。

「和田君、ちょっと歩けるかな。近くで見てもらいたいものがある」崎山が遠慮がちに言った。

「大丈夫ですよ」本当は一歩も歩きたくなかったが、和田は強がりを言った。

「後ろを見て」

ゆっくりと振り返る。パリもこの季節、昼は長く、まだ明るい……思わず、「ああ」と声を漏らしてしまった。

「これが凱旋門《がいせんもん》ですか……」

「そう」

凱旋門は世界各国にあるのだが、一番有名なのが、このパリのエトワール凱旋門である。ナポレオンの命により、一八三六年に完成——という話は、「話の泉」で渡辺紳一郎から聞かされたのだった。まさに威風堂々。広い道路を跨《また》いで立つ白亜の巨大な門は、周囲を睥睨《へいげい》するようだった。和田はしばしその場に立ち尽くして見入ってしまった。近づけば、さらにその大きさ、壮麗さを実感できるだろうが、急に歩く気が失せてしまう。

「崎山さん、申し訳ないけど、歩くのはちょっときついですね」

「そうか……だったら、少し休んでいこうか。その辺のカフェに入ろう」

一行は、シャンゼリゼ通りに面したカフェに入った。崎山は店内ではなく、道路に面した場所に並んでいるテーブルに和田たちを案内した。

「外でお茶を飲むんですか」車の排気ガスにやられそうで怖い。

「パリの店では、席は外から埋まっていくんだよ。あまり陽が射さないので、少しでも太陽を浴びたいんだろうね。今の季節は、セーヌ川の河畔で、半分裸の女の子たちが寝転がって陽を浴びてるよ」

「それは是非、見物したいですね」和田はニヤリと笑って言ったが、実際はとてもそんな気になれなかった。

コーヒーではなく紅茶の方がよかったが、この店にはコーヒーしかない。フランスではコーヒーが主流なのだ、と崎山が説明してくれたが、これが難物だった。ごく小さなカップに少量入っていて、飲むと舌が痺《しび》れるほどに苦い。

「これはどうも……すごいコーヒーですね」

「フランスやイタリアは、だいたいこういうコーヒーなんだよ。この濃いやつに砂糖をたっぷり入れるんだ」

「それを先に言って下さいよ」和田はスプーン二杯分の砂糖を入れてもう一度飲んでみたが、苦味まで薄れるわけではない。

コーヒーは苦いが、パリの風景は優しい……八月の夜、街を渡る風には、既に涼しさが感じられる。ひっきりなしにシャンゼリゼ通りを行き交う車の騒音と排気ガスは鬱陶しかったが、整然と並ぶマロニエの街路樹がそれを吸収してくれるようだった。こういう堂々とした街並みは日本では見ない……これもいかにもヨーロッパらしい光景ではあるが、和田はざわついた東京をどうしても懐かしく思い出してしまう。こういう洒落た光景に憧れる日本人もいるだろう。和田も、横浜正金銀行《よこはましょうきん》に勤務して長くフランスに暮らした瀧澤敬一《たきざわけいいち》の『フランス通信』を読み、フランス映画を観て、パリへの憧れを募らせたこともあるが、今はとにかく東京だ。放送局内の忙しない雰囲気、銀座の華やかさ、東京駅の喧騒——全てが懐かしい。

「本当は、いろいろなものを観てもらいたいんだけどね。何しろパリは、世界有数の観光都市だ」崎山が残念そうに言った。「物見遊山《ものみゆさん》しているだけで、歴史の勉強にもなる。

エッフェル塔、ノートルダム大聖堂、オペラ座、サント・シャペル――いつでも観に行けると呑気に構えているうちに、帰国の日が近づく。そうなると帰国準備でばたばたして、とても名所を回る余裕はなくなる――日本人の駐在員は、皆それで頭を抱えているよ。帰国しても、ろくな土産話の一つもないんだから」

「そうですか……」今の和田には、そういうこともどうでもよかった。

「和田君、一度日本人医師の診察を受けてみたらどうだ？　ヘルシンキでは大学病院へ行ったそうだが、日本人医師の方が安心できるだろう」

「それはそうですね。何しろヘルシンキでは、片言の英語でしか会話ができなかったですから……パリには、日本人の医者がいるんですよね？」

「ああ。僕が知っているのは、加藤《かとう》という若い人だ。東大医学部の先生で、今フランス政府の給費留学生でこちらに来ている。文学にも造詣が深い、優秀な人物だ。紹介するから、一度診てもらったらいいんじゃないかな」

「そうですね……その方が安心できますね。でも崎山さん、どうしてそんな人と知り合いなんですか？」

「君、パリに日本人が何人いると思ってるんだ？」崎山が苦笑した。「全員が知り合いみたいなものだよ。とにかく、すぐにでも連絡を取ってみよう」

「ありがとうございます」和田は素直に頭を下げた。「助かります。何しろ、言葉が不自由なのは一番困りますね」

「まったくだ。僕も未だに苦労する。長いこと外国で暮らしていても、言葉の細かい感覚はなかなか体に入ってこないからね」

「分かります」

「しばらくは、大人しく体を休めた方がいい。パリを見る機会は、まだこれからもあるだろうし……どうだろう、加藤医師にもお願いするが、身の回りの世話をしてくれる看護婦を頼んでは？　飯田君たちはこれからアメリカへ渡るから、その準備もあるだろう」

「あの、お世話でしたら僕が」大原が遠慮がちに切り出した。

「君もアメリカへ行くんじゃないのか」崎山が怪訝《けげん》そうな表情を浮かべた。

「いえ、状況によっては、和田さんにつき添うつもりです」

「それは、局の方で許さないだろう」崎山が眉をひそめる。

「許されなければ、馘《くび》になっても構いません」大原が言い張った。

「大原君……」和田は溜息をついた。彼の厚意は身に染みるが、それにも限度がある。

「そこまでしてもらわなくていいんだ。前にもそう言っただろう？」

「ストックホルムからパリへ来るだけでも大変だったじゃないですか」大原は譲らなかった。「帰りも僕が同行しますよ。一人で帰るよりは安心でしょう」

「いや、それは……」

「その件は、今話してもしょうがない」崎山が話を打ち切りにかかった。「とにかく、まずは看護婦を手配する。加藤医師にも診察をお願いするから」

「申し訳ないです。すっかりお世話になってしまって」和田はまた頭を下げた。

「もしもパリ滞在が長引くようだったら、私の家に来るといい。いつまでもホテルにいると、金も大変だろう。パリは物価が高いからね」

崎山が笑みを浮かべる。彼が、普段から金の問題で頭を悩ませているのは簡単に想像できた。日本でも、観光地というのはとにかく物価が高いものだ。金に余裕のある観光客から、一円でも多く引っ張り出してやろうということか……皮肉に考えてしまうのは、それだけ体調が悪い証拠かもしれない。


翌朝、和田はベッドから出られなかった。吐き気、めまいといういつもの症状に加えて、今日は明らかに熱がある。体がだるく、関節も痛い。本格的な風邪かもしれない――ヘルシンキに到着してから数日間、やはり風邪に似た症状に悩まされたのを思い出す。これも飛行機酔いの影響なのだろうか。

「朝食は食べられそうにないですね」

「無理だね」大原の問いに答える声がかすれてしまい、和田は自分でも驚いた。普段の自分の声は、太いが少し甲高い。長年のアナウンサー生活で、こういう声を出すと一番通りがいいと分かり、普段から意識して喋っているうちに地声になってしまったのだ。それが今は、自分でも聞き取れないような小声しか出ない。

「またオレンジジュースを買ってきましょうか。とにかく、何か胃に入れておいた方がいいでしょう」

「それは助かる」

「体温計も借りてきます。熱っぽいなら、風邪かもしれませんしね。それならむしろ大丈夫——パリなら、いい風邪薬も手に入るでしょう」

大原が出て行って一人きりになると、またうつらうつらしてしまった。寝ているような寝ていないような……意識があるのかないのかもはっきりしなかった。

気づくと、大原が体を起こしてくれた。「体温計を借りてきましたよ」と言ったので、朦朧としたまま脇の下に挟む。しばらくそのまま目を閉じていた……時計を睨んでいたのか、やがて大原が「もう大丈夫ですよ」と言った。

「君が見てくれないか」和田は震える手で体温計を引き抜いた。今はろくに目も見えない……これも馴染みの症状だった。ヘルシンキで和田を悩ませてきた様々な症状が、今一気に襲いかかってきた感じである。

「はい……うーん……」

「どうした」

「三十八度近いですね。かなりの高熱ですよ」

「それでだるいんだな」

「頭を冷やしましょう。用意しますね」

大原がまた部屋を出て行った。和田は溜息をつき、自分の体の弱さを呪った。本当の自分は、こんなに弱い人間ではないはずだ。戦時中、それに終戦後の栄養状態の悪い時期には、むしろ病気一つしなかったのに。一気に調子が悪くなったのは最近――酒か？やはり酒のせいなのか？　しかし日本を発ってから摂取したアルコール量は、普段の三日分もないだろう。夢声の勧めに従って、できるだけ呑まないように自制してきたのだ。呑まずとも平気――つまり自分は、決してアルコールに溺れているわけではない。実枝子への手紙にも書いたが、一年間禁酒するぐらい、何ということもないように思えた。

また眠ってしまう……しかし、急にひんやりとした感触が額に触れ、目を開けた。視界はぼんやりしているが、目の前に女性の顔があるのは分かる。実枝子か？　実枝子なのか？　まさか。抜けるように肌が白く、青い目の外国人女性だ。

「和田さん、崎山支局長が手配してくれた看護婦のエレナ・ハンセンさんです」大原が小声で言った。

「ああ……」和田は身を起こそうとしたが、エレナがそっと肩を押さえた。寝ていろということか。言葉が通じなくても、こういうのは万国共通だ。

「ハンセンさんは、英語が喋れます。意思の疎通には問題ないと思いますよ」

「助かる……僕の英語力では心もとないがね」それに意識もはっきりしないし言葉ももつれていた。まるで舌が切り離され、頭とつながっていないようだった。

「大丈夫です。僕もいますから」

「しかし君は、間もなく出発だぞ」一行は、十一日にパリを発ち、ロンドンに向かうことになっている。

「僕は行きません」大原が言い張った。

「いい加減にしたまえ」和田は少しだけ声を荒らげたが、迫力がないのは自分でも分かっている。「君はアメリカへ行くんだ。そういう予定なんだから」

「僕は行きません」大原が繰り返した。「和田さんを置いてはいけません」

「馬鹿言うな」と叱りつけてみたものの、何の迫力もないだろうな、と和田は思った。

「君の滞在費はどうする。僕たちが持ってきた金には限りがあるんだぞ」

「何だったら、どこかで働いて金を稼いでもいいです。このホテルのレストランで皿洗いでも」

「おいおい、どこからそういう発想が出てくるんだ?」和田はつい苦笑してしまった。

「和田さんは、NHKの大事な財産なんですよ!」大原が声を張り上げる。「誰かが守らなければならないんです。僕がやります」

「君は……」和田は溜息をつくしかできなかった。大原を諭す気力も体力もない。

時間の流れが分からなくなった。エレナが氷嚢《ひょうのう》を何度か替えてくれたおかげで、意識ははっきりしてきたが、それでも全身のだるさや吐き気は消えない。何も食べる気になれず、ただベッドで横になっているしかできなかった。

何度目かの眠り——ふいに目が覚めた。部屋の灯りはついている……夜なのか? パリの日の入りは遅いが、いったい今は何時ぐらいなのだろう。

「起きましたか？」大原が声をかけてきた。

「彼女は……ハンセンさんはどうした？」

「昼間だけなんです。もう帰りました」

「一体今、何時なんだ？」

「十時です——午後十時」

「何日？」

「八日ですよ。パリに着いたのは昨日の未明です」

ということは、その翌日——今日はほとんど一日寝て過ごしてしまったわけか……考えてみれば、ストックホルムからパリへの夜間便ではほとんど眠れず徹夜状態だったから、また体のリズムが狂ってしまったのだろう。たっぷりの睡眠は、それを正常に戻す機会になるかもしれない。

「明日、加藤先生が来てくれるそうです」

「それは心強い」日本人の医者に診てもらうのが一番だ。説明を聞いてもきちんと理解できるはずで、治療方針も分かるだろう。

「喉が渇きませんか？」

「ああ……そうだな」

横になったまま、和田は喉を押さえた。体中の水分が抜けきってしまった感じがする。何とか体を起こすと、大原が水差しからコップに水を注ぎ、渡してくれた。

「フランスの水は、このまま飲んで大丈夫なのかね」古橋が話してくれたブラジルの水の恐怖をまた思い出した。

「大丈夫だそうです。僕も普通に水道水を飲みましたけど、何ともないですよ」大原が自分の腹を撫でて見せた。

「じゃあ、いただこうか」

和田は水を少しだけ口に含んだ。生ぬるい水だが、その分口に優しい。飲み干すと、思わず「ああ」と声が出た。

「美味い水だねえ」

「フランスでは、水は貴重品だそうですよ。その辺で瓶入りの水を買うと、ワインより高いらしいですね」

「酒より高い水ねえ」和田は首を捻った。

「だからフランスでは、子どもも普通にワインを呑むそうです」

「本当かね。だったら、フランス人の酒の強さは筋金入りだな」

こんな体調でなかったら、自分もフランスのワインを楽しんでみたかった。本来、ワインは好きではないのだが、本場ともなるとまた味も違うかもしれない。せっかく海外へ来たのに、何もできない自分……オリンピックでもまともに働けなかった悔しさがまたこみ上げてくる。

「またオレンジジュースを買ってきましょうか？」

「こんな時間に？」

「近くに、遅くまでやってる店を見つけたんです。サンドウィッチなんかも売ってますから、もしもお腹が空いているなら……」

「いや、それは大丈夫だ」和田はコップを干し、大原に向かって差し出した。「申し訳ないけど、もう一杯もらえるかな」

「はい」

大原が、コップになみなみと水を注いで渡してくれた。それを少しずつ飲みながら、大原の動きを追う。彼はデスクにつき、何か書き物を始めた。

「日記かい？」当てずっぽうで訊ねてみた。

「ええ」振り返りもせずに、大原が答える。

「君はマメな男だね。オリンピックの時も、日本人選手の記録を完璧に残してくれていたじゃないか」あれが、最後の座談会で役にたった。

「忘れっぽいんですよ。だから日記は、備忘録代わりでもあるんです」

「そうか。いいことだな」和田は一人うなずいた。「僕も、ヘルシンキにいる間は日記をつけておこうと思ったけど、なかなか上手くいかなかった……とにかく日記は、後々役にたつと思うよ」

「そうですね。僕の場合は、もっぱら実務的な目的ですけど」

「記録することが大事なんだ。どんなに実務的なことしか書かなくても、後で、自分が何をやったか、何を考えていたか、思い出す縁《よすが》になる」

「和田さんの書かれた『放送ばなし』、読みましたよ。あれも、日記か何かを元にしているのかと思いましたけど」

「昔の手帳が無事だったんだ。手帳というか、予定帳だね。それで何とか、昔のことを思い出せた。だから君の日記も大事だぞ。後で自伝を書く時に、役にたつかもしれない」

「自伝なんて……」大原が戸惑い気味に言った。

「君はまだ若いんだ。これから大仕事をする機会もあるだろうし、何か他のことで名を上げるかもしれない。正直、僕は君が羨ましいよ。これから僕は、どんな仕事ができるか分からない。何もできないまま、パリで死んでしまうかもしれない――」

「和田さん!」大原が声を張り上げた。「そんなこと、冗談でも言わないで下さい!」

「すまん」和田は小さな声で謝るしかなかった。弱気になっているのは間違いない。愚痴も零したかった。その相手として大原は最適なのだが、あまりにも言い過ぎると不快にさせてしまう。

静かに、静かに……今はとにかく静養するしかないのだ。

4

加藤周一《しゅういち》は、いかにも信頼できそうな医師だった。まだ若い――三十二歳だという

――のに、精悍《せいかん》な顔つきのせいもあって、和田はその佇《たたず》まいを見ただけでほっとした。こういう医師なら、的確な判断を下してくれるだろう。

「顔色は悪くないですね」和田の顔を一目見るなり、加藤は言った。「しかし、血圧が高いな……ヘルシンキの病院での診察結果を見ました」

「どうなんでしょう？　これだけ血圧が高くなる原因が分からないんです。やはり、酒ですかね」

「もちろん、酒の影響もあります。それに、体質的に血圧が高い人もいますからね……まず、血圧を測りましょうか」

加藤がエレナに何か指示し、彼女がすぐに血圧を測り始めた。加藤はその間、聴診器を胸に当てて心音を聞く。エレナが数字を告げると――英語ではないので和田には聞き取れなかった――うなずき、表情を変えずに「上が二百ですね」と告げた。

「だいたいいつも、それぐらいです。よくも悪くもない……」

「よくはないですよ。高血圧は万病の元ですからね……尿はどうですか？」

「あまり出ません」

「なるほど。むしろそちらの方が心配ですね。ヘルシンキの病院での検査でも、腎炎の可能性を指摘しています」

「ええ。それは言われました」和田としては、それが重篤な病気なのかどうか判断できなかった。英語でまともな会話ができず、どれだけもどかしい思いをしたか……。「重篤な病気なんですか？」

「それほど心配することはないでしょう。適切な治療をすれば治ります」

「先生、一刻も早く日本に帰りたいんです。日本で治療を受けた方が、早く治ると思うんですが……」和田は焦って言った。

「フランスの医療も進んでいますよ。むしろ日本より進んでいるぐらいだ。どうでしょう、何日かこちらの病院に入院して、集中的に治療を受けられては？　それで体調が回復すれば、日本へ帰れますよ」

「ここで入院して治療したら、本当に帰国できるんですか？」

「とにかく、血圧が下がらなければ飛行機に乗るのは無理です。まずは、血圧を下げるための強い薬を呑んで、様子を見ましょう。そのためにはやはり、入院した方がいいんですけどねえ」

「入院すれば、その分帰国が遅れます」和田は必死で訴えた。「とにかく一日でも――一時間でも早く日本に帰りたいんです。畳の上で死ねれば、それだけで本望ですよ」

「滅多なことでは、死ぬなどと言ってはいけませんよ」加藤が戒《いまし》めた。「私は今、処方箋を出せる立場ではありませんので、薬の指示はできません。明日、もう一度来ます。しかしもう一度申し上げますが、やはり入院した方がいい。早く帰国するためには、体を治すのが一番の近道なんですよ」

「先生、私は畳の上で死にたいんです……」こんな情けないことを言うようになるとは。

しかし和田はいつしか、「死」を強く意識するようになっていた。

この異国の地、慣れないホテルの慣れないベッドを、自分の最期の場所にしたくない。

どうせ死ぬなら、実枝子の腕に抱かれて死にたい。


【大原メモ】

八月九日
和田さん、加藤医師の診察を受ける。盛んに入院を勧められたが、和田さんは気乗りしない様子だ。

診察が終わった後、自分とハンセン嬢は廊下に呼ばれ、大変なことを告げられた。

「患者は非常に危ない状態だ。腎炎も深刻で、いつ尿毒症を発症してもおかしくない。一刻も早い入院が必要だ。しかし、入院しても助かるかどうか、保証はない」

頭を殴られたような衝撃だった。助かるかどうか、保証はない——医者がそんなことを言っていいのか？　怒りが募ってきたが、何とか冷静さを保つことができた。

「とにかく様子に注意して、何かあったらすぐに私に連絡しなさい」

「そんなに悪いのですか」思わず口を挟んでしまった。

「今晩にでも、症状が急変してもおかしくないぐらいだ」

「今晩？」

「とにかく、きちんと様子を見ておくことだ。何としても入院させせないといけない。私は崎山支局長と相談する。支局長の言うことなら、和田さんも指示に従うだろう」

「何とかならないんですか」

「ここにいてもどうしようもない。とにかく病院で早急な、手厚い治療が必要だ。ご家族がいない今、君たちがちゃんとつき添って、面倒を見てあげて下さい」

そうだ。和田さんの家族は、遠く離れた日本にいる……今は何としても、自分が支えなければならないのだ。和田さんに何と言われようと構わない。和田さんの声を、日本中の人が待っている。無事に和田さんを日本へ連れ帰るのが、今の自分にとって何より大事な仕事だ。


「大原君、加藤先生は何の話だったんだ？」和田は怪しんで訊ねた。診察が終わって、看護婦と大原だけが廊下に呼ばれて話をしていた――それも結構長い時間。自分には聞かせたくない、重要な話に違いない。

「これからどうするか、指示を受けてました」大原が涼しい顔で答える。「先生が血圧計を置いていかれましたから、朝、昼、晩と三回必ず測ること、脈も同じように測って、記録しておいて欲しいということでした」

「それだけ？」

「まだありますよ。できるだけ水分をたくさん摂って、尿を出すように――腎炎を悪化させないための、一番簡単な方法だそうです」

「そんな話で、こんなに時間がかかるわけはないだろう」

「英語とドイツ語とフランス語、それに日本語もごちゃまぜで話していたんですよ。時間がかかるのも当然でしょう」

「そうか……」和田は深い溜息をついた。本当に？　確かに、今彼が話したような内容もあっただろう。しかし、それだけとは思えない。

「あと、やはり入院はした方がいいと強く言われました」

「フランスの病院かい……」和田は右手で顔を擦った。やはり異国の病院に入るのは怖い。「気が進まないなあ。言葉も通じないだろうし、どんな治療を受けることになるかも分からない。心配だよ」

「ハンセンさんが一緒に行きますから、英語で話を聞けますよ」

「君も、僕の英語力は知ってるだろう。集中しないと、相手が何を言っているかも聞き取れないんだ」そして今は、その集中力にも自信がない。

「僕も一緒にいます」大原が強い口調で言った。「僕の英語も怪しいものですけど、頑張ってちゃんと聞いて、和田さんに伝えますから」

「――分かった」和田はとうとう観念した。これ以上意地を張っても仕方があるまい。大原が勝手にアメリカ行きを中止してパリに残ったら、NHKの中で問題になりかねないが、自分が土下座してでも謝ればいい。彼の将来を汚してはならないのだ――そのためにも、とにかくちゃんと帰国すること。自分一人のためではないのだと、和田は意を強くした。

　翌日、加藤がまた診察に来てくれて、血圧と脈拍を確認する。表情は変わらぬものの、眉間にかすかに皺が寄っているのを和田は見て取った。

「……どうですか」

「数字に変化はないですね。気分はどうですか」

「よくはないです」和田は正直に打ち明けた。「寝ていてもめまいがしますし、時々吐き気もあります」

「そうですか……」

　ノックの音がした。大原がさっと立ち上がってドアを開ける。崎山が部屋に入って来た。こちらは、露骨に心配そうな表情を浮かべている。

「和田君、調子はどうだい？」

「ああ、支局長……」和田はベッドの上で上体を起こそうとしたが、加藤に止められた。体の力を抜き、再度ベッドに横たわる。

　崎山が椅子を引いてきて、ベッドの脇で腰を下ろす。真剣な表情で、有無を言わせぬ雰囲気があった。

「加藤先生とも相談したんだが、すぐに入院したまえ」

「聞きましたが……金のことも心配です」

「病人が余計なことを心配してはいけない。金は、私の方で何とか工面する。とにかく今は、入院してきちんと治療を受けてくれ。そうしないと、帰国もできないぞ。君は、多くの聴取者に対して責任を負っているんだ」

「だから、一刻も早く帰国を――」

「それが難しいから、入院してくれと言っているんだぞ」

「私は、医師として判断しています」加藤が話に加わった。「昨日、フランス人の医師たちにも相談しましたが、全員が『すぐに入院すべし』との意見でした。どうかここは、専門家の意見に従って下さい」

「しかし……」

「和田君」崎山が低い、しかし抑えつけるような口調で言った。「私は君の上司ではない。しかし、同じＮＨＫで働く仲間として、君の仕事は理解して尊敬もしている。ただし今は、君のご家族の身になって考えているんだ。仮に今飛行機に乗って帰国しても、空港からそのまま病院に直行だぞ。そんな姿を見たら、奥さんも辛いだろう。フランスである程度体を治してから、元気に帰国してくれ。これはお願いだ」

崎山が深々と頭を下げる。彼には、オリンピック期間中から世話になった。面倒見がよく、仕事もできる……ＮＨＫにとっては余人をもって代えがたい人材だ。そういう人に頭を下げられると、これはもう、逆らえない。

「……分かりました」

「そうか、分かってくれたか」崎山がほっとした表情を浮かべる。「なに、心配しないでいい。フランスの医療水準は世界最高だ」

「今、病院の手配をしていますから」

加藤が言った。何だ……僕が正式に返事する前に、もう手回しして決めてしまっていたのか。まあ、しょうがない。こうなったら腹をくくって、徹底的に治すことにしよう。

二人が帰ると、和田は何とかベッドから抜け出した。しばらくシャワーも浴びていないので、体がむず痒くて仕方がない。昼間は暑くてどうしても汗をかいてしまうのだ。窓を開けても、吹きこんでくるのは熱風ばかり。大原が扇風機を借りてきてくれたが、生ぬるい空気をかき回すだけで、役にはたたなかった。

「ちょっと机を貸してくれないか」座っていた大原に頼みこむ。

「大丈夫ですか？」

「家に手紙を書きたいんだ。入院することは書かないでおくが、もう少しパリにいると教えておかないと」

「そうですね。その方がいいと思います」大原がうなずく。

和田は震える手でトランクを開け、便箋と封筒を取り出した。愛用の太い万年筆は……背広のポケットだ。クローゼットに向かおうと立ち上がったが、ふらついて思わず机の端を掴んでしまう。しかし自分の体重を支え切れず、膝から崩れ落ちてしまった。膝が木の床にぶつかり、鈍い音を立てる。

「大丈夫ですか？」大原が慌てて駆け寄り、肘を摑んで助けてくれた。

「大したことはないよ……それより大原君、僕は少し痩せたかな？」

「いや、そんなことはないですよ」

否定したものの、大原は目を合わせようとしなかった。やはり、相当痩せてしまったのだろう。自分で鏡を見てもピンとこないが、他人が見れば明らかなはずだ。ほとんど食事らしい食事もしていないのだから当然だ。

「何がしたかったんですか」和田を椅子に座らせながら、大原が訊ねる。

「いや、万年筆をね……背広のポケットに入っているんだ」

大原がエレナに英語で話しかけ、うなずいたエレナがすぐにクローゼットを探って万年筆を取って来てくれた。これでは彼女は、看護婦ではなく雑用係だな、と申し訳なく思う。しかし……彼女にも高い金を払っている。その費用は、本当に間に合うのだろうか。

万年筆を受け取り、実枝子に向けて手紙を書き始める。今回はできるだけ淡々と、事務的にいこう。この苦しさを訴えても、実枝子を心配させるだけだ。優秀な日本人医師の診察を受けていること、数日間パリで休んでから帰国すること、その間は崎山支局長の世話になっていること。羽田到着の日は電報で知らせるので、手紙はこれが最後になるだろう、とつけ加えた。

実枝子の声が聞きたい。せめてその字を見たい。もう、向こうから手紙は来ないのだろうか。日本ははるか遠く、故郷なのに、気軽に戻れる場所ではない。

便箋を折り畳んで封筒に入れ、英語で住所を書きつける。震える手で封をしてから、心配になった。万年筆を持つ手も震えていたはずだ。いつもと違う弱々しい字を見て、実枝子は不安にならないだろうか？　今まで散々心配をかけたせいか、実枝子は年々神経質になっている。いっそ、出さない方がいいのではないかと思ったが、自分の様子が伝わらないことには、実枝子は不安になる一方だろう。

「大原君、この手紙を頼む」

「分かりました。出してきますね」

大原はすぐに部屋を出て行った。それを見送ってから、和田はまた机を摑んで立ち上がろうとした。エレナが素早く手助けしてくれる。ほっそりした女性なのに意外に力強い——いざとなったら女性の方が頼りになるものだ。男っていうのは心も体も弱いよな……苦笑しながら、和田はベッドに戻った。どうしても好きになれないベッドだったのに、今やここが一番安心できる場所になってしまった。まったく、これでは完全に病人ではないか。

そう、自分は病人なのだ。それも、生死に関わる病に冒されている——。


【大原メモ】

八月十日

崎山支局長と、和田さんの入院先について相談。何ヶ所か候補があり、病室の空きを確認しているという。パリの病院がどんな感じか分からないし、崎山支局長も不安そうだった。何しろ崎山支局長は頑丈で、パリに来てからも風邪ひとつ引いたことがないという。

自分がパリに残ることについても、崎山支局長は最終的に賛成してくれた。自分には普段の取材の仕事がある。ハンセン嬢もつき添いは昼間だけで、入院しても、和田さんは夜は一人になってしまう。何かと不自由だろうし心細いから、君が残ってあげた方がいい、と。

崎山支局長の同意が得られたのでほっとした。大金をかけて自分をこの出張に送りこんでくれたＮＨＫには申し訳ないが、滞在費については、給料でもボーナスでも使って返済するつもりだ。

5

八月十一日――和田は朝から憂鬱だった。本来なら、今日パリを発ち、ロンドンへ飛ぶ予定である。ホテルを午後三時に出てオルリー空港へ向かい、ロンドンには夜に到着……とても飛行機に乗れそうにないのに予定が頭に入っているのは、それだけアナウンサーという仕事への気持ちが強いからだろう。体さえ何ともなければ、今頃は意気揚々としていたはずである。長年の夢だったオリンピック中継を終え、パリの食事や酒を満喫し、歴史あるロンドンの街を楽しんでからいよいよアメリカ視察——そういう経験が、今後のアナウンサー人生を大きく変えてくれるはずだった。

結局、人間の勘というのは、意外に当てになるものだと思う。和田は、オリンピック行きを言い渡されてからの心の揺れを、今でもはっきり思い出すことができた。最初は、天にも上る気持ちだった。しかし健康不安で次第に「行きたくない」という気持ちが強くなり、それが自信喪失につながっていった——想像していた通りになったな、と自嘲気味に思う。いや、今のこの状況は、想像していたよりずっと悪い。ふらふらの状態で、ベッドに横臥《おうが》しているしかないとは。

手紙を書くためにベッドから抜け出すのも面倒になり、和田は上体だけを起こしたまま便箋にペンを走らせた。いや、「走らせる」などと格好いいものではなく、軽い万年筆を必死に握って、一字一字を紙に刻むように書かざるを得ない。

徳川夢声様

大変ご無沙汰しております。私は今、オリンピック取材からの帰途にあり、パリにおります。

残念ながら、慣れない飛行機のせいですっかり体調を崩してしまい、せっかくのパリの街の見物もできず、ホテルで寝ているしかありません。情けない限りですが、どうも私は海外の食事がまったく口に合わないようです。今はただ、冷奴や大根の味噌汁、焼き魚、美味いうなぎの姿が頭に浮かぶだけです。

これではあまりにも情けないか……しかし夢声に対して窮状を訴えていると、少しだけ気が楽になるような気がした。

夢声様は、戦時中も東南アジアへの慰問に出かけられましたね。その様子をあなたから聞いたことがありました。あの時、病気で相当苦しまれたことと思います。夢声様なら、今の私の苦しみを分かっていただけるのではないでしょうか。

そう、夢声は昭和十七年から十八年にかけて南方慰問に出かけた際に、体調を崩して酷い目に遭った、と打ち明けてくれた。それこそ死の淵を彷徨《さまよ》うようなひどい症状だったらしいが、無声の話術にかかると、まるで落語を聞いているように笑ってしまった。

「あれはおそらく、胃潰瘍の再発だったんでしょうなあ。馴染みの痛みと苦しみでしたが、そんな最中にも酒を呑んでいるんだから、これはもう、馬鹿者としか言いようがない」

「胃潰瘍で酒が呑めるものですか？」

「何か液体を入れないと、脱水症状で死にかねない……しかし南方の水は悪いのでね。安心して呑めるのは、ウィスキーぐらいだったんですよ」

滅茶苦茶な理屈だ、と呆れる一方、いかにも夢声らしいとも思った。若い頃から酒に溺れ、酒で苦しみ、酒に助けられた夢声——戦争の最中、南方慰問という緊張を強いられる状況でも、酒との縁は切れなかったわけだ。

「しかしあの慰問で、私は日本は負けると確信しましたねえ。今だから言えることだけど、南方に駐在していた連中のだらしなさと言ったら……士気も何もあったものじゃない。本国の目が届かないところで、好き勝手にやっていたんです。風紀紊乱《びんらん》とは、まさにあのことですな」

夢声は、外地で観た映画についても話してくれた。特に『風と共に去りぬ』。上映時間三時間半を超える超大作として、戦前から日本でも話題になっていたが、昭和十四年から外国映画の輸入制限が行われたせいもあり、戦前には上映されることはなかった。ようやく今年になって、「秋にも上映されるようだ」という噂が流れ、和田も楽しみにしていたのだが、夢声はこの映画を慰問の旅の途上、シンガポールで観たという。

「あれを観た時、日本は絶対に戦争に勝てないと悟りましたね」夢声はしみじみ言った。「これだけの大作映画を作る資本力、機械力、機動力、実行力——こういう国と、飛行機や潜水艦で戦争するのは無謀でしかないと思いましたよ。私も何本も映画に出ましたけど、とにかく日米の力の違いをまざまざと見せつけられたのは、あの『風と共に去りぬ』でしたなあ」
映画で戦争の帰趨《きすう》を考えるというのも、いかにも夢声らしい。さすがは文化人ということか……彼には彼の、独自のアンテナがあったのだろう。そしてその勘は、数年後にちゃんと当たったわけだ。

長年の夢だったオリンピック取材もまともにこなせず、悔しい限りでした。私の中継放送は聴いていただけましたでしょうか？　もしも普段とは違う、面白みのない放送でしたら、ひとえに体調不良のためです。まことに、お聞き苦しい放送で申し訳ありませんでした。

こんなことを書いていても何にもならない。万年筆を持つ手が自然に止まり、溜息をついてしまった。書き直すか……しかし、ここまで書いたものを破り捨て、一から新しく書き直す気力さえない。

私が不在の間、「話の泉」の司会をありがとうございます。当地では聴けないのですが、夢声様なら、上手くあの番組を進行してくださっているのではないかと思います。私が言うのもおこがましいですが、今、日本の聴取者が一番心待ちにしているのは、「話の泉」ではないでしょうか。私が帰るまで、何とか続けていただければ幸いです。また、万が一私が戻れない場合は、ぜひ夢声様の司会で番組を続けていただければ――

クソ。

低くつぶやき、和田は便箋を破り捨てた。これではまるで遺書じゃないか。冗談じゃない。「話の泉」は僕の番組だ。誰にも渡せない、和田信賢の看板だ。とはいえ、そんなことをわざわざ手紙で宣言したら、夢声さんも戸惑うだろう。いや、夢声さんならば、僕がどんなに不安に思ってこんな手紙を書いたか、察してくれるだろうが。

しかし、今はいい。

遺書を遺す必要などない。僕は何としても生きて帰るのだ。日本へ。実枝子が待つ場所へ。

【大原メモ】

八月十一日

朝からあちこちを走り回り、最終的に今後の予定が決まった。飯田さんたちはロンドンへ出発。自分はこちらに残り、崎山支局長と一緒に和田さんの面倒を見る。少しでも余分に金を残して行こうと、志村さんたちは朝から銀行へ出かけた。トラベラーズチェックを切って、いくばくかの現金を和田さんに渡すつもりのようだ。

その間、河原さんたちが和田さんにつき添い、ずっと励ましていた。しかし今日の和田さんは比較的元気で、自分のことよりも、「飛行機に間に合わないのではないか」と逆に河原さんたちに気を遣うぐらいだった。ようやく飯田さんと志村さんが戻って来て、和田さんの手に金を握らせた。フランスで入院したら、どれだけ金がかかるか分からない、少しでも手元に置いておいてくれ、と。しかし和田さんは受け取りを渋った。実際には、金はいくらあってもいいはずだが、和田さんには、この金は「手切れ金」のように思えたのではないか。

僕はわざと「皿洗いでも何でもして、和田さんの入院を助けますから」とおどけて言ったが、皆から「手先が不器用なんだから、皿を割ってばかりで給料をもらえないのではないか」とやっつけられてしまった。和田さんも笑って聞いていたが、その顔はどこか寂しそうだった。

最後に部屋を出たのは志村さんだった。和田さんは「また一緒に相撲の中継をやろう」と明るく話をしたが、志村さんは泣き顔だった。

まるでこれが、今生の別れになるとでもいうように。

「志村君、そろそろ行かないとまずいだろう」和田は震える声で言った。これから大原と二人きりだと思うと、さすがに不安になる。大原はよくやってくれているが、なにぶん、この旅で初めて会ったも同然の若者だ。志村のようにつき合いが長く、気心が知れた、何でも言い合える仲ではない。

「もう少し大丈夫ですよ。飛行機は待ってくれるでしょう。こっちは高い金を払っているんだから」

「いや、金だけ取って、さっさと飛んでしまうかもしれない。航空会社なんて、人が乗っていようがいまいが関係ないだろう」

「和田さん、少し皮肉っぽくなったんじゃないですか？」

「こんなに調子が悪いと、皮肉も言いたくなるよ」

和田は溜息をついた。今は、志村たちが羨ましくてならない。どうして自分だけが、こんなに苦しまなくてはならないのだ？　同じ世代の志村たちが平然と海外での経験を楽しんでいるというのに。まったく情けない。自分はこんなに弱い人間だったのかと思うと、涙が出そうになる。

「とにかく、早く帰って来て下さい。今度会うのは日本でしょうが――たぶん、和田さんの方が早く帰りますよね」

「君たちは、これから長いアメリカ出張だからね」

「正直、アメリカにはあまり行きたくないですよ」志村が打ち明けた。

「どうして？　本場でスポーツ中継や芝居を見るのは、いい勉強になるじゃないか。君も大リーグ観戦を楽しみにしていただろう」

「でも、半分は物見遊山ですからね」志村が低い声で認めた。「今回のヘルシンキ出張の慰労みたいなものじゃないですか。何だか申し訳ないんです」

「おいおい」和田は唇の前で人差し指を立てた。「そんなこと言うなよ。誰かに聞かれたらまずいぞ」

志村は笑おうとしたが、顔が引き攣《つ》ってしまう。迂闊《うかつ》に冗談も言えないな、と和田は気持ちが沈んだ。とにかく今は、志村をしっかり送り出さないと。

「志村君、できればアメリカで何か土産を買ってきてくれないか？」

「何がいいですか？」

「それは君に任せるけど、いかにもアメリカらしいものがいいなあ」

「分かりました。後で文句を言わないで下さいよ」

「志村君が選ぶものなら、文句なんか言わないさ。さあ、もう行きたまえ。次は日本で会おう——僕が先に帰って、君たちを羽田まで迎えに行くよ。飛行機は見たくもないけど、羽田に行くぐらいはいいだろう」

「よろしくお願いしますよ」志村が頭を下げた。「和田さんが迎えに来てくれると思ったら、心強い限りだ。ＮＨＫにも連絡は取りますけど、電報を打ちますね」

「絵葉書もくれると嬉しいな。僕が自分でアメリカの地を踏む機会は、もうないだろうから」

「和田さん……」

「そんな顔、するなよ。もう二度と飛行機には乗りたくないだけだから。さあ、行ってくれ」

志村が立ち上がる。目は潤んでいた。何か一つ、気の利いたことを言って送り出したい。「話の泉」の司会だったら、ぽんぽんと言葉が出てくるのだが、今日だけは駄目だった。今できる限りの笑みを浮かべ、軽く手を振る——それしかできない自分が情けない。

志村が部屋を出て行った後に、エレナと大原が残る。しかし和田は、一人取り残されてしまったような気がしてならなかった。こんな気分は人生で初めて——山形放送局に飛ばされた時にも、頼りなく、これからどうなるのだろうという不安で一杯だったが、しかしまだ未来は感じられた。戦争が終わり、まったく新しい時代が始まるであろうことに対する希望もあった。

今は何もない。

不安だけが頭に満ちていく。

6

【大原メモ】
八月十二日
和田さんは、加藤先生が手配した救急車で病院に運ばれたが、自分は同乗できず、後から地下鉄に乗って向かった。かなり長く乗っていた感じがしたが、それでも地上に出ると、まだ都会の真ん中だ。パリの市街地は、相当大きく広がっている。

ここはカソリック系の私立病院だそうで、かなり大きく設備も立派だ。ここなら、和田さんも十分な治療を受けられると思う。とにかく、和田さんが大人しく入院してくれたのでまずは一安心だ。


とうとう入院か……和田はベッドの上で溜息をついた。かけ布団から手を抜き、頬を撫でてみる。ヘルシンキを出て以来一度も髭を剃っていないので、もはや無精髭とは言えない長さになってしまって、みっともない限りだ。早く髭を剃ってさっぱりしたいが、今は剃刀を持つのも危なくて仕方ない。エレナは献身的に世話を焼いてくれるが、髭まで剃ってもらうわけにはいくまい。素人にそんなことをさせたら、むしろ危ないだけだ。

大原が病室に入って来た。それだけで気分が楽になる。

「どうも、遅くなりまして」大原は額に汗を浮かべていた。

「大変だったんじゃないか？」

「パリは、地下鉄が複雑で困ります。これだけ路線が発達していると、どこへ行くにも便利なんでしょうけど、慣れていない人間には迷路みたいなものですよ。それより、アイスクリーム、食べませんか？」

「アイスクリーム？」

「ここの近くの駅――モンガレーっていうんですかね、その近くの売店で買って来ました」

「アイスクリームかあ」空腹は感じないが、喉は渇いていた。水をたくさん飲むこと――加藤医師の指示を思い出したが、アイスクリームはいいのだろうか。「こんなもの食べて、大丈夫なのかね」

「加藤先生に確認しました。刺激物以外は大丈夫みたいですよ。水分はできるだけたくさん摂った方がいいそうですし、アイスクリームも、全部水分みたいなものでしょう？凍っているだけで」

「あまり食欲はないんだけどなあ」

「和田さんが食べないと、僕が困るんですよ」大原が唇を尖らせた。「ハンセンさんの分も入れて、三人分買ってきたので……和田さんが食べないと、僕が二人分食べることになるんです。ヘルシンキ入りしてからずいぶん太ってしまったから、少し遠慮しないと」

「君はよく食べていたからねえ」彼が太ったとすれば、その原因の一つは明らかに和田にある。食べられなかった分を、ずいぶん譲ったものだ。「じゃあ、いただこうかな。せっかく買ってきてもらったんだから」

「どうぞ」

紙のカップに入ったアイスクリームだった。食べてみると、じんと口に染みる冷たさである。滑らかで濃厚な味……日本で食べるものとはまったく違う。あまりにも味が濃過ぎて腹を壊しそうだが、その時はその時だ。美味いことは間違いなく美味い。しかも、体が冷たいものを欲していたのだと意識する。

「やあ、ようやくフランスの味を堪能したよ」結局、全て平らげてしまった。

「パンは美味しいって言ってたじゃないですか」

「それも、ろくに食べられなかったからな……皆はどうしてるだろう」

「もうとっくにロンドンに着いてるでしょうね」

「迷惑をかけたなあ」

「今、そんなことを言ってもしょうがないですよ。とにかく、病気を治すことだけを考えましょう。それと、見舞いに来たいって崎山さんに言ってきている人たちがいるそうですけど、どうしますか？」

「僕の見舞い？　誰が？」

「各社の特派員の皆さんですよ。パリでは日本人は少数派ですから、結束が固いみたいですね」

なるほど……ヘルシンキでも、ヨーロッパに駐在している各社の記者が応援に入り、和田も毎日のように顔を合わせて顔見知りになっていた。

「ありがたいけど、こんな姿は見せられないよ」和田はもう一度頬を撫でた。みっともない髭面は、自分の感覚では恥だ。「もう少し元気になって、せめて髭ぐらい剃ってからにしたい」

「じゃあ、そう言っておきますけど、皆さん、押しかけてきちゃうかもしれませんよ。新聞記者なんて、図々しいですからね」

「そんなこと、言うなよ」和田は苦笑した。「慣れない外国にいると、同国人は助け合う仲間なんだから……でもとにかく、今は会いたくはないな」

「そうですか。でも、和田さんはすぐに元気になって退院しちゃうでしょう。見舞いを受けている暇もないですよね」

「その場合は、僕がきちんとお礼に回ってから、帰国しよう」

「そうしましょうかね……」大原が膝を叩いて立ち上がった。「僕は一度帰ります。夜、また来ますから」

「その話だけど」和田は表情を引き締めた。「ここへ泊まりこんでくれるという話だったね?」

「そのつもりです」

「そこまでしてくれなくてもいいんだよ。だいたいこの部屋には、寝る場所もないんだから」

「そこにソファがあるじゃないですか」

大原が部屋の片隅を見た。一人がけのソファ……和田は思わず苦笑してしまった。

「そんな小さなソファじゃ眠れないだろう。いいんだよ、君はたまに顔を出してくれるだけで。それだけでもありがたい」

「とにかく、夜にまた来ます」

「そうか……じゃあ、また会おう」

一礼して大原が病室を出て行った。和田は、便箋と万年筆を取ってくれるよう、エレナに頼み、ベッドに入ったまま手紙を書き始めた。退院するまで、実枝子にはもう手紙を書かないつもりだったが、NHKの方には状況を知らせておかないといけない。視察の予定が狂ってしまい、迷惑をかけているのだから……宛先は春日編成局長。現在、和田が直接手紙を書ける中で一番「偉い人」だ。「話の泉」に穴を空けているだけでも迷惑をかけてしまっているのだし、謝罪も含めてしっかり事情を説明しておかねばならない。


ヘルシンキで調子を崩してしまったこと、パリに来てさらに体調が悪化してしまったこと、そしてついに入院したこと。しかし加藤医師の診察では、取り敢えず一週間ぐらいで退院できるらしい——最初は淡々と書いていたのだが、そのうち泣き言に変わってしまった。

おかゆ、重湯、大根おろし、豆腐と、今食べたいものを書き連ねてしまう。看護婦のエレナに払う日当も心配であること。家族には「軽い病気だ」と伝えているので、心配させないようにして欲しい——何だか、謝罪ではなく懇願するような手紙になってしまった。

この手紙をエレナに託す。病室に一人きり——部屋は広い。日本の病院とは違い、白一色の素っ気ない感じではなかった。床は色違いの二種類のタイル張りで、カーテンは水玉模様だ。ソファや椅子も洒落たデザインで、ホテルの部屋といってもおかしくない。しかし常に消毒薬の香りが漂っていて、それが和田を苛立たせる。

ベッドのすぐ横にある窓から外を眺めた。目に入るのは、病院の他の建物と、外の緑だけ。この緑は中庭のものだろう。木々の緑は濃く、まるで森のようだ。その中を、寝間着姿のままで散歩する入院患者たち……老婦人の乗った車椅子をゆっくりと押す看護婦……彼らの人生は、この病院の敷地内で完結してしまっているようだった。

自分は——自分は果たして、この病室から抜け出せるのだろうか。あの地獄のような空の旅に耐えて、日本へ帰れるのだろうか。

そもそも自分は今、どこにいるのだろう。半ば意識が朦朧としたまま救急車で運ばれてきたので、病院の名前さえ分からない。当然、住所も……春日局長への手紙には、崎山支局長に連絡を取って確認して欲しい、と書くしかなかった。

自分がどこにいるかも分からぬまま、死ぬしかないのか。

せめてラジオがあれば、と思った。自分の声でなくてもいい、誰かの声がラジオから聞こえてくれれば、慰められる。そう、自分はラジオとともに育ってきた。ラジオのある生活こそが日常——今、自分はどれだけ非日常的な空間にいるのだろうと情けなくなった。

【大原メモ】

八月十三日

ハンセン嬢は夕方五時までの約束なので、自分はその後に病院に入ることにした。和田さんは来る必要はないと言っていたが、話し好きの和田さんのことだ、一人では寂しくてしょうがないだろう。

和田さんは、本当に不思議な人だと思う。二面性があると言うべきか。いつも誰かに囲まれて、賑やかでないと不機嫌になるのに、そういう場にいてもどこか醒めた感じがある。そう言えば志村さんが、「何時でも構わず電話をかけてきて呼び出すのに、いざ呑み始めると、自分だけ突然姿を消すんだ」と文句を言っていた。

強いのに照れ屋。社交的なのに孤独好き。本当に扱いにくい人だ。田舎育ちの自分にはよく分からないが、東京の人とはああいうものかもしれない。

困ったなと思うこともあるが、和田さんのこの二面性は自分を捉えて離さない。何とも言えない魅力がある人で、だからこそ、和田さんの番組は聴取者の人気を集めるのではないだろうか。

今日、崎山さんに呼ばれてパリ支局に行った。オリンピックを終えた日本選手団の一部が、パリに立ち寄って挨拶に来たというので、自分も顔を見せることにした。そこで自然に和田さんの話になってしまい（和田さん人気ここでも健在なり）入院したことを話さざるを得なかったが、皆に心配された。レスリングの石井選手などは、ぜひ見舞いに行きたいと言ったのだが、崎山さんが止めた。寂しがり屋の和田さんではあるが、今は治療中である。大勢の人が押しかけてきたら、持ち前のサービス精神で無理に話をして、病状が悪化するかもしれない。

それにしても、和田さんほど愛されている放送人はいないと思う。番組での顔と普段の顔は違うものだが、和田さんに関しては、どちらも愛されている。本当に珍しい人だ。

ここまで書いた後、大原はホテルを出た。

自分もいつまでもホテル・キャンボンに泊まっているわけにはいかない。もっと安いホテルを見つけて移るか、いざとなったら崎山支局長のご自宅にお世話になるか。

今は、病院近くのカフェで一息ついて、これを書いている。和田さんのことは気になるが、時間調整も必要だ。狭い病室故、ハンセン嬢と二人でいると、和田さんも窮屈そうだ。今、午後四時。中途半端な時間だが、せっかくなので気晴らしに病院の近くを歩き、ついでに食事を済ませていくことにした。

病院のすぐ近くには、ナシオン広場という円形の広場がある。そこをぐるりと取り巻くように道路も丸く走っていて、車がぶつからないのが不思議でならなかった。いったい、どういう規則に従って走っているのだろう。

広場の中央には、堂々とした銅像が鎮座している。こういうのを見ると、いかにもヨーロッパらしいと思う。

公園の周りにも、同じような高さの建物が建ち並んでいるものの、無機質な感じがしないのは、このおかしな道路の造りのせいかもしれない。この街は、もしかしたら攻めこまれた時のことを考えた「防衛都市」を構想していたのではないだろうか。道路が複雑に入り組んでいれば、攻めてきた敵を混乱させることができる。今のパリには、そんな物騒な雰囲気はないが。

崎山支局長に、「パリで食べ物に困ったらサンドウィッチを食べておけ」と言われたので、試してみることにした。出てきたサンドウィッチを見て驚く。例の、棒みたいに長く固いパンを半分ほどの長さに切り、具を挟んだものだった。日本の、食パンを使ったサンドウィッチとは大きさが全然違う。しかも安い。中身はハムとチーズだけだったが、パンの美味さに驚いた。パリパリの皮は決して硬くはなく、適度な歯ごたえで、味もしっかりしている。ふわふわの食パンよりも、こちらの方が好みだ。

一つ食べたら、すっかり腹一杯になってしまった。和田さんに土産に買っていこうかと思ったが、今はこういう食べ物でも重いかもしれない。病院の方でちゃんと食事は用意されているはずだから、変なものは持ちこまない方がいいだろう。せいぜいアイスクリームだ。

パリの夏は短いようだ。あるいは今年が特別なのか、夜になると時折冷たい風が吹く。昼間は暑いぐらいなのだが、この寒暖差はけっこうきつい。こういう気候も、和田さんの体にはよくないと思う。一刻も早く、日本に連れて帰らないと。

誰だ……部屋に人が入って来る気配に気づいて、和田はゆっくりと目を開けた。また注射だろうか。病院の看護婦たちは、いきなり入って来て、何の説明もなしに注射をしていく。それで調子がよくなればいいのだが、さっぱりだ。痛い思いをするだけで症状が改善しないなら、こんなところに入院している意味はあるのだろうか。

大原だった。安心して、和田はもう一度目を閉じた。寝ているのか起きているのか分からない……入院して何日が経つのかも分からなかった。ずいぶん長い間ここにいるような気もするし、今朝運ばれてきたばかりのような気もする。何の変化もない病室にいると、時間の感覚がどんどんおかしくなってしまう。

「ミスタ・ワダ、私は帰ります」耳元でエレナが囁《ささや》く。

和田はかすれる声で、辛うじて「ありがとう」と言っただけだった。今は言葉を発するのも苦しい。

「明日、また来ます」

エレナが和田の右手を軽く叩いた。それだけでほっとする。まるで子ども時代に戻ってしまったような気分だった。風邪を引いた時、母親が体を撫でてくれたり、額に載せた濡れタオルを替えてくれたりするだけで、ほっとして気分がよくなったものだ。

エレナの気配が消え、代わって大原がベッド脇の椅子に腰を下ろした。

「具合はどうですか？」

「ずっと寝ていたよ」和田は答えた。

「寝るのが一番の薬じゃないですかね」

「どうかねえ」

和田はようやく目を開け、何とか体を起こした——ほとんど大原に頼ってしまったのだが。幸い、吐き気もめまいも消えている。しかし、頭がぼんやりして、まだ夢の中にいるような感じがしてならなかった。

「何か食べているんですか？」

「どうかなあ」腹は減っているが、いつ食べたか記憶にない。いや、確かトーストと紅茶を……あれは朝飯か。「ここの朝飯、ひどいんだよ」

「そうなんですか？」

「トーストが出てきたんだけど、それが冷めていた。君、冷たいトーストを食べたことはあるかい？」

「ないですね」

「あれはひどいよ。味気ないことこの上ない。ジャムが美味いのだけが救いだったね。日本のジャムと何が違うんだろう」

「さあ……やっぱりフランスが本場ということじゃないですか？　それより和田さん、アイスクリームを食べませんか？　今日も買ってきました」

「君は、よほどアイスクリームが好きなんだねえ」和田は苦笑した。

「和田さんも気に入ってくれたじゃないですか。昨日もペロリと平らげてましたよ」

「そうだったかな」

「日本のアイスクリームとはずいぶん違うと言ってましたよ」

「ああ」そう言えば……舌の上に、濃厚なアイスクリームの味が蘇り、久々に食欲を感じた。

二人で黙々とアイスクリームを食べながら、和田は次第に意識がはっきりしてくるのを感じた。冷たいもので、感覚が研ぎ澄まされるのだろうか。

「レスリングの石井選手たちと会いましたよ」

「彼らもパリに来ているのか？」

「はい。時間調整のようなものでしょうが、休養も必要なんでしょう」

「金メダルを取ったんだから、何でも好きなことをしていいと思うよ。石井君は、どんな様子だった」

「浮かない表情でした」

「どうして」

「崎山さんが、和田さんが入院していることを教えたんです」

「余計なことを」散々崎山の世話になっていることを一瞬忘れ、和田は怒りを募らせた。

石井は英雄だ——いや、彼だけでなく、ヘルシンキ・オリンピックに参加した全ての日本人選手が英雄だ。彼らに、嫌な話を教えなくてもいいのに。

「見舞いに来たいと言ってましたけど、崎山さんが断りました」

「当然だよ」和田は溜息をついた。「こんなみっともない姿を見せて、彼らを嫌な気分にさせたくない」

「皆、和田さんを心配しているんですよ」

「僕は、そんなに心配してもらうような人間じゃないよ」

「そういう風にご自分を卑下されるのはよして下さい」大原が強い口調で言った。「和田さんこそ、放送界の宝なんですよ。何としても、僕が日本に連れて帰りますから。この病気だって、日本に帰れば笑い話になりますよ」

「そうだといいんだがね」

軽いノックの音……ああ、夕食の時間なのだと気づく。途端にうんざりした気分になる。朝のトーストだけではなく、病院の食事は極端に味がなく、食べているとかえって元気がなくなるようなのだ。

大原がベッドのテーブルを整え、トレイに載った食事を置いてくれた。ほとんど色がついていないスープ。食パン。そして一番大きな皿には魚の料理が載っている。

「さあ、和田さん、食べておきましょう」

「美味そうじゃないなあ」

「食べないと、病気も治りませんよ」

仕方なく、カップを取り上げてスープを一口飲む。味気ない……かすかな塩気が感じられるだけだった。こういう病院食でもナイフとフォークがついてくるのかと呆れながら、和田はフォークを取り上げ、魚を一口分切り取って口に入れた。パサパサで、予想通りほとんど味がない。つけ合わせのほうれん草も、ほとんど溶けてしまいそうなほど柔らかく、誰かが悪意を持って調理しているのではないかと思えるほどだった。

「意外にちゃんとしてるんですね」大原が感心したように言った。

「冗談じゃない。君も食べてみるか？　味なんか全然ないぞ」

「でも、日本の病院食も、本当の重病人だったらおかゆや重湯が出てくるじゃないですか。フランスにおかゆがあるとは思えないけど、もっと症状が重かったら、消化にいいものが出てくるはずですよ」

「おかゆねえ……おかゆは食べられないだろうなあ」

「病院の近くに中華料理屋がありますから、調達してきましょうか？　何だったら今夜にでも――」

「いや、とても食べられそうにない」スープと魚を一口食べただけなのに、もう腹が一杯になってしまった。「もしもよければ、明日にでも……頼むよ」

「明日の食事のことを考えるのはいいですよね。僕なんか、食べたらすぐに、次の飯はどうしようかと考えますけど」

「君の食欲が羨ましいよ」和田は苦笑した。「僕が若い頃にも、君みたいな食欲はなかったけどね」

「時代が違うんじゃないですか？　和田さんが若い頃は、まだ戦争前の豊かな時代で、食べるものもたくさんあったでしょう。僕らは、戦中戦後に育ち盛りでしたから、食べ物に対する執着心は強いですよ」

「こういう話をしていると、歳を取ったと感じるねえ……それより、君には本当に悪いことをした」

「何がですか？」

「うん……」和田はフォークを静かに置いた。「僕の本当の症状を最初に教えたのは君だった。それは、愚痴を零せる相手が君しかいなかったからだ。飯田君は派遣団長としてピリピリしていたし、僕がヘルシンキに行くことについても、思うところがあった。それは君も知ってるだろう」

「ええ」大原が顔を歪める。「飯田さんの態度は失礼だったと思います」

「いや、彼の気持ちは分かる。それに志村君は大事な後輩だけど、アナウンサーとしてはライバルでもあるんだ。彼には、弱音を吐く気になれなくてね。結果的に、君に愚痴を零すしかなかった。本当に迷惑をかけた」

「とんでもないです」大原が首を横に振った。「少しでも和田さんの役に立てたら、こんな嬉しいことはありません」

「ああ……」和田は咳払いをした。少し喋り過ぎただろうか。自分は、アナウンサーである前に、喋ることが好きな男である。話を聞いてくれる人がいるなら、いつまでだって喋っていられる。しかしそれは、時と場合によるわけで……今は、少しでも体力の回復に努めるべきなのだ。喋ることは、それだけでも体力を消耗する。

またノックの音。看護婦が二人、入って来た。若い方の看護婦が、ほとんど手がつけられていない料理を見て、何かぶつぶつと言った。表情を見ている限り、文句があるようだが、フランス語なのでさっぱり分からない。これが不安だった。英語なら多少は分かるが、まったく聞き取れない、喋れもしないフランス語の響きは、和田を不安にさせる。

もう一人の看護婦が、注射の準備をした。腕を消毒され、太い注射を見た瞬間、和田は顔をしかめた。何も、こんな太い注射をしなくても……痛みに耐えながら、和田は大原に向かって「何の注射か聞いてくれないか？」と頼んだ。

大原が英語で質問したが、看護婦は何も答えず首を横に振るだけだった。英語がまったく理解できないのか、あるいは答える権利がないのか。どちらにしても、和田を不安にさせる態度だった。

注射されても、体調にはほとんど変化がない。看護婦が出て行くと、大原がベッドに横たわらせてくれた。

「ゆっくり寝て下さい」

「君も帰りたまえ。本当は、病院に泊まりこんでいるとまずいだろう？」

「何か文句を言われたら帰りますよ。和田さんを一人にしたくないので」

「死ぬ時は、どうせ一人なんだよな」

「嫌なこと言わないで下さい」

「すまん……少し寝るよ」

目を閉じると、途端に意識が薄れていく。眠るのではなく、意識を失っていく感じ。心配になって目を開けると、真っ白な天井が視界に入るだけだった。傍に大原の気配は感じられるが、顔をそちらに向けて確認する気力さえなかった。

いったい自分はどうしてしまったのだろう。加藤医師は、「入院して適切な治療を受ければ大丈夫」と言ってくれたが、果たして「適切な治療」を受けられているかどうかも分からない。加藤も、自分を入院させたのなら、責任を持ってここに来て、ちゃんと説明してくれるべきではないか。

……いや、彼はあくまでフランスの官費留学生であり、自分の勉強がある。忙しい合間を縫って診察してくれたのだから、感謝こそすれ、怒るのは筋違いだ。

あるいは……朦朧とする頭で、和田は必死に考えた。自分の症状は絶望的で、そのために真実を伝えられないのか？　確実に死期が迫っている患者に、「あなたの余命は」と告げるのは、あまりにも残酷だろう。本人が知らないだけで、家族や関係者には知らされているかもしれないが。

「大原君」和田はかすれる声で呼びかけた。

「何ですか」

目を閉じたまま、和田はしばし考えた。彼に問うべきなのかどうか……しかし考えがまとまらないうちに、言葉が出てしまった。

「大原君、僕はあとどれぐらい生きられるだろう？」

「何言ってるんですか」大原が慌てた口調で言った。

「加藤先生から何か聞いていないか？　余命どれぐらいとか」

「冗談じゃないです」大原の声に怒りが滲む。「そんなこと、まったく聞いていないですよ。不安なのは分かりますけど、変なこと、言わないで下さい」

「そうか……すまない」

謝ったものの、和田は自分の死期が近いことを唐突に悟った。おそらく日本の土を踏むことなく、異国の地の病院で最期を迎える。

もう一度実枝子に手紙を書いておくべきだろうか。これまでかけた苦労への感謝、自分が死んだ後の家のこと……駄目だ。「遺書」をしたためたら、その分死期が近づいてくるような気がする。

もはや、どうしようもない。

ふと目覚める。部屋の中は真っ暗だった。夜か……時間の感覚を失いつつある和田は、唐突に尿意を覚えた。左腕を布団から抜き、顔の前に腕時計を持ってくる。闇の中、かすかに光る針を睨みつける——焦点が合わない。だがようやく、二時だと読み取れた。いったい何時間寝ていたのだろう。

「大原君」

寝たままで室内の様子が分からぬまま、声を出してみた。何かがもぞもぞと動く気配がする。

「大原君」

もう一度呼びかけると、かすれた声で「はい」と返事があった。

「すまない。小便がしたいんだ」

「はい」大原が声を上げる。すぐに立ち上がる気配がした。

「起こしますよ」

大原のたくましい手が、背中の下に差し入れられた。彼は苦もなく、和田の体を起こす。ああ、体重もずいぶん減っているのだろうな……足を床に下ろすと、ひんやりした木の感触を足の裏に感じ、ぞくりとした。スリッパを履き、大原に支えられたまま、何とか歩き出す。歩いている感覚がない。足を上げ、下ろし、一歩ずつ前へ——本当に歩いているかどうか、自信がなかった。

廊下に出た時には、もう何時間も経ってしまったようだった。トイレに入り、背後から大原に支えられたまま便器に向かう。ところが、尿はまったく出てこない。尿意はあるのに出ない……泣きたくなってきた。

「大原君、戻ろう」かすれた声で和田は言った。

「大丈夫ですか？」異変に気づいたのか、大原が心配そうに訊ねた。

「まったく出ないんだ……気のせいだったかもしれない」

「分かりました。戻りましょう」

また大原に支えられて——実際はほとんど抱きかかえられていた——ベッドに戻る。横になってもまったく安心できない。もはや、自分の居所はどこにもないのだと強く意識した。一瞬眠りに落ちたと思うと目が覚める。そんなことを何回も繰り返した後、寝返りを打って横を向こうとしたが、それも叶わない。ああ、こんな力さえなくなってしまったのか。

「大原君」目を開け、天井をぼんやりと見たまま声を出す。

「ここにいますよ」

「ああ……」咳払い。それだけで、ひどく疲れてしまう。「僕の声は、本当に日本に届いたのかな」

「ヘルシンキのことですか？」

「ああ。僕はいつものように、マイクに向かって喋った。でも、本当に日本の人が聴いてくれていたか、分からないだろう」

「そんなことはないですよ。僕たちがちゃんと放送しましたから。間違いなく、日本の人たちは聴いています」

「『話の泉』には、毎週何百何千と手紙が来るんだ。それを見ると、本当にたくさんの人が聴いてくれているのが分かる。街を歩いていても、よく声をかけられるしね。でもヘルシンキにいる間、ずっと不安だった。僕は、話を聴いてもらうのが商売だ。それがちゃんとできているかどうか……」

「大丈夫ですよ」大原が柔らかい声を出した。「和田さんの声は、ちゃんと空を伝って日本にまで届いています。空の声を、皆が聴いたんです。間違いありません。僕が保証します」

「そうか……そうだよな」

和田は静かに目を閉じた。空の声、いい言葉だ。思えば僕はずっと、空に声を飛ばしていたんだ。日本国内だろうが、ヘルシンキからだろうが、間違いなく僕の声は空から降り注いでいた。それを聴いてくれた人たちが喜び、時には涙してくれたはず……アナウンサーという職業の誇りを、和田ははっきりと感じていた。

僕はやりきったのかもしれない。この先、同じようなことばかりを繰り返す人生がいとも限らないではないか。ヘルシンキ・オリンピックという大一番で中継を担当し、長年の夢を叶えた。決して満足のいく放送ではなかったが、オリンピック行きを夢見て叶えられなかった他の多くのアナウンサーに比べて、ずっと幸せな人生ではないか。

一つだけ悲しいのは、今、僕の声が実枝子に届かないことだ。実枝子の声を聞けないことだ。

空の声には乗せられないものもある。

「大原君、一つだけ頼みがあるんだ」

7

「そうでしたか……」徳川夢声が静かにつぶやいた。「あなたも辛い目に遭いましたね」

「いえ」大原は短く否定し、目の前のウィスキーグラスを見つめた。

辛いといえば、今の方が辛い。

和田は、八月十四日の午前中に容体が急変し、意識が混濁して、その日の午後に急逝した。あまりにも呆気ない最期……和田の病室で一晩を過ごし、ホテルに戻って一休みしていた大原は、崎山からの電話で訃報を知ったのだった。

その直後は――いや、しばらくは立ち上がれなかった。どうしてあの時自分は、病院を出てしまったのだろう。あのままずっといれば、和田を励ますことができたかもしれないのに。そうすればもう少し生きてくれたのではないか。後悔しかない。自分は何のためにパリに残ったのか……。

それでも気を奮い立たせ、崎山を手伝って和田を茶毘《だび》に付した。そして、和田の最後の頼みを叶えるために帰国した。

十四日の午前二時頃だったか……トイレに行ってから部屋に戻った和田が大原に頼ん

だのは「自分の様子をきちんと伝えてくれ」ということだった。その時名前が挙がったのが、奥さん、NHKの仲間たち、そして「話の泉」でずっと共演してきた夢声だった。やはり夢声は、和田にとっては特別な存在なのだ。

帰国して慌ただしい中、八月二十五日には芝・増上寺で葬儀——日本放送協会葬だった——が行われた。その直前に大原は実枝子を訪ね、和田の最後の数日間の様子を克明に話した。NHKの幹部には、その前に既に「事情聴取」のような形で事実を伝えていた。最後に残ったのは徳川夢声。「話の泉」の放送が終わるのを待って彼を訪ね、「和田さんの最期を伝えたい」と打ち明けたのだ。

そして今、銀座のバーにいる。夢声が、和田と何度か来たことのあるバーだという。

大原の給料ではとても来られないような、高級な店だ。

長い長い話を終えて喉が渇いたものの、とても酒を呑む気になれなかった。この喉の渇きは、酒では癒せない。大原はカウンターの向こうにいるバーテンに、「水を下さい」と頼んだ。すぐに、「あれば炭酸水を」と言い直す。

「炭酸水？　これは異なものを。ソーダとかではなく？」

「和田さんは、ストックホルムからパリへ向かう途中の機内で、炭酸水ばかり飲んでいました。水が大好きな人でしたけど、水がなかったので、その代わりです」

「ああ、和田君は、『毎日一升水を飲む』と言っていたからね」

炭酸水の瓶とグラスが出てくる。グラスを無視して、瓶に直に口をつけて炭酸水を飲んだ。そういえば、甘いソーダやコーラではなく、味のない炭酸水だけを飲んだのは初めてだったかもしれない。強い刺激、それなのに無味無臭……そんなに美味いものではない。水ではなく炭酸水を飲まざるを得なかった和田の辛さが身に染みてくる。頑張って探せば、水も買えたのではないだろうか。炭酸水ではなく水を飲めば、あんなに症状が悪化することもなかったのではないか。

「結局、腎不全で亡くなったんだね」

「慢性腎炎からの腎不全……ということです。徳川さんは、話術が巧みなだけじゃないんですね」

「ほう？」

「人の話を引き出すのが上手いですよね。いつの間にか、僕だけが喋ってました」

「君の話を聞くのが、今日の私の仕事だからね」

夢声が小さなグラスを持ち上げ、一気にウィスキーを呑んだ。呑んだというより、流しこんだと言った方がいい。渋い表情を浮かべてお代わりを頼んだが、今度は大きいグラスで、炭酸水と氷を加えるように注文する。

「こういう呑み方をすると、よくないですな。私は、ウィスキーはこんな風に少量ずつ一気に呑むものだと教わって、ずっとその通りにしてきたが、おかげで酒にはだいぶ痛めつけられた。酒は、大事に呑んでやるべきでしょう」

それはそうだ。まるで自棄酒《やけざけ》のようで、そんな呑み方はしたくないと大原は思い、一口も呑んでいないウィスキーのグラスに炭酸水を注いだ。

「和田さんは、ヘルシンキからの放送がちゃんと日本に届いているかどうか、すごく気にしていました」

「もちろん、ちゃんと届きましたよ。私は毎回聴いていた。おかげでひどい寝不足になりましたなあ」

「和田さんの放送、しっかりしていましたか」

「いや」不機嫌そうに否定して、夢声が一瞬言葉を切った。「正直に言えば、相当ひどかった。国際放送のせいか声がかすれている感じになってしまうのはともかく、いつもの彼らしい、軽快な話術ではなかったね。言い間違えたり、前後の論理が合っていなかったり、明らかに様子がおかしかった。相当体調が悪いんだろうな、と心配していました。座談会の司会は、さすがに上手くまとめていたけどね」

「そうですか……現地では酒を呑み過ぎないように、徳川さんから忠告されていたと聞いています」

「呑んでなかった?」夢声が探るように訊ねた。

「ええ。せいぜいビールでした。向こうのビールは薄くて、アルコール度数が一パーセントか二パーセント……苦いジュースのようなものでした。それでも全然、体調は回復しなくて。一進一退のまま、結果的にはどんどん悪化していったんだと思います」

「ちゃんとした治療は受けられなかったんですかねえ」夢声が溜息をついた。

「ヘルシンキで入院もできたと思うんですけど、そうしたら何のために長旅をしたのか分からないと……最後まで、ちゃんと放送を続けたいと意地を張っていました。近くで見ていても、心配で心配で」

「和田君らしい」夢声がうなずいた。「本当に意地っ張りだからねえ、彼は」

「はい」大原はつい表情を緩めたが、それも一瞬だった。和田は、自分にだけは弱音を漏らしていた。洒脱で、どこか捉えどころのない和田の本音……それだけに、彼の死には衝撃を受けた。家族が亡くなっても、あれほど打ちのめされなかっただろう。

「寂しいねえ」夢声がぽつりと言った。「彼とは、丁々発止のやり取りを続けてきた。何百杯もの酒を酌み交わしてきた。あんな男はなかなかいないよ。いや、彼は世界にただ一人の存在だったね」

「僕もそう思います」

「和田君の日記が発表されるかもしれないんだ」

「そうなんですか？」初耳だった。

「『美しい暮しの手帖』、知ってるかね？」

「はい。婦人雑誌ですよね？」

「和田君は、そこの社長さんたちと家族ぐるみのつき合いがあってね。和田君の奥さんが、遺品の中からヘルシンキ滞在中の日記を見つけ出したのを知って、それを出版したいと相談しているそうだ」

「そんな、生々しい……」和田はまだ亡くなったばかりなのだ。

「いや、それこそが、彼にとっての慰霊になるんだよ」夢声が静かに首を横に振った。

「和田君は多くの日本人に——全ての日本人に愛された人だ。そんな人の最期がどんな風だったか、知りたいと思う人は多いんじゃないかな。アナウンサーは、喋ってしまえばそれで仕事は終わりです。だからこそ、彼に関する記録は、文字で残されるべきなんですよ」

「そう……かもしれませんね」本当に最期を看取ったのは、エレナ・ハンセンだけだった。大原が聞いた限り、意識不明のまま、最後は眠るように亡くなったという。それを話した後、彼女は泣き出した——短い時間だったが、彼女も必死で世話してくれたのだと思う。大原の目から見ても、確かに献身的な看護ぶりだった。

「彼は、アナウンサーという職業がどうあるべきか、その意義を生涯をかけて追求し続けた——わけじゃないと思うんですね」

夢声特有の、回りくどい喋り方。何もこんな席で、得意の話術を発揮しなくても、と大原は苦笑した。

「彼にとって、喋ることは天職だったはずです。弁士から仕事を始めた私にも、それはよく分かる。ただ彼の場合、その喋りがラジオにぴったりだった。彼の興奮、喜び、悲しみ——そういうものが、常にラジオから聞こえてきていたと思います。私たちは——少なくとも私は、そこに職業的にニュースを読んだり実況中継したりするアナウンサーという枠を超えたものを感じていたんですね。いわば、『人間・和田信賢』の声を聴いていたわけだ。特に私は、彼という人間をよく知っていたから、ラジオを聴いていても、彼の声を聴けば彼の顔が浮かんでしまう。多くの人は和田君の顔も知らないわけだが、声を聴いて、あれこれ想像したでしょうねえ。彼の場合、人柄が滲み出る放送でしたよ」

「空から降る声、でした」

「その通り」夢声がうなずく。「どこにいても彼の声が聞こえる——それは、私たちの生活の一部だったんですね」

ふいに、大原の目から涙が溢れた。和田が死んだと知らされた後も、遺体に対面した後も、一度も泣かなかったのに、何故か今、和田との永遠の別れが来たのだと実感させられたのだ。

夢声が、軽く大原の背中を叩く。小さなその衝撃が、少しずつ大原の体に刻みこまれた。

和田信賢という名アナウンサーは、確かに自分の側にいた。

しかし彼の声は——彼の声が空から降り注ぐことは、もう二度とない。

本書の執筆にあたって、藤堂かほるさん、五代利矢子さんのご協力をいただきました。
この場を借りて御礼申し上げます。

著者

〈参考資料〉

『東京　ヘルシンキ　巴里』和田信賢（暮しの手帖社）
『そうそう　そうなんだよ　―アナウンサー和田信賢伝』山川静夫（岩波現代文庫）
『続　羊の歌　―わが回想』加藤周一（岩波新書）
『志村正順のラジオ・デイズ』尾嶋義之（新潮文庫）
『アナウンサーたちの70年』ＮＨＫアナウンサー史編集委員会編（講談社）
『夢声戦中日記』徳川夢声（中公文庫）
ＮＨＫラジオ第1「ラジオの前のそこが特等席」

文庫版あとがき

駆け出しの頃、ベテラン編集者から「作家は評伝を書いてこそ一人前」と言われた。そのことがずっと頭に引っかかっていて、実際にターゲットにしている人もいる。例えば、１９３０年代から１９５０年代に活躍した喜劇役者の古川ロッパ。何とか書きたいと長年資料を集めながらも、未だ実現できていないが、逆に一瞬で引きこまれて書き上げてしまった人もいる。私にとってそれが、和田信賢だった。ただしこれは評伝ではない。あくまで小説だ。

２０２０年の東京五輪を前に、五輪関係の小説を何冊か一気に刊行しよう、という企画を２０１７年から進めていた。地元で五輪が行われるのは、私の人生でこれが最後だろう、という思いがあったからだ。その時には、まさかコロナ禍で開催が1年先延ばしになるとは考えてもいなかったのだが。

得意のマラソン、日本が金メダル獲得の可能性がある野球、大谷翔平ではないが複数競技の「二刀流」という3本は比較的早く決まったのだが、もう1本で悩んだ。一つぐらい、オリンピックの歴史を振り返る作品があってもいいな、ぐらいの考えでいたのだが、具体的に何を取り上げるかがなかなか決まらない。

どうしたものかと、当時の文藝春秋の担当者と本格的に打ち合わせを始めたのが、2017年の秋である。オリンピックの歴史と言っても、日本人が最初に参加したストックホルム五輪は、別の作品で書いている。どうしたものか……。

担当者とあれやこれや案を出し合い、日本が戦後、国際社会に復帰して最初に参加した夏季五輪、ヘルシンキ大会を舞台に取り上げることは決まった。この時は、レスリングフリースタイルの石井庄八が、金メダルを獲得している。戦後初の日本人金メダリストか——と一瞬心が動きかけたが、レスリングというのは、描写が非常に難しいスポーツだ。試合シーンの描写に命を賭けている私としては、これは大変な難題になる。

さらに調べていって行き当たったのが、和田信賢という存在だった。体調が悪い中、現地からの中継に参加して、その後パリで客死——こういう劇的な人生は、作家の琴線に触れる。しかも、日本放送史の黎明期に一際輝く存在だったことも分かった。こういう情報が積み重なった末、担当者と顔を見合わせて「勝ったな」とニヤリとした。

元々「報じる側」にいた私にとって、五輪を「伝えた」人を主人公に取り上げることには意義がある。私はペン、和田さんはラジオというメディアの違いはあるものの、大先輩の足跡をたどってみたくなったのだ。

わずか1時間かそこら調べただけで、私はまったく偶然に知った和田信賢という人物の虜になっていた。これだけの人を書かないわけにはいかない。

本書内でも和田さんのキャリアについては触れているが、ここで改めてまとめておく。１９１２年、東京に生まれた和田さんは、１９３４年、日本放送協会に第一期のアナウンサーとして入局する。和田さんが一躍その名声を輝かしいものにしたのは、戦前の相撲中継である。双葉山の連勝記録が69で止まった時の中継を担当していたのがまさに和田さんで、その情緒あふれる実況は、当時の相撲ファンの想像力をどれだけかきたてただろう。本人は、自分の中継を「瞬間芸術」と呼んでいたという。

和田さんはその後、１９４５年８月15日の終戦放送の進行役を担当、終戦の詔勅を朗読した。アナウンサーとしては「硬軟」両方をこなせる人だったことが、ここからも分かる。戦後は山形放送局に異動になったが、直後に退職、講演などの活動をすることになる。しかしアナウンサーとしての技術と人気をＮＨＫが放っておくわけもなく（当時は民放がなかった）、間もなくラジオクイズ番組「話の泉」の司会者になった。バラエティ番組の走りのようなものだが、徳川夢声（作家、俳優）やサトウ・ハチロー（詩人、作詞家）山本嘉次郎（映画監督）ら癖のある出演者を向こうに回して番組を盛り上げ、司会者としての人気は戦後の絶頂期を迎える。最近はアナウンサーもタレント化しているが、その走りとも言える存在であったようだ。

そして念願のヘルシンキオリンピックの取材団に加わったのだが、出発前から体調を崩しており、満足のいく中継はできなかったようだ。帰国前に立ち寄ったパリで体調はさらに悪化し、異国の地で客死したのは先に書いた通りである。あまりにも生き急いだ感じがしないではない。

アナウンサーになってから戦前の相撲中継、終戦、そして戦後の人気番組の司会と、和田さんの人生は波乱に富み、どこを切り取っても興味を惹かれる。しかし今回のテーマはあくまで「五輪」。それ故、和田さんの劇的な人生全てを書き切ることは、早々に諦めた。彼の最後の「仕事」であるヘルシンキ五輪中継に的を絞り、「伝える」覚悟、そして意義を描くことに挑んだつもりである。だから一生を描き切る評伝ではなく、小説になった。

単行本が刊行された時には「そんなに体調が悪いなら行かなければよかったのに」「仕事を果たせなければ行った意味がない」という感想をよく聞いた。しかし現在とは状況が違い、当時は海外渡航も不自由な時代である。このチャンスを逃したら次はない――と和田さんが必死になったことは想像に難くない。

私は「行かなければよかった」とはまったく思わない。一人のプロが覚悟を固めて仕事に挑んだ姿に、ただただ圧倒されていた。そのせいか、日々悪化していく体調を描くのは非常に苦しい作業になったのだが、和田さんの行動が間違っていたとは一度も考えなかった。命と引き換えにやらねばならないこともある――敗戦のショックから立ち直りかけていた日本には、和田さん以外にもそういう覚悟を持った人が少なくなかったはずである。

文庫化にあたって改めて読み直してみたが、やはり和田さんの行動には感情移入してしまう。そして、自分がこれまで楽な仕事しかしてこなかったのでは、という後悔に苛まれるのだ。命を賭けて小説を書くというのがどういう感じになるかは分からないが、自分は果たしてそこまでの気持ちをこめて、全身全霊で普段の仕事に取り組んでいるだろうか。

和田さんと私では仕事の内容が全く違うので「先生」とは呼べないのだが、これからも折に触れ、和田さんの生き方を思い出し、自分の仕事、そして人生のあり方を反省することになるだろう。せめて「師匠」ぐらいは呼ばせてもらいたい。

和田さんのことを調べて、その「時代」にも強く興味を引かれるようになった。戦前、戦中、戦後——日本が一度壊れ、そこから立ち直っていくダイナミックな時代。私はこれからも歴史小説を書くことはないだろうが、これぐらいの「近過去」には非常に引きつけられる。現代日本の基礎ができたのがこの時代であり、混乱期を描くことで、現代の諸問題のルーツを探ることができるのではないかと思っている。

既にこの時代を舞台にして『動乱の刑事』（講談社文庫）『幻の旗の下に』（集英社）を書いたが、まだまだ書くべきこと、書くべき人はたくさん存在すると感じている。おそらく今後も、この時代を舞台に書く機会を探っていくだろう。

とはいえ、終戦前後のこの時代も、既に70年以上前になる。「一世代30年」という考えに基づけば、既に二世代以上前の時代になり、立派に「歴史小説」になってしまうのかもしれないが。

単行本　二〇二〇年四月　文藝春秋刊
DTP制作　言語社

文春文庫

空《そら》の声《こえ》

定価はカバーに
表示してあります

2022年11月10日　第1刷

著　者　堂《どう》場《ば》瞬一《しゆんいち》
発行者　大沼貴之
発行所　株式会社 文藝春秋

東京都千代田区紀尾井町 3-23　〒102-8008
TEL 03・3265・1211(代)
文藝春秋ホームページ　http://www.bunshun.co.jp

落丁、乱丁本は、お手数ですが小社製作部宛お送り下さい。送料小社負担でお取替致します。

印刷製本・凸版印刷

Printed in Japan
ISBN978-4-16-791958-0

（　）内は解説者。品切の節はご容赦下さい。

堂場瞬一
アナザーフェイス

家庭の事情で、捜査一課から閑職へ移り二年が経過した大友だが、誘拐事件が発生。元上司の福原は強引に捜査本部に彼を投入する……。最も刑事らしくない男の活躍を描く警察小説。

と-24-1

堂場瞬一
敗者の嘘
アナザーフェイス2

神保町で強盗放火殺人の容疑者が、任意同行後に自殺、その後真犯人と名乗る容疑者と幼馴染の女性弁護士が現れ、捜査は大混乱。合コン中の大友は、福原の命令でやむなく捜査に加わる。

と-24-2

堂場瞬一
第四の壁
アナザーフェイス3

大友がかつて所属していた劇団「アノニマス」の記念公演で、ワンマンな主宰の笹倉が、上演中に舞台の上で絶命する。その手口は、上演予定のシナリオそのものだった。（仲村トオル）

と-24-3

堂場瞬一
消失者
アナザーフェイス4

町田の駅前、大友鉄は想定外の自殺騒ぎで現行犯の老スリを取り逃がしてしまう。その晩、死体が発見され……警察小説の面白さがすべて詰まった大人気シリーズ第四弾！

と-24-5

堂場瞬一
凍る炎
アナザーフェイス5

「燃える氷」メタンハイドレートをめぐる連続殺人事件。刑事総務課のイクメン大友鉄最大の危機を受けて、「追跡捜査係」シリーズの名コンビが共闘する特別コラボ小説！

と-24-6

堂場瞬一
高速の罠
アナザーフェイス6

父・大友鉄を訪ねて高速バスに乗った優斗は移動中に忽然と姿を消す――誘拐か事故か!?　張り巡らされた罠はあまりに大胆不敵だった。シリーズ最高傑作のノンストップサスペンス。

と-24-8

堂場瞬一
愚者の連鎖
アナザーフェイス7

刑事部参事官・後山の指令で、長く完全黙秘を続ける連続窃盗犯を取り調べることになった大友。めったに現場に顔を出さない後山や担当検事も所轄に現れる。沈黙の背後には何が？

と-24-10

（　）内は解説者。品切の節はご容赦下さい。

堂場瞬一
潜る女
アナザーフェイス8

結婚詐欺グループの一員とおぼしき元シンクロ選手のインストラクター・荒川美智留。大友は得意の演技力で彼女の懐に飛び込んでいくのだが――。シリーズもいよいよ佳境に！

と-24-11

堂場瞬一
闇の叫び
アナザーフェイス9

同じ中学に子供が通う保護者を狙った連続殺傷事件が発生。刑事総務課のイクメン刑事、大友鉄も捜査に加わるが、容疑者は二転三転。犯人の動機とは？　シリーズ完結。（小橋めぐみ）

と-24-12

堂場瞬一
親子の肖像
アナザーフェイス0

初めて明かされる「アナザーフェイス」シリーズの原点。人質立てこもり事件に巻き込まれる表題作ほか、若き日の大友鉄の活躍を描く、珠玉の6篇！（対談・池田克彦）

と-24-7

堂場瞬一
ラストライン

定年まで十年の岩倉剛は捜査一課から異動した南大田署で独居老人の殺人事件に遭遇。さらに新聞記者の自殺も発覚し――。行く先々で事件を呼ぶベテラン刑事の新たな警察小説が始動！

と-24-14

堂場瞬一
割れた誇り
ラストライン2

女子大生殺しの容疑者が裁判で無罪となり自宅に戻ったが、近所は不穏な空気に。〝事件を呼ぶ〟ベテラン刑事・岩倉剛らが警戒をしている中、また次々と連続して事件が起きる――。

と-24-15

堂場瞬一
迷路の始まり
ラストライン3

殺された精密機械メーカー勤めの男と、女性経済評論家殺しの被害者とのつながりが判明。意見の相違で捜査から外された岩倉刑事が単独で真相に迫る中、徐々に犯罪組織が姿を現す。

と-24-16

堂場瞬一
骨を追え
ラストライン4

岩倉が異動したばかりの立川中央署管内で、十年前に失踪した女子高生の白骨遺体が発見される。犯罪被害者支援課の村野たちと反発し合いながらも協力し、岩倉は真犯人に迫る。

と-24-18

（　）内は解説者。品切の節はご容赦下さい。

垣根涼介
ヒート アイランド
渋谷のストリートギャング雅《みやび》の頭《ヘッド》、アキとカオルは仲間が持ち帰った大金に驚愕する。少年たちと裏金強奪のプロフェッショナルたちの息詰まる攻防を描いた傑作ミステリー。
か-30-2

加藤　廣
信長の血脈
信長の傅役・平手政秀自害の真の原因は？　秀頼は淀殿の不倫で生まれた子？　島原の乱の黒幕は？　『信長の棺』のサイドストーリーともいうべき、スリリングな歴史ミステリー。
か-39-9

加藤　廣
利休の闇
秀吉が利休に切腹を命じた理由は信長時代まで遡るものだった……。八十四歳の作家が膨大な史料を緻密に調べ、遂に真相をあぶりだす歴史ミステリー。
か-39-12

香納諒一
贄《にえ》の夜会（上下）
《犯罪被害者家族の集い》に参加した女性二人が惨殺された。容疑者は少年時代に同級生を殺害した弁護士！　サイコサスペンス＋警察小説＋犯人探しの傑作ミステリー。（吉野　仁）
か-41-1

門井慶喜
キッドナッパーズ
その犯罪者は、なぜか声が甲高く背は低く……オール讀物推理小説新人賞受賞の誘拐ミステリー「キッドナッパーズ」ほか、楽しく機知に富んだ単行本未収録ミステリー集。（宇田川拓也）
か-48-6

神永　学
ガラスの城壁
父がネット犯罪に巻き込まれて逮捕された。悠馬は真犯人を捕まえるため、唯一の理解者である友人の暁斗と調べ始めることに——。果たして真相にたどり着けるのか!?（細谷正充）
か-81-1

北村　薫
街の灯
昭和七年、士族出身の上流家庭・花村家にやってきた若い女性運転手〈ベッキーさん〉。令嬢・英子は、武道をたしなみ博識な彼女に魅かれてゆく。そして不思議な事件が……。（貫井徳郎）
き-17-4

（　）内は解説者。品切の節はご容赦下さい。

北村　薫
鷺《さぎ》と雪《ゆき》
日本にいないはずの婚約者がなぜか写真に映っていた。英子が解き明かしたそのからくりとは――。そして昭和十一年二月、物語は結末を迎える。第百四十一回直木賞受賞作。（佳多山大地）
き-17-7

桐野夏生
柔らかな頬（上下）
旅先で五歳の娘が突然失踪。家族を裏切っていたカスミは、必死に娘を探し続ける。四年後、死期の迫った元刑事が、事件の再調査を……。話題騒然の直木賞受賞作にして代表作。（福田和也）
き-19-6

貴志祐介
悪の教典（上下）
人気教師の蓮実聖司は裏で巧妙な細工と犯罪を重ねていたが、綻びから狂気の殺戮へ。クラスを襲う戦慄の一夜。ミステリー界の話題を攫った超弩級エンターテインメント。（三池崇史）
き-35-1

喜多喜久
プリンセス刑事《デカ》
女王の統治下にある日本で、王女・白桜院日奈子がなんと刑事になった！　血が苦手な若手刑事とのコンビで挑むのは、凶悪な連続〝吸血〟殺人！　二人は無事に犯人を逮捕できるのか？
き-46-1

喜多喜久
プリンセス刑事　生前退位と姫の恋
女王統治下にある日本で、刑事となったプリンセス日奈子。女王が生前退位を宣言し、王室は大混乱に陥る。一方ではテロが相次ぎ――。日奈子と相棒の芦原刑事はどう立ち向かうのか。
き-46-2

黒川博行
封印
大阪中のヤクザが政治家をも巻き込んで探している〝物〟とは何なのか。事件に巻き込まれた元ボクサーの釘師・酒井は、恩人の失踪を機に立ち上がった。長篇ハードボイルド。（酒井弘樹）
く-9-4

黒川博行
後妻業
結婚した老齢の相手との死別を繰り返す女・小夜子と、結婚相談所の柏木につきまとう黒い疑惑。高齢の資産家男性を狙う〝後妻業〟を描き、世間を震撼させた超問題作！（白幡光明）
く-9-13

（　）内は解説者。品切の節はご容赦下さい。

笹本稜平
時の渚
探偵の茜沢は死期迫る老人から、昔生き別れになった息子を捜し出すよう依頼される。やがて明らかになる「血」の因縁と意外な結末。第18回サントリーミステリー大賞受賞作品。（日下三蔵）
さ-41-1

佐々木 譲
廃墟に乞う
道警の敏腕刑事だった仙道は、ある事件をきっかけに休職中。だが、心身ともに回復途上の仙道には、次々とやっかいな相談事が舞い込んでくる。第百四十二回直木賞受賞作。（佳多山大地）
さ-43-5

佐々木 譲
地層捜査
時効撤廃を受けて設立された「特命捜査対策室」。たった一人の専従捜査員・水戸部は退職刑事を相棒に未解決事件の深層へ切り込む。警察小説の巨匠の新シリーズ開幕。（川本三郎）
さ-43-6

柴田よしき
紫のアリス
こんな最悪の日がある？　不倫を清算し会社を辞めた日、公園で死体を発見！　脇に立つのはウサギ？　そして不倫相手が自殺したという知らせが。脅える紗季を待ち受けるのは？（西澤保彦）
し-34-16

真保裕一
こちら横浜市港湾局みなと振興課です
山下公園、氷川丸や象の鼻パーク、コスモワールドの観覧車、外国人居留地——歴史的名所に隠された謎を解き明かせ。港町・横浜ならではの、出会いと別れの物語。（細谷正充）
し-35-9

雫井脩介
検察側の罪人（上下）
老夫婦刺殺事件の容疑者の中に、時効事件の重要参考人が。今度こそ罪を償わせると執念を燃やすベテラン検事・最上だが、後輩の沖野はその強引な捜査方針に疑問を抱く。（青木千恵）
し-60-1

塩田武士
雪の香り
十二年前に失踪した恋人が私の前に現れた。だが彼女には何か大きな秘密があるらしい。彼女が隠す「罪」とは。『罪の声』著者が京都の四季を背景に描く純愛ミステリー。（尾関高文）
し-63-1

（　）内は解説者。品切の節はご容赦下さい。

片桐大三郎とＸＹＺの悲劇
倉知　淳
元銀幕の大スター・片桐大三郎の趣味は、犯罪捜査に首を突っ込む事。その卓越した推理力で、付き人の乃枝と共に事件に迫る。絶妙なコンビが活躍するコミカルで抱腹絶倒のミステリー。
く-40-1

ドッペルゲンガーの銃
倉知　淳
女子高生ミステリ作家の卵・灯里は小説のネタを探すため、刑事である兄の威光を借りて事件現場に潜入する。彼女が遭遇した「密室」「分身」「空中飛翔」――三つの謎の真相は？
く-40-2

鵜《う》頭《ず》川《かわ》村《むら》事《じ》件《けん》
櫛木理宇
亡き妻の故郷・鵜頭川村へ墓参りに三年ぶりに帰ってきた父と幼い娘。突然の豪雨で村は孤立し、若者の死体が発見される。狂乱に陥った村から父と娘は脱出できるのか？　（村上貴史）
く-41-1

曙光の街
今野　敏《びん》
元ＫＧＢの日露混血の殺し屋が日本に潜入した。彼を迎え撃つのはヤクザと警視庁外事課員。やがて物語は単なる暗殺事件から警視庁上層部のスキャンダルへと繋がっていく！（細谷正充）
こ-32-1

白夜街道
今野　敏
外務官僚が、ロシア貿易商と密談後に変死した。警視庁公安部の倉島警部補は、元ＫＧＢの殺し屋で貿易商のボディーガードとなったヴィクトルを追ってロシアへ飛ぶ。緊迫の追跡劇。
こ-32-2

賢者はベンチで思索する
近藤史恵
常連客の老人には指定席があった。公園のベンチでみかける彼の印象は全く違う。久里子は不思議に思うのだが。日常の魔の謎を老人と少女が鮮やかに解決するミステリー。　（柴田よしき）
こ-34-3

インフルエンス
近藤史恵
友梨、里子、真帆。大阪郊外の巨大団地に住む三人の少女は不可解な殺人事件で繋がり、罪を密かに重ね合う。三十年後明らかになる驚愕の真相とは。現代に響く傑作ミステリ。　（内澤旬子）
こ-34-6

（　）内は解説者。品切の節はご容赦下さい。

伊集院 静
星月夜
東京湾で発見された若い女性と老人の遺体。事件の鍵を握るのは、老人の孫娘、黄金色の銅鐸、そして星月夜の哀しい記憶……。かくも美しく、せつない、感動の長編小説。（池上冬樹）
い-26-21

伊集院 静
日傘を差す女
ビルの屋上で銛が刺さった血まみれの老人の遺体がみつかった。「伝説の砲手」と呼ばれたこの男の死の裏に隠された悲しき女たちの記憶。『星月夜』に連なる抒情派推理小説。（池上冬樹）
い-26-27

石田衣良
うつくしい子ども
閑静なニュータウンの裏山で惨殺された9歳の少女。″犯人″は、13歳の〈ぼく〉の弟だった。絶望と痛みの先に少年が辿りつく真実とは——。40万部突破の傑作ミステリー。（五十嵐律人）
い-47-37

池井戸 潤
株価暴落
連続爆破事件に襲われた巨大スーパーの緊急追加支援要請を巡って白水銀行審査部の板東は企画部の二戸と対立する。日本経済の闇と向き合うバンカー達を描く傑作金融ミステリー。
い-64-1

池井戸 潤
シャイロックの子供たち
現金紛失事件の後、行員が失踪!?　上がらない成績、叩き上げの誇り、社内恋愛、家族への思い……事件の裏に透ける行員たちの葛藤。圧巻の金融クライム・ノベル！（霜月 蒼）
い-64-3

乾《いぬい》 くるみ
イニシエーション・ラブ
甘美で、ときにほろ苦い青春のひとときを瑞々しい筆致で描いた青春小説——と思いきや、最後の二行で全く違った物語に！「必ず二回読みたくなる」と絶賛の傑作ミステリ。（大矢博子）
い-66-1

乾 くるみ
セカンド・ラブ
一九八三年元旦、春香と出会った。僕たちは幸せだった。春香とそっくりな美奈子が現れるまでは。『イニシエーション・ラブ』の衝撃、ふたたび。究極の恋愛ミステリ第二弾。（円堂都司昭）
い-66-5

（　）内は解説者。品切の節はご容赦下さい。

石持浅海
殺し屋、やってます。
《650万円でその殺しを承ります》——コンサルティング会社を経営する富澤允。しかし彼には、殺し屋という裏の顔があった…。殺し屋が日常の謎を推理する異色の短編集。（細谷正充）
い-89-2

石持浅海
殺し屋、続けてます。
ひとりにつき650万円で始末してくれるビジネスライクな殺し屋、富澤允。そんな彼に、なんと商売敵が現れて——殺し屋が日常の謎を推理する異色のシリーズ第2弾。（吉田大助）
い-89-3

伊東　潤
横浜1963
戦後の復興をかけた五輪開催を翌年に控え、変貌していく横浜で起きた女性連続殺人事件。日米ハーフの刑事と日系三世の米軍SPが事件の真相に迫る社会派ミステリ。（誉田龍一）
い-100-3

伊岡　瞬
赤い砂
男が電車に飛び込んだ。検分した鑑識係など3名も相次いで自殺する。刑事の永瀬が事件の真相を追う中、大手製薬会社に脅迫状が届いた。デビュー前に書かれていた、驚異の予言的小説。
い-107-2

内田康夫
氷雪の殺人
利尻富士で、不審死したひとりのエリート社員。あの日、利尻島にわたったのは誰だったのか。警察庁エリートの兄とともに謎を追う浅見光彦が巨大組織の正義と対峙する！（自作解説）
う-14-24

内田康夫
贄門島《にえもんじま》（上下）
二十一年前の父の遭難事件の謎を追う浅見光彦は、房総に浮かぶ美しい島を訪れる。連続失踪事件、贄送り伝説——因習に縛られた島の秘密に迫る浅見は生きて帰れるのか？（自作解説）
う-14-25

歌野晶午
葉桜の季節に君を想うということ
元私立探偵・成瀬将虎は、同じフィットネスクラブに通う愛子から霊感商法の調査を依頼された。その意外な顛末とは？　あらゆる賞を総なめにした現代ミステリーの最高傑作。
う-20-1

（　）内は解説者。品切の節はご容赦下さい。

中山七里
静おばあちゃんにおまかせ
警視庁の新米刑事・葛城は女子大生・円に難事件解決のヒントをもらう。円のブレーンは元裁判官の静おばあちゃん。イッキ読み必至の暮らし系社会派ミステリー。（佳多山大地）
な-71-1

中山七里
静おばあちゃんと要介護探偵
静の女学校時代の同級生が密室で死亡。事故か、自殺か、他殺か？　元判事で現役捜査陣の信頼も篤い静と、経済界のドン・玄太郎の〝迷〟コンビが五つの難事件に挑む！（瀧井朝世）
な-71-4

新田次郎
山が見ていた
夫を山へ行かせたくない妻が登山靴を隠す。その恐ろしい結末とは。少年をひき逃げした男が山へ向かうと。切れ味鋭く人間の業を抉る初期傑作ミステリー短篇集。新装版。（武蔵野次郎）
に-1-46

西村京太郎
「ななつ星」極秘作戦
十津川警部シリーズ
太平洋戦争末期、幻の日中和平工作。歴史の真相を探ろうと豪華クルーズ列車「ななつ星」に集った当事者の子孫や歴史学者らに、魔の手が迫る。絶体絶命の危機に十津川警部が奔る！
に-3-52

似鳥《にたどり》鶏《けい》
午後からはワニ日和
「怪盗ソロモン」の貼り紙と共にイリエワニ、続いてミニブタが盗まれた。飼育員の僕は獣医の鴇《とき》先生と事件解決に乗り出す。個性豊かなメンバーが活躍するキュートな動物園ミステリー。
に-19-1

似鳥　鶏
ダチョウは軽車両に該当します
ダチョウと焼死体がつながる？　――楓ヶ丘動物園の飼育員「桃くん」と変態(?)「服部くん」、アイドル飼育員「七森さん」、そしてツンデレ女王の「鴇先生」たちが解決に乗り出す。
に-19-2

貫井徳郎
追憶のかけら
失意の只中にある松嶋は、物故作家の未発表手記を入手するが、彼の行く手には得体の知れない悪意が横たわっていた。二転三転する物語の結末は？　著者渾身の傑作巨篇。（池上冬樹）
ぬ-1-2

（　）内は解説者。品切の節はご容赦下さい。

貫井徳郎
空白の叫び（全三冊）
外界へ違和感を抱く少年達の心の叫びは、どこへ向かうのか。殺人を犯した中学生たちの姿を描き、少年犯罪に正面から取り組んだ、驚愕と衝撃のミステリー巨篇。（羽住典子・友清　哲）
ぬ-1-4

貫井徳郎
壁の男
北関東の集落の家々の壁に絵を描き続ける男。彼自身は語らないが、「私」が周辺取材をするうちに男の孤独な半生と悲しい真実が明らかに。読了後、感動に包まれる傑作。（末國善己）
ぬ-1-8

乃南アサ
紫蘭の花嫁
謎の男から逃亡を続けるヒロイン、三田村夏季。同じ頃、神奈川県下で連続婦女暴行殺人事件が……。追う者と追われる者の心理が複雑に絡み合う、傑作長篇ミステリー。（谷崎　光）
の-7-1

乃南アサ
暗鬼
嫁いだ先は大家族。温かい人々に囲まれ何不自由ない生活が始まったが……。一見理想的な家に潜む奇妙な謎に主人公が気付いた時、呪われた血の絆が闇に浮かび上がる。（中村うさぎ）
の-7-3

早坂　吝《やぶさか》
ドローン探偵と世界の終わりの館
ドローン遣いの名探偵、飛鷹六騎が挑むのは奇妙な連続殺人。廃墟ヴァルハラで繰り広げられる命がけの知恵比べとは？　定石破りの天才が贈る、意表を突く傑作ミステリ。（細谷正充）
は-56-1

東野圭吾
秘密
妻と娘を乗せたバスが崖から転落。妻の葬儀の夜、意識を取り戻した娘の体に宿っていたのは、死んだ筈の妻だった。日本推理作家協会賞受賞。（広末涼子・皆川博子）
ひ-13-1

東野圭吾
予知夢
十六歳の少女の部屋に男が侵入し、母親が猟銃を発砲。逮捕された男は、少女と結ばれる夢を十七年前に見たという。天才物理学者が事件を解明する、人気連作ミステリー第二弾。（三橋　暁）
ひ-13-3

（　）内は解説者。品切の節はご容赦下さい。

大沢在昌
闇先案内人（上下）

「逃がし屋」葛原に下った指令は、「日本に潜入した隣国の重要人物を生きて故国へ帰せ」。工作員、公安が入り乱れ、陰謀と裏切りが渦巻く中、壮絶な死闘が始まった。（吉田伸子）

お-32-3

大沢在昌
心では重すぎる（上下）

失踪した人気漫画家の行方を追う探偵・佐久間公の前に、謎の女子高生が立ちはだかる。渋谷を舞台に描く、社会の闇を炙り出す著者渾身の傑作長篇。新装版にて登場。（福井晴敏）

お-32-12

恩田　陸
夏の名残りの薔薇

沢渡三姉妹が山奥のホテルで毎秋、開催する豪華なパーティ。不穏な雰囲気の中、関係者の変死事件が起きる。犯人は誰なのか、そもそもこの事件は真実なのか幻なのか――。（杉江松恋）

お-42-2

恩田　陸
木洩れ日に泳ぐ魚

アパートの一室で語り合う男女。過去を懐かしむ二人の言葉に、意外な真実が混じり始める。初夏の風、大きな柱時計、あの男の背中。心理戦が冴える舞台型ミステリー。（鴻上尚史）

お-42-3

大山誠一郎
赤い博物館

警視庁付属犯罪資料館の美人館長・緋色冴子が部下の寺田聡と共に、過去の事件の遺留品や資料を元に難事件に挑む。超ハイレベルで予測不能なトリック駆使のミステリー！（飯城勇三）

お-68-2

大山誠一郎
記憶の中の誘拐
赤い博物館

赤い博物館こと犯罪資料館に勤める緋色冴子。殺人や誘拐などの過去の事件の遺留品や資料を元に、未解決の難事件に挑む!?シリーズ第二弾。文庫オリジナルで登場。（佳多山大地）

お-68-3

垣根涼介
午前三時のルースター

旅行代理店勤務の長瀬は、得意先の社長に孫のベトナム行きの付き添いを依頼される。少年の本当の目的は失踪した父親を探すことだった。サントリーミステリー大賞受賞作。（川端裕人）

か-30-1

（　）内は解説者。品切の節はご容赦下さい。

歌野晶午
春から夏、やがて冬
スーパーの保安責任者・平田は万引き犯の末永ますみを捕まえた。偶然の出会いは神の導きか、悪魔の罠か？　動き始めた運命の歯車が二人を究極の結末へと導いていく。（榎本正樹）
う-20-2

冲方　丁
十二人の死にたい子どもたち
安楽死をするために集まった十二人の少年少女。全員一致で決を採り実行に移されるはずのところへ、謎の十三人目の死体が!?　彼らは推理と議論を重ねて実行を目指すが。（吉田伸子）
う-36-1

江戸川乱歩・湊　かなえ　編
江戸川乱歩傑作選　鏡
湊かなえ編の傑作選は、謎めくパズラー「湖畔亭事件」、ドンデン返し冴える「赤い部屋」他、挑戦的なミステリ作家・乱歩に焦点を当てる。（解題／新保博久・解説／湊　かなえ）
え-15-2

江戸川乱歩・辻村深月　編
江戸川乱歩傑作選　蟲
没後50年を記念する傑作選。辻村深月が厳選した妖しく恐ろしい名作。恋に破れた男の妄執を描く「蟲」。四肢を失った軍人と妻の関係を描く「芋虫」他全9編。（解題／新保博久・解説／辻村深月）
え-15-3

榎田ユウリ
この春、とうに死んでるあなたを探して
妻と別れ仕事にも疲れた矢口は中学の同級生・小日向と再会する。舞い込んできたのは恩師の死をめぐる謎――事故死か自殺か。切なくも温かいラストが胸を打つ、大人の青春ミステリ。
え-17-1

折原　一
異人《いち》たちの館
樹海で失踪した息子の伝記の執筆を母親から依頼された売れない作家・島崎の周辺で次々に変事が。五つの文体で書き分けられた目くるめく謎のモザイク。著者畢生の傑作！（小池啓介）
お-26-17

折原　一
死仮面
仕事も名前も隠したまま突然死した夫。彼が残した「小説」には、謎の連続少年失踪事件が綴られていた。DV癖のある前夫に追われながら、真実を探す旅に出たが……。（末國善己）
お-26-19